小嗝嗝·何倫德斯·黑線鱈三世向來是個長相平凡的維京小英雄。

現在他遇到難關，只能用**非常**不平凡的方法解決困難……

要是小嗝嗝敵不過奸險的阿爾文，沒辦法成為西荒野新王，那全人類**還有**龍族都要滅絕了。**怎麼辦！**

證明自己的時機終於來臨，小嗝嗝究竟能不能在好朋友魚腳司、神楓和小龍沒牙的幫助下，終於加冕為「王」呢？

和小嗝嗝一起展開冒險吧

（雖然他還沒發現自己已經開始冒險了……）

失落的王之寶物預言

「龍族時日即將到來，

只有王能拯救你們。

偉大的王將是英雄中的英雄。

集齊失落的王之寶物者，將成為君王。

無牙的龍、我第二好的劍、

我的羅馬盾牌、

來自不存在之境的箭矢、

心之石、萬能鑰匙、

滴答物、王座、王冠。

最珍貴的第十樣，

是能拯救人類的龍族寶石。」

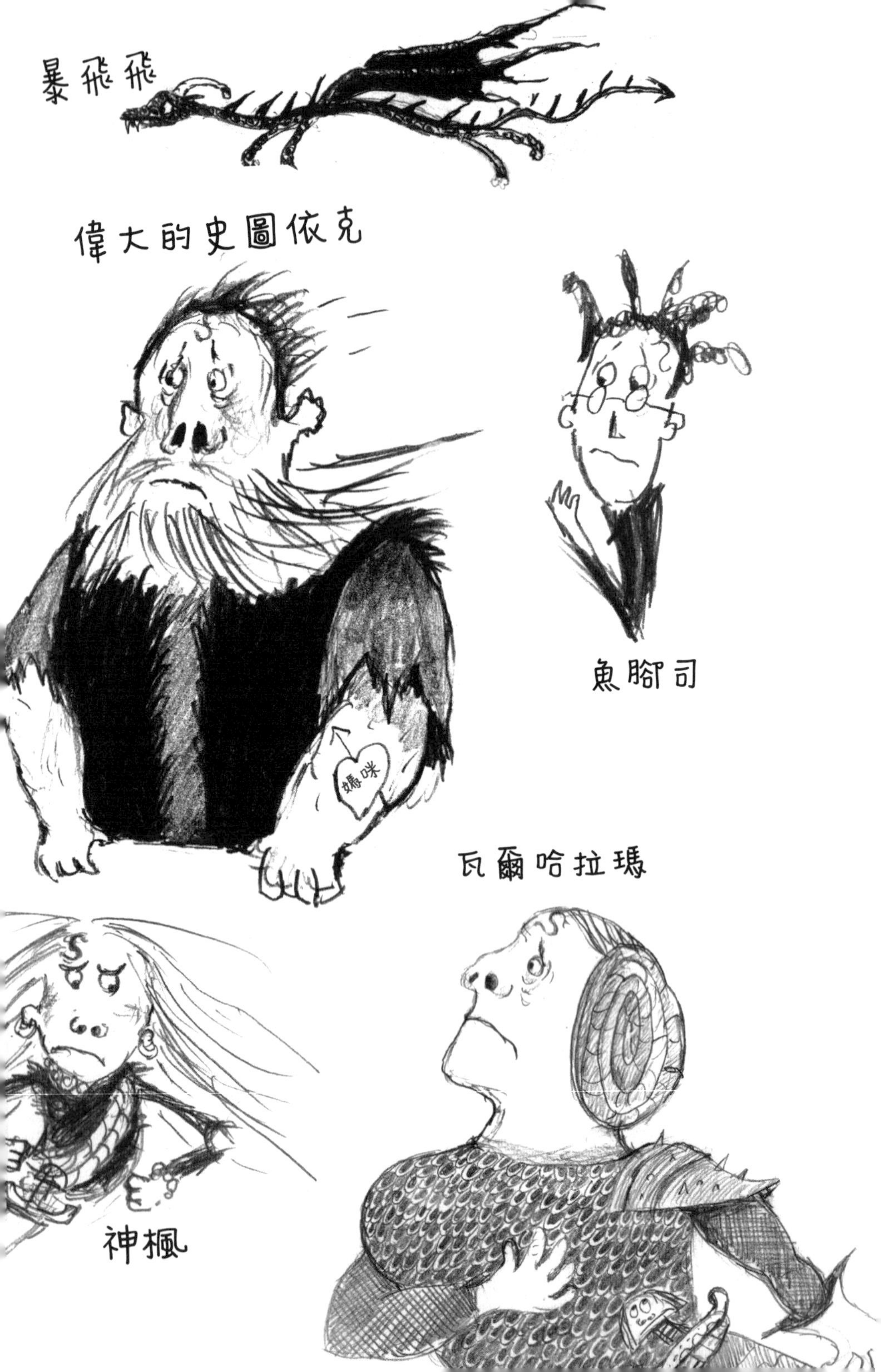
暴飛飛
偉大的史圖依克
魚腳司
媽咪
瓦爾哈拉瑪
神楓

無辜
耐心
傲慢
奧丁牙龍
沒牙
小嗝嗝
（這個故事的英雄）
齊格拉斯提卡

啤酒肚大屁股

豕蠅龍

奸險的
阿爾文

巫婆優諾

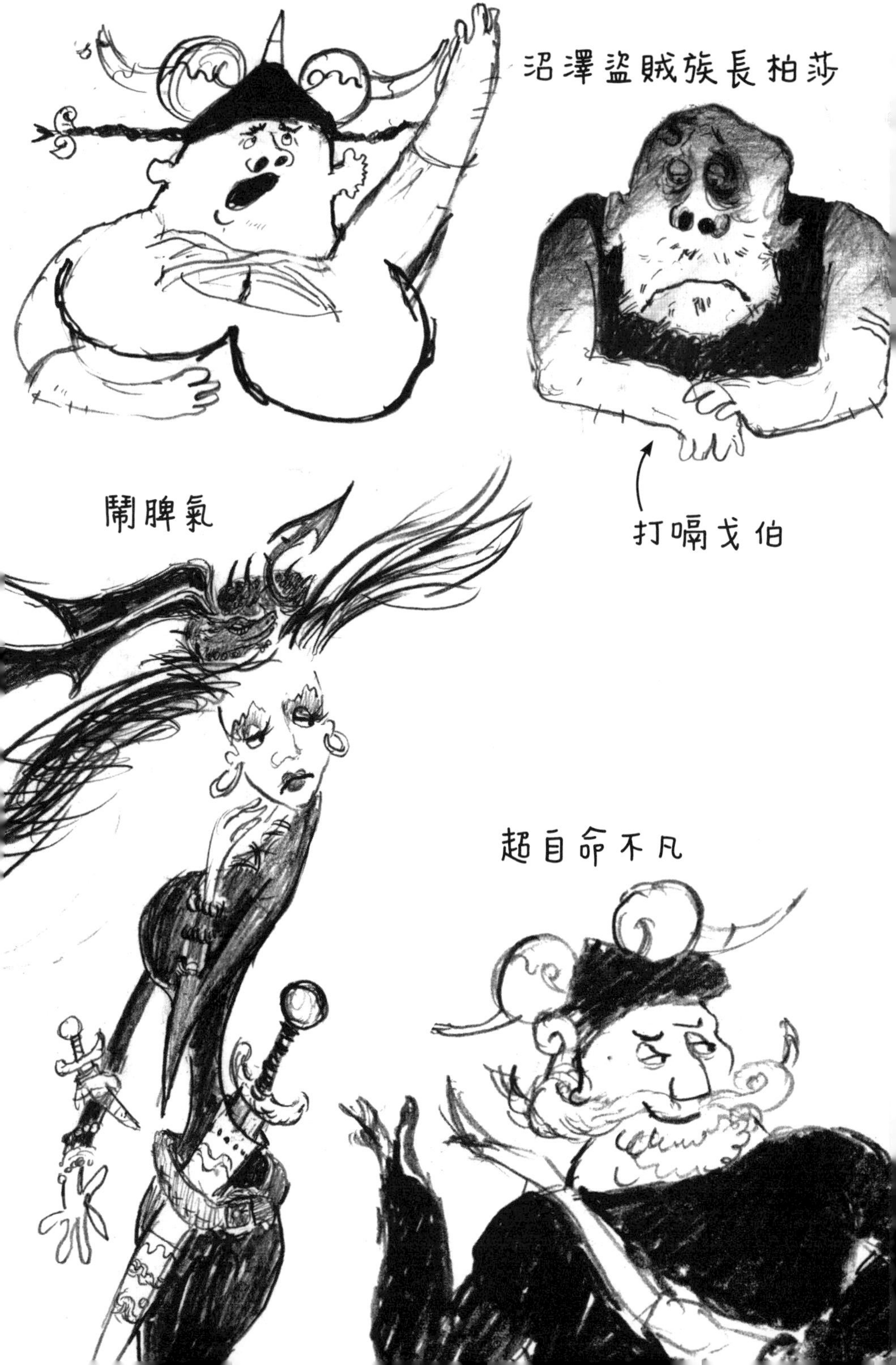
沼澤盜賊族長柏莎
打嗝戈伯
鬧脾氣
超自命不凡

本書獻給

我的父親

HOW TO TRAIN YOUR DRAGON

馴龍高手 XII

龍族末日之戰

How To Fight A Dragon's Fury

克瑞希達・科威爾

Cressida Cowell

虛無島
凍結的無名島
會動的冰之島
冰谷
陰森鬍絕望島
冬季寒風
維西暴徒部族領土
蠻荒群島
尖頭龍島
痛揍島
海鸚群島
乖戾海
寂靜島
惡徒島
索爾之怒海峽
沼澤盜賊群島
歇斯底里島
熔岩粗人島
危險凶漢的牢獄
（小心嘶牙龍出沒）
香沒島
香沒之沙

開放海域
（巨無霸海龍、末日牙龍與闇息龍等大怪獸的居住地）
天葬之地
凶殘山
凶殘群山
強盜灣
英雄末路
礁島戰士部族領地
礁島
夏季洋流
美洲
在這個方向
（前提是它真的存在）
明日島

目錄

目前為止的故事

「我小時候，世界上有很多龍。」

這句話，是這個故事的開頭。

從前從前，有個男孩名叫小嗝嗝．何倫德斯．黑線鱈三世，和狩獵龍沒牙、馱龍風行龍一起住在小小的博克島上，在龍族遍布的世界過著狂野快樂的生活。

小嗝嗝是毛流氓族長──偉大的史圖依克──的兒子，也是長得最不像英雄的維京英雄。儘管他瘦得像花豆莢，劍鬥術卻強得出奇，更是少數能用龍族的語言和龍交談的「龍語專家」。

某個糟糕的日子，一頭名為「狂怒」、被鎖鍊困在狂戰森林一百年的巨無霸海龍，被小嗝嗝不小心放出來了。龍王狂怒發起龍族叛亂，目標是毀滅全人類，現在人類和龍族雙方正為生死存亡奮鬥。

龍族噴火燒了小嗝嗝的故鄉——毛流氓村——村中的人類不得不離鄉背井，現在都聚集在明日島，等著最終決戰開打。

到了這個關頭，能拯救人類的就只剩一樣東西了。西荒野新王必須在明日島登基，一旦新王受冕，他將得知龍族寶石的祕密，也就是能讓龍族滅絕的重大機密。但是，只有集齊十件失落的王之寶物的人，才有資格成為新王，而這十樣東西四散在蠻荒群島，已經一個世紀沒有現世了。

十一次驚險、漫長的冒險中，小嗝嗝·何倫德斯·黑線鱈三世在好友魚腳司、神楓、老海龍「奧丁牙龍」，還有一隻名叫「三頭死影」、能任意變色融入背景的美麗馱龍幫助下，集齊了那十件失落的王之寶物。

然而奸險的阿爾文（這個人是名副其實的奸險之人）偷了所有的寶物，他此時就在明日島上，準備受冕成為新王。假如阿爾文當上國王，他將使用龍族寶石的力量，永遠消滅龍族。

所有人都以為小嗝嗝被阿爾文的戰士一箭射死了，不過他其實還活著，此時他正不省人事地躺在離明日島一段距離的英雄末路島海灘上。

可是小嗝嗝身邊沒有馱龍、沒有船，也沒有王之寶物，而只有持有王之寶物者能活著登陸明日島。小嗝嗝要是踏上明日島的海灘，明日島龍族守衛會從沙地裡冒出來，給小嗝嗝「虛無之死」……

情況真的很慘。

今天是聖誕末日，是決戰的末日。

小嗝嗝只剩一天時間了，他必須在一天內成為西荒野新王，拯救龍族。

只剩最後一天……

小嗝嗝能成功拯救龍族嗎？

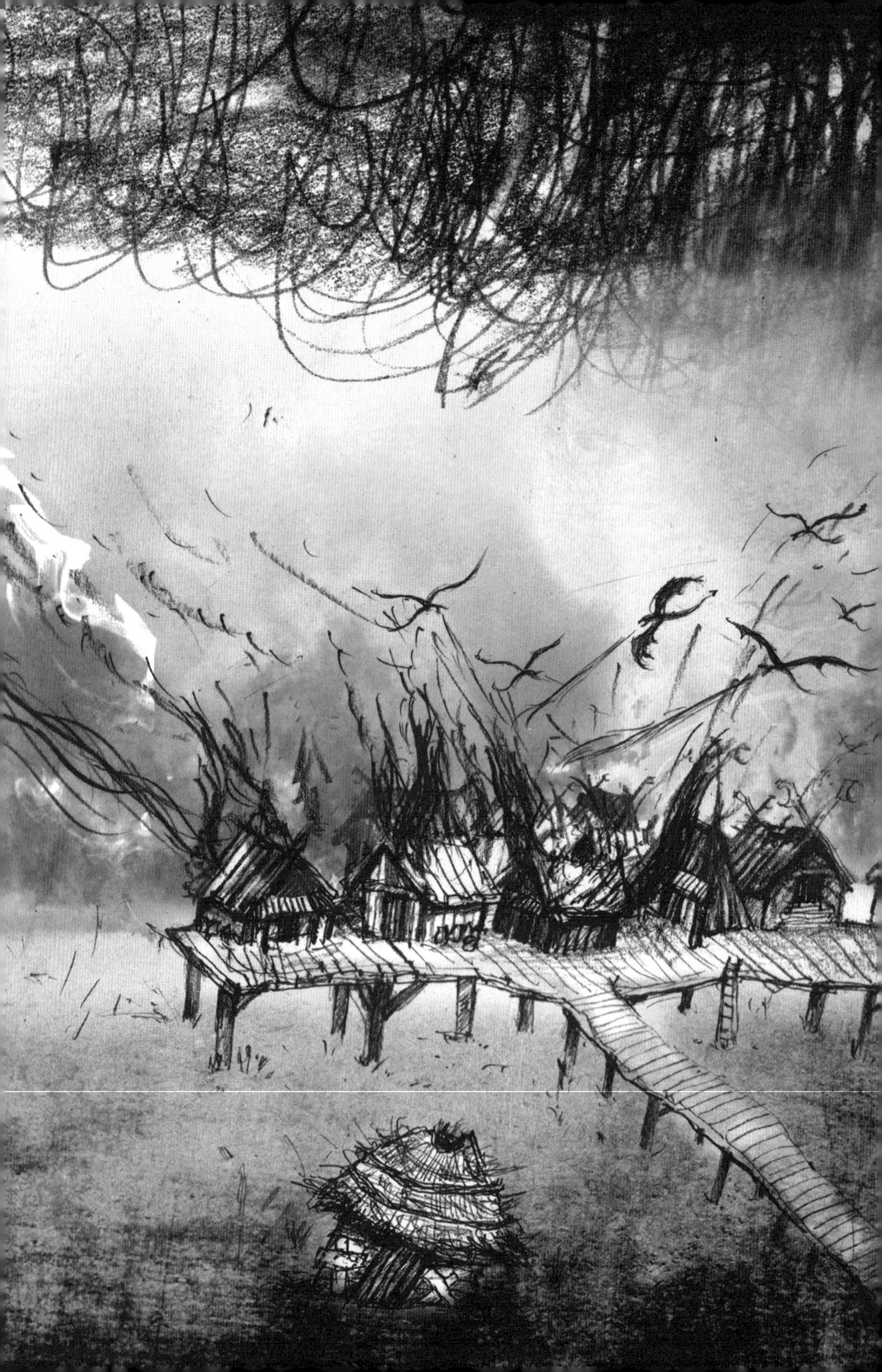

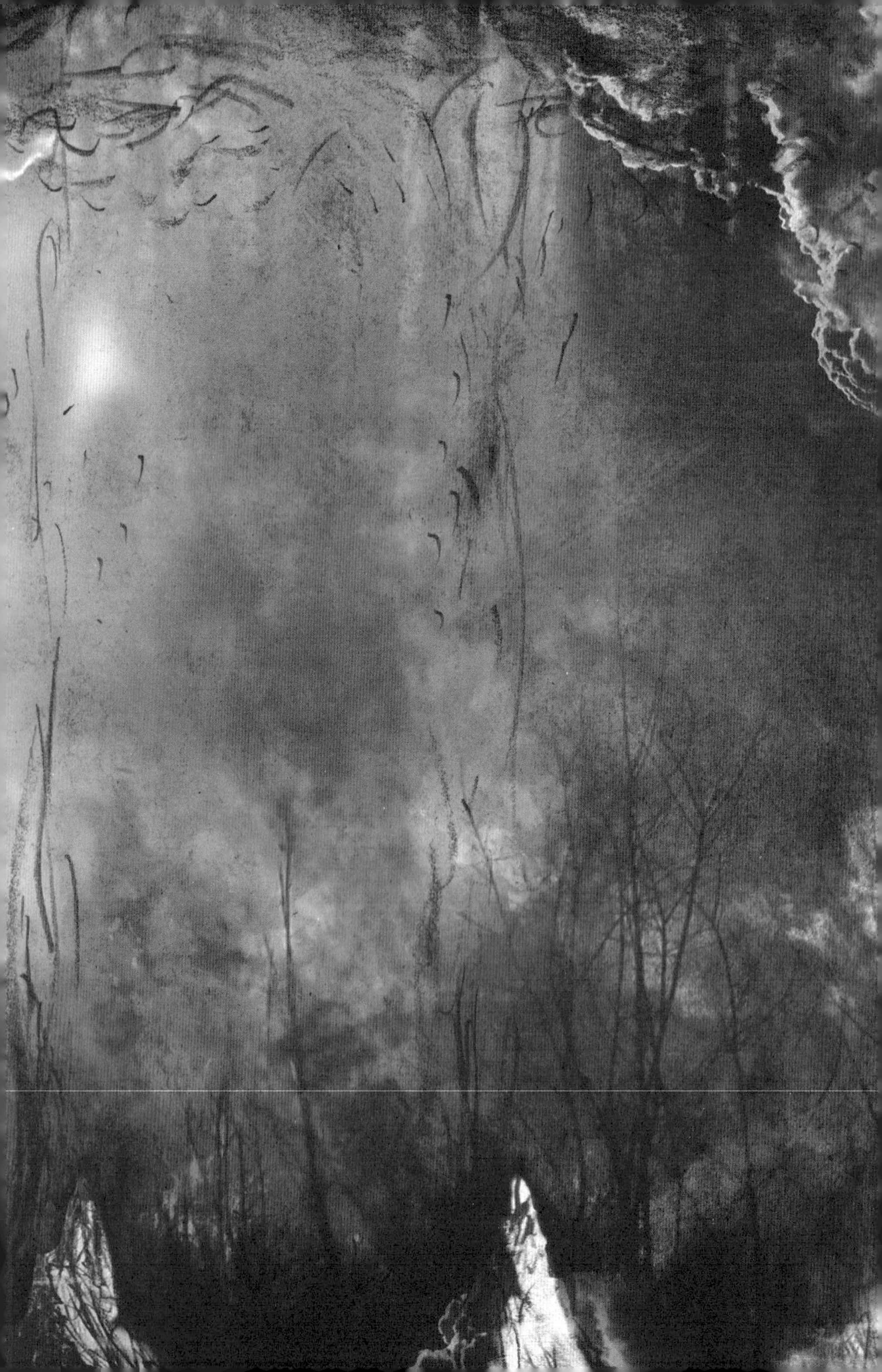

世界需要英雄

這是人類有史以來最黑暗的時刻，恐怖的末日即將降臨蠻荒群島。

不久前，這些翠綠小島還生機勃勃，每座小山丘上都有可愛的小村莊。現在，那些村莊都被炸成碎片，就連燒焦的山丘也缺了好幾口，有的山壁傾倒了，有的河流改道了，有的樹木上下顛倒、哭泣似地流出汁液，憤怒的龍族用巨大的爪子一抓，地面就多了好幾道深溝。

燒毀的村莊、焚燒的樹林不停冒煙，和晨間霧氣混合形成詭異的煙霧，而這片煙霧中，龍王狂怒與牠龍數眾多的叛軍聚集在強盜灣，巨大的身形在霧中恍若幽靈。大部分的龍還沒清醒，牠們半閉著眼睛、伸長了飢餓的龍

爪，準備和人類展開最終決戰。

末日已然來臨，世界需要英雄。

不是隨便一個英雄就好，世界需要的，是一位能改變歷史走向的英雄。

即使到了現在，即使到了聖誕末日當天凌晨，還是有人在外頭尋找這樣一位英雄。

兩個年輕維京戰士——一個男孩和一個女孩——一起騎在美麗的三頭死影背上，衣衫襤褸。這兩個年輕戰士離家

很遠、很遠，因為人龍戰爭的戰火將他們安全的家鄉都燒成了灰燼，灰燼被蠻荒群島的狂風吹到世界各個角落，再也找不回來了。

現在只有英雄能拯救他們，

他們都非常害怕——非常、非常害怕——不過戰士女孩很努力裝作天不怕地不怕的樣子。

女孩是個性勇猛、身材嬌小的沼澤盜賊，一頭金髮彷彿被旋風吹過似地打了好幾個結。她湊到三頭死影身側，對不停變動的濃霧堅決又急切地呼喚：

「小嗝嗝？小嗝嗝？小嗝嗝，你在哪裡？小嗝嗝，你在哪裡——？」

坐在她身旁的男孩名叫魚腳司，他的身材像蜘蛛一樣瘦長，頭頂著燒焦的捲髮，破掉的眼鏡歪歪斜斜地騎在他鼻梁。「神楓，小嗝嗝死了。」他疲倦又無奈地輕聲說。「所有人都知道他死了，大家都親眼看見了……」

你在哪——裡——？

你在哪——裡——啊——？

「他沒死！」小女孩害怕得火大了。「我不相信他死了！我知道他還活著！我的心清楚知道……」

「小嗝嗝？小嗝嗝，你在哪裡？小嗝嗝，你在哪——裡——？」

除了神楓與魚腳司，還有「其他東西」在尋找英雄。

遙遠的霧中，巫婆的吸血暗探龍死裡逃生，從海裡逃了出來，撐開牠那雙不懷好意的蝙蝠翅膀，紅眼睛閃閃發亮，猴子臉嗅嗅聞聞，到處獵殺英雄。吸血暗探並非盲目地在濃霧與黑暗中搜索，而是準確定位到獵物的所在，正逐漸逼近。兩天前，牠咬了大英雄小嗝嗝的左手臂一口，在英雄手臂上留下牠最喜歡的兩顆利牙。此時此刻，牠聽見牙齒的呼喚聲，它們就在飄著霧水的海洋某處。

滴、答、滴、答。吸血暗探的牙齒唱道。滴、答、滴、答。黑暗中，它們埋在英雄手臂上，小聲滴答作響。

而在雲霧滿布的天上，吸血暗探的蝙蝠耳朵轉向那個聲音的方向：滴、答、滴、答。

沒死，沒死，吸血暗探心想。英雄只是身受重傷而已，他還沒死……但是我一定會確保他「完全死透」……

龍王狂怒也知道英雄還沒死。

濃霧中、整片蠻荒群島，到處是龍王狂怒派出去的狩獵團，龍族成群結隊在荒蕪的海霧與海洋中獵殺英雄。

牠們整晚飛在乖戾海上，從北方凍結的無名島到南方火焰林、從東方心碎灣到西方神祕島與水之鄉，滴著口水的獠牙與明亮的貓眼四處尋找英雄。牠們飛翔的姿態宛如厲鬼與來自過去的幽靈，所有龍都怨憤地唸誦同一

句話：

「獵殺那個人類……獵殺那個人類……獵殺那個人類……」

還有……

「小嗝嗝？小嗝嗝，你在哪裡？小嗝嗝，你在哪——裡——？」

其中一支搜索隊是一小群沙鯊龍，牠們看見吸血暗探用牙齒追蹤某個人，知道暗探龍追蹤的人是誰，於是牠們在霧中跟蹤吸血暗探……

「小嗝嗝？小嗝嗝，你在哪裡？小嗝嗝，你在哪——裡——啊？」

世界真的需要英雄，因為再過短短數小時，龍族叛軍中仍然熟睡的龍將全部醒過來，用龍火點燃

小嗝嗝，你在哪裡？

世界。

但在末日的最後一天，究竟哪一方能最先找到小嗝嗝呢？找到小嗝嗝的，會是懷著友善的心、打算幫助他的朋友，還是準備用利齒與火焰殺死他的敵人？

親愛的讀者，如果你有勇氣，就隨我繼續往下看吧。握住我的手，我們將飛得比吸血暗探還要快，比三頭死影還要隱匿，我們追蹤牙齒的滴答聲比任何人、任何龍都要有效率，能找到躺在英雄末路島的小英雄。

小小的英雄末路島，是故事終結的所在，也是故事開始的所在……

親愛的讀者，雖然我們已經走到結局，還是請你聽我從頭說起吧。

第一章　情況沒有最糟，只有更糟

末日的最後一天，又稱聖誕末日，小嗝嗝・何倫德斯・黑線鱈三世癱倒在英雄末路島的海灘上，不省人事。

這真是難受的一天，天氣冷得要命，太陽還得掙扎著爬過冰封的天際，奧丁冬風像一百隻報喪女妖般呼號，濃濃的清晨霧氣還參雜戰爭與樹林燃燒的濃煙，幾乎到伸手不見五指的地步。

不過某方面來說，濃霧也是一種小確幸，至少在霧中你看不見周遭的毀滅與焦黑。整晚在外獵殺小英雄的龍族被霧氣隱藏身形，濃霧同時還隱藏住龍王狂怒壯大的軍隊——此時此刻，龍族叛軍漸漸甦醒，在附近荒涼的強盜灣活動。

濃霧也把我們的小英雄藏了起來。

以維京英雄而言，小嗝嗝一直都長得平凡無奇，他的臉是那種看了就忘的路人臉。不過他現在看起來真的很慘，像被不小心踩壞的稻草人，身體一半泡在水裡、纏滿海草，身上的衣服破爛不堪，臉上有兩個深深的黑眼圈，臉還被龍爪抓傷，全身黏了一層海鹽。他昨天被吸血暗探龍咬了一口，整條左手臂都腫起來了，身體左邊也變成很詭異的紫色。

人類正面對史上最可怕的危機，人類的英雄卻長得這麼奇怪。

但至少他還活著……勉強還算活著。

小嗝嗝胸口坐著一隻很老、很老的狩獵龍，這隻名為奧丁牙龍的老龍已經超過一千歲了，牠像棕色落葉一樣皺巴巴的。

奧丁牙龍之前試著把小嗝嗝拖到離海水遠一點的地方，牠抓住小嗝嗝破爛的衣領，老邁的小短腿用盡全力拉扯，可是奧丁牙龍的體型和瘦巴巴的小兔子差不多，不省人事、外貌悽慘的男孩完全沒被牠拉動。

「天啊，天啊。」奧丁牙龍急切地呻吟。牠用自己的身體溫暖小嗝嗝的心臟，並輕輕對男孩的臉吹熱氣，希望能喚醒他。

「沒有比這更糟的情況了……我們再不走，他們就要找上門來了……一旦海水漲潮，你可能會溺死，問題就更大了……小嗝嗝你醒醒，醒醒啊！你『一定』要醒來！」

男孩的眼皮動了動。奧丁牙龍急得朝他的臉噴一口海水，男孩咳了咳。

「噢，天上的偉大翅膀啊，謝謝你！」奧丁牙龍高呼，還激動地跳上跳下，像蟋蟀似地摩擦翅膀。「他還活著，他醒來了！」

男孩睜開眼睛——睜開一隻眼睛，因為另外一隻眼睛瘀腫得太嚴重了，幾乎張不開。

「唉，小嗝嗝啊，」奧丁牙龍溫柔地說。「真是抱歉，我吵醒你了。孩子，你必須立刻離開海邊……海水要漲潮了……」

小嗝嗝呻吟著坐起來，咳嗽幾聲，摸了摸額頭。他的頭痛得彷彿被雷神索爾用鐵鎚敲頭部內側與外側，痛得他都耳鳴了。

「這是什麼地方？」小嗝嗝咳出海水，邊努力呼吸，沙啞地問。

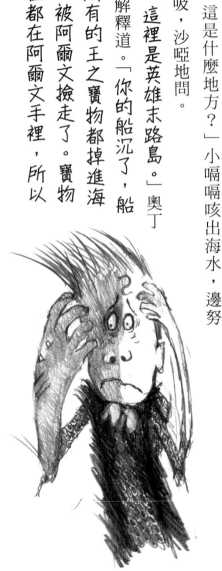

「這裡是英雄末路島。」奧丁牙龍解釋道。「你的船沉了，船上所有的王之寶物都掉進海裡，被阿爾文撿走了。寶物現在都在阿爾文手裡，所以

我是誰？？

我們要趕快行動——」

「我為什麼會在船上？」小嗝嗝打斷牠。「阿爾文是誰？什麼是王之寶物？你是誰？還有，最重要的是……

「我是誰？」

奧丁牙龍困惑地眨眼。

「你說什麼？」

「我是誰？」小嗝嗝又重複說了一次。

「你不知道自己是誰？」奧丁牙龍尖聲說。「你是認真的嗎？你不知道自己是誰？」

小嗝嗝搖搖頭。

「天啊天啊天啊天啊！」奧丁牙龍呻吟道。「事情沒有最糟，只有更糟！男孩失憶了！」

我恐怕得告訴你，奧丁牙龍說得沒錯，之前發生船難時，

小嗝嗝被船桅撞到頭，他真的失憶了。

「對不起，」小嗝嗝難過地顫抖著說。「我不記得自己是誰，也不記得我來這裡做什麼。我什麼都不記得了。」

他努力回想，但四周的煙霧彷彿從耳朵鑽進了他的腦袋，他的頭痛得不得了，一切好像都上下顛倒、一片混亂。

他只知道自己又冷又痛，之前似乎發生了可怕的事，他似乎要做什麼非常重要的事。

「這真是場災難！而且這件事說來話長，『非常』長。」奧丁牙龍焦急地跳上跳下。「情況真的十萬火急，我只能長話短說。『我』是奧丁牙龍，『你』是小嗝嗝・何倫德斯・黑線鱈三世，是極為偉大的英雄！」

「是嗎？」小嗝嗝詫異地低下頭，看著自己瘦弱的身體、破爛的衣裝。

「不太可能吧！」

「你要相信我，」奧丁牙龍說。「雖然你看起來不像英雄，實際上你就是個大英雄。我必須承認，你不是一般人說的維京英雄，不過你非常聰明、你會說龍語，全世界沒幾個人會說龍語。說來奇怪，你忘了自己是誰，卻還能說龍語……」

「真的耶！」小嗝嗝驚訝地說。他回答奧丁牙龍時，說的果真是龍語。

「你現在要很努力集中精神，」奧丁牙龍焦急地說。牠努力保持冷靜，卻不怎麼成功。「因為我們現在情況危急。你看那邊！」

奧丁牙龍急切地用發抖的龍翅指向東北方。小嗝嗝一隻眼睛腫得睜不開，仍然稍微往左邊歪頭，很慢、很慢、很痛、很痛地撐開右眼瘀青的眼皮，勉強往東北方望去。

「我什麼都看不到。」小嗝嗝說。霧氣實在太過濃稠，他幾乎什麼也看不見。

「好吧，那你聽我說。」奧丁牙龍尖聲說。「『那邊』的凶殘島上，龍王狂怒聚集了龐大的龍族軍隊，他們龍多勢眾、凶暴猛惡，這世界上從沒有過這樣一支軍隊。那些不受任何法律約束的野龍集結在他麾下，只為了一個目的……

「龍王狂怒的目的……就是消滅全人類。」

牠說完之後，男孩與龍之間瀰漫著恐怖的沉默。

小嗝嗝用力吞了口口水。煙霧盤繞在他周遭，還鑽進他的鼻孔，害他咳嗽。冰冷的海水似乎滲進他的骨頭，讓他止不住地發抖，他還聽到自己的心跳聲：撲通……撲通……撲通……

「末日……」小嗝嗝驚恐地緩緩說出這兩個字，一絲模糊的回憶如劃破水面的鯊龍鰭，又悄悄消失了。「末日……龍族和人類的最終決戰……」

「你確定嗎？」小嗝嗝遲疑地望向煙霧中的彼方。

「百分之百確定。」奧丁牙龍焦慮地發抖，近乎語無倫次地回答。「而『你』呢，小嗝嗝．何倫德斯．黑線鱈三世，你是人類與龍族最後的希望，是世界所需的英雄。」

「我？」小嗝嗝結結巴巴地說。「我嗎？」

哽住的喉嚨發出質疑的笑聲，他又低頭看著自己傷痕累累的身體。他的腿和兩條海草差不多，手臂像兩隻雞翅，左手前臂似乎被什麼東西攻擊過，腫成一般手臂的兩倍大小，而且左手臂和左半邊身體都呈紫色。

「英雄不是要鬥劍、丟戰斧、丟長矛之類的嗎？面對那麼壯大的龍族軍隊，『我』又能做什麼？」小嗝嗝絕望地說。

「你其實是很厲害的劍鬥士——」

小嗝嗝對奧丁牙龍晃了晃軟趴趴的手臂。「現在不是啊！我不可能握劍，那我要怎樣？你該不會要我揮手，把敵人『揮』死吧？還是我要對他們『流口水』，這樣是不是比較可怕……」

奧丁牙龍當作沒聽見。

「我們必須盡快離開這座島嶼，我一整晚都在注意龍族叛軍的動向，他們派出好幾支搜索隊來找你，然後——啊！天啊！」

棕色小龍突然驚叫一聲，眼睛睜得很大。牠低頭一看，發現自己瘦巴巴的小肩膀上，插著一枝棕色短箭。

「啊！我的天啊，我中箭了！」奧丁牙龍驚呼。很多不同品種的龍都能噴射短箭，箭上帶有能讓獵物睡著的毒液。奧丁牙龍用翅膀指向海灘後方的草叢。「危險！危險！是龍族叛軍的搜索隊！」

小嗝嗝快速轉身，然而無論往哪個方向看，海灘上除了濃濃的黑煙、海風與海鷗鳴叫聲之外，什麼都沒有。

咻——！又一枝短箭從小嗝嗝面前飛過，差幾英寸就要射中他的鼻子。短箭似乎是從後方崖邊射來的，小嗝嗝來不及細想，憑直覺做出反應。

他跳了起來，結果一站起來心就沉了下去，因為他不僅左邊身體變成奇怪的顏色，左腿也和左手臂一樣麻木、和水母同樣癱軟。

他跌跌撞撞地往前走，像喝醉酒的水手般搖來晃去，剛好在又一枝短箭射來時摔倒。短箭從他頭上飛過去，他則滑到奧丁牙龍身邊，拔出小龍肩頭的短箭，匆忙把小龍塞進他破破爛爛的背心裡。

「你、你還好嗎？」小嗝嗝結結巴巴地問。

「**我沒事！**」奧丁牙龍尖聲說。「**只是有點麻而已，沒事的……**」

咻——！咻——！咻——！

小嗝嗝滾到旁邊一顆大石頭後面。小嗝嗝驚恐得心臟狂跳，心想：小短箭都是從海灘另一邊那片長滿草的山丘射來的。他歪過頭，偷偷從岩石後探出頭，試圖用可以睜開的眼睛看見煙霧中的敵人……

然後，他看見了——眼睛。

黑暗中，是閃閃發亮的龍眼睛。

唉，我的雷神索爾啊。

有龍在獵殺他。

第二章　你看，故事才開始不到五分鐘，情況又變糟了

「這是怎麼回事？」小嗝嗝小聲問奧丁牙龍。「那些龍是誰？他們為什麼要殺我？」

奧丁牙龍的眼皮垂了下來，那副隨時會昏睡過去的模樣著實令人擔心。

「我剛才就說了……」牠尖聲說。「他們是龍族叛軍的龍，他們想阻止你當上國王，因為你是尋找失落的王之寶物的英雄……」

「什麼？」小嗝嗝大喊的同時……

咻咻——！

……又有好幾枝短箭從石頭旁飛掠過去。

「天啊，」奧丁牙龍越說越快，牠知道自己快睡著了。「小嗝嗝，這件事說來話長，但是我一定要讓你明白……該從哪裡說起才好呢？很久很久以前，在明日島上，恐怖陰森鬍國王以為他兒子——小嗝嗝二世——想率領龍族叛亂，於是他殺了親生兒子，將兒子的龍——龍王狂怒——囚禁在樹林牢獄之中——」

「我們沒時間『從頭』開始講了！」小嗝嗝喊道。短箭咻——咻——咻——地從他們頭上飛過。「把重點告訴我就行了！」

「這些全都是重點啊！」奧丁牙龍慌了手腳。

「我先找個比較安全的 地方躲起來，」小嗝嗝說。「這顆石頭不夠大——」

就在這時，一件出乎意料的事情發生了，嚇得小嗝嗝差點停止心跳。他後

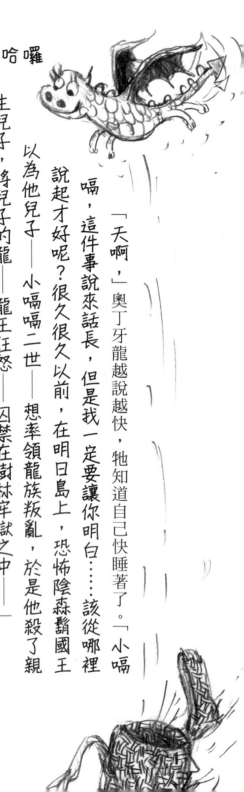

頸有某個東西扭了扭，用低沉微弱的聲音說：

「**餅乾在哪裡？**」

「啊啊啊啊啊！」小嗝嗝驚叫著亂拍自己後腦勺，他以為有什麼從後方襲擊他，抓住了他後頸。

「**別怕，別怕，**」老奧丁牙龍安慰道。「**那是另外一隻小龍，你想必在之前沉船時怕他受傷，把他放進背包了。你別怕，他不會傷害你的，他是『我們這一邊』的龍……他應該是剛剛才醒過來……**」

果不其然，小嗝嗝發現自己背著一個被壓扁的小背包，一隻圓滾滾、長得像開心的小豬的玩賞龍飛了出來。

那是一隻豕蠅龍。

全蠻荒群島，就屬豕蠅龍最溫馴、最愚笨，比起咬你的敵人，牠們更可能去舔敵人，有時候還會拖你後腿。

「**汪汪！**」小豕蠅龍歡樂地吠叫（牠還以為自己是狗）。

是一隻豕蠅龍。

「母親，哈囉！到下午茶時間了嗎？我可以幫忙！我很會幫忙喔！」

「天啊……好喔，我相信你很會幫忙，」小嗝嗝有些歇斯底里地說。「不過你現在還是跟我們一起躲在這顆石頭後面就好。還有，你小心不要『中箭』。」

「來繼續說故事。」奧丁牙龍說。「恐怖陰森翡非常後悔，他發誓除非能找到比他更好的人選，西荒野王國將再也不會有國王。他設下不可能的任務，把十件王之寶物藏到世界上各個角落，只有真正的英雄能集齊十件寶物，成為西荒野新王……」

小嗝嗝沒有專心聽故

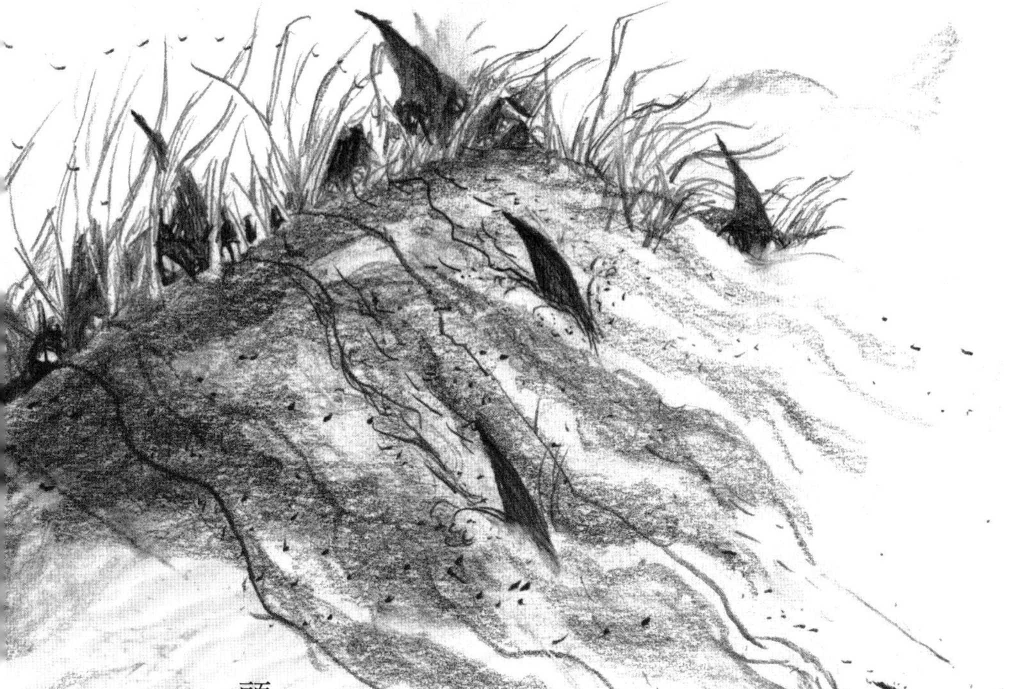

事，他忙著從岩石後面偷看海灘另一頭的懸崖。

許多黑影越過了懸崖，爬到沙灘上，身體藏到沙地下，只露出頭頂與鯊魚鰭般的背鰭。背鰭開始在沙中移動，彷彿在海中游泳，那些生物不時從沙地探出頭，噴射毒箭……

太誇張了吧！小嗝嗝心想。

那隻奇怪的棕色小龍堅稱他是偉大的英雄，可是小嗝嗝只覺得自己無助又虛弱，他都快動彈不得了，怎麼可能擊退一群鯊魚般的龍？

這時，一絲記憶不知從哪裡冒出來，宛如不受控制的魔術箱玩偶。

沙鯊龍。

他知道那些是什麼東西了，牠們是沙鯊龍。

他不知道自己是怎麼知道的，反正他就是知道。

有趣的是，他對沙鯊龍不只有淺薄的認識。

有關沙鯊龍的「所有知識」，他都知道。

小嗝嗝知道，牠們是一種和狗或狼差不多大的群居動物，可以先用毒箭讓獵物昏睡過去，所以能捕食體型比自己大很多的獵物。一旦牠們在獵物身上射了夠多毒箭，獵物就會昏厥，到時沙鯊龍會一擁而上，殺死毫無抵抗之力的獵物。

「『非常』不幸的是，」奧丁牙龍尖聲說。即使沒有人聽，牠還是急著說完故事。「小嗝嗝，『你』雖然把所有失落的王之寶物都找出來了，奸險的阿爾文卻偷了你的寶物，準備登基為王。只要成為新王，他將得知龍族寶石的祕密，得到永遠毀滅龍族的力量……小嗝嗝，你有沒有在聽？」

不好意思，小嗝嗝沒有在聽。

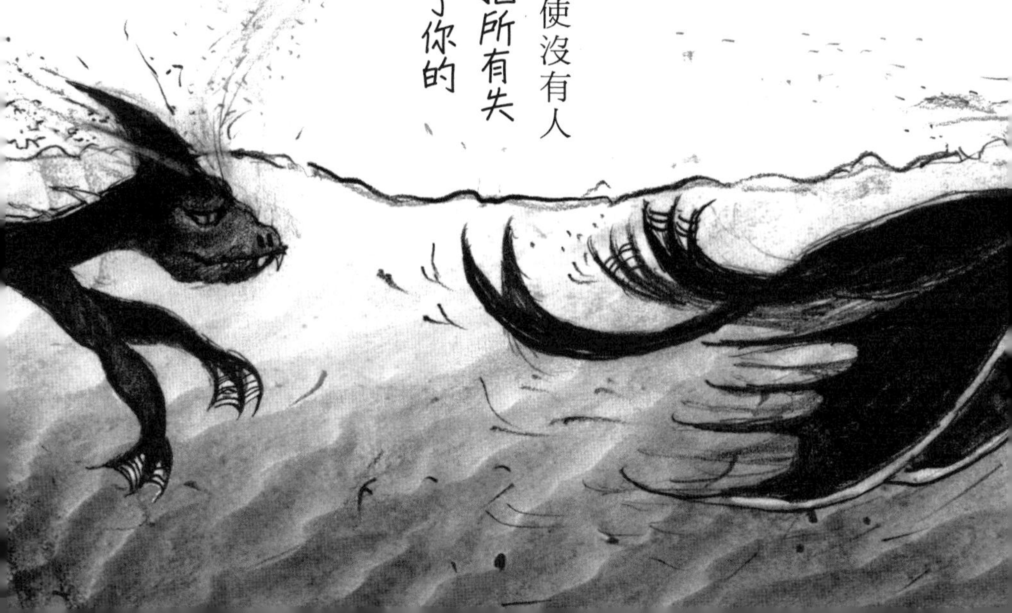

他正在想一件更急迫的事：如何活下去。

既然奧丁牙龍還醒著，那小嗝嗝這種體型的動物，可能要被短箭射中五、六次才會昏睡過去。離他們一小段距離的位置，有一艘破掉的小船，小嗝嗝應該能勉強滾過去。只要躲到船上前不被射中太多次，他應該能爭取一點時間，再想更好的辦法……

好漂亮的箭喔……

問題是，豕蠅龍有自己的想法。

「**喔喔你看，那些龍在玩拋接球耶！**」豕蠅龍興奮地尖叫。「**我最喜歡拋接球了！比捉迷藏好玩多了！而且我『最』會玩這個了！**」

小嗝嗝還來不及阻止牠，豕蠅龍就從岩石後面衝出去，到處飛來飛去，試著用嘴巴接住短箭。

「不可以！」小嗝嗝又氣又急地警告牠。「**豕蠅龍，不可以！不可以**

接住短箭！它們有毒！」

但是豕蠅龍不聽話。「**好『漂亮』的箭喔！**」牠唱道，捲捲的小尾巴開心地快速搖動。「**漂亮的小箭！快來跟豕蠅龍玩！**」

「**短箭『很壞』——豕蠅龍，短箭『很壞』！**」小嗝嗝看見豕蠅龍撲向三、四枝短箭時嚇得尖叫。豕蠅龍興奮得拍翅膀的嗡嗡聲會比平時大聲，現在牠開心到發出很吵的嗡鳴，都聽不到小嗝嗝的叫聲了。

「**啊呀！**」豕蠅龍差點被一枝短箭射中，牠尖呼了一聲。

「**差一點！**」牠尖叫，小豬嘴又只咬到空氣。

幸好豕蠅龍不僅沒有如牠說的那樣擅長接球，實際上牠一點也不擅長玩拋接球遊戲，但空中飛射過去的短箭實在太多了，牠被射中是遲早的問題。

「喔喔，我一定要接住這個……」豕蠅龍自言自語。牠看到一枝朝牠直直飛來的短箭，眼睛瞇了起來，還故意調整姿勢，等箭飛過來一定會命中牠。小嗝嗝把身體重量換到右腳，英勇地全力「跳」向豕蠅龍，及時舉起軟趴趴的左手臂，幫豕蠅龍擋下一箭。短箭射中他軟軟的手臂，小嗝嗝面朝下撲倒在沙地上。

「母親也在玩！」豕蠅龍高呼。「母親，接得好！」

小龍興奮到全身發脹，飄到離小嗝嗝一條手臂距離處，小嗝嗝伸手拉住豕蠅龍捲捲的尾巴，半跳半滾地前進，帶著昏昏欲睡的奧丁牙龍、興奮到充了氣的小豕蠅龍穿過箭雨，躲進壞掉的船裡。

咻——！咻——！咻——！

小嗝嗝爬上船時，三枚短箭埋入船身。

咚！

就在小嗝嗝把小豕蠅龍拖上船之際，一枝短箭射中豕蠅龍，幸好短箭被牠膨脹的身體彈開了。

躲在船上比躲在岩石後面安全一些，不過小嗝嗝湊到船側一個小洞往外看，看見沙鯊龍的背鰭開始繞著破掉的船轉圈。是他的錯覺嗎？沙鯊龍背鰭是不是比剛才更近了？

小嗝嗝害怕地喘氣，忙著檢查豕蠅龍有沒有受傷。「豕蠅龍，你沒事吧？」

「我『沒事』！」豕蠅龍愉快地尖聲說。「我被打到可是我『很高』所以它直接『咚』掉了！你有沒有聽到？有沒有聽到？『咚』的喔！」

小嗝嗝稍微放下心來，轉而將注意力移向自己的手臂。他身體左側已經完全麻木，有沒有被毒箭刺到都沒差了。

拔出短箭時，小嗝嗝注意到手臂上還插著兩個噁心的東西，它們白白的，看起來像是「牙齒」。好噁喔。

「**奧丁牙龍，我怎麼手上插著兩顆『牙齒』？**」小嗝嗝驚恐又好奇地盯著自己的手說。

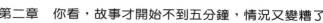

「**喔對，**」奧丁牙龍安慰他。「**我忘了告訴你，我們還有個『小小』的問題：你被吸血暗探咬了。**」

吸血暗探？我的雷神索爾啊……小嗝嗝紅腫的眼睛又湊到船側的洞口，看見越來越多沙鯊龍從崖邊的草地溜出來，鑽進沙子裡，背鰭越來越靠近破掉的船，越來越近、越來越近……

等一下！龍群最邊緣的東西是什麼？那個不是沙鯊龍！

一雙紅眼睛在草地中散發光芒，彷彿飄在空中。紅眼睛周圍，一隻比沙鯊龍恐怖太多太多的動物緩緩現出身形，這是隻頭部像蝙蝠、身體像猴子、能隱藏身形的龍……**吸血暗探**。小嗝嗝腦袋告訴他。

難怪搜索隊這麼快就找到他了。吸血暗探的狩獵方式和沙鯊龍有點像，不過牠們不是用毒箭射獵物，而是在咬住獵物時留一顆牙齒在傷口內，牙齒的毒素會慢慢麻痺獵物，牙齒也會像時鐘一樣發出滴答聲。過一段時間，吸血暗探就能把牙齒當作追蹤器，找到失去行動能力的獵物。

抱歉，事實就是這麼噁心。

「我的雷神索爾啊，我的雷神索爾啊，情況怎麼越來越糟了……」

「**我們繼續說故事。**」奧丁牙龍尖聲說，怕得睜大雙眼。「**小嗝嗝，『你』必須前往明日島，從阿爾文手裡搶回王位！**」

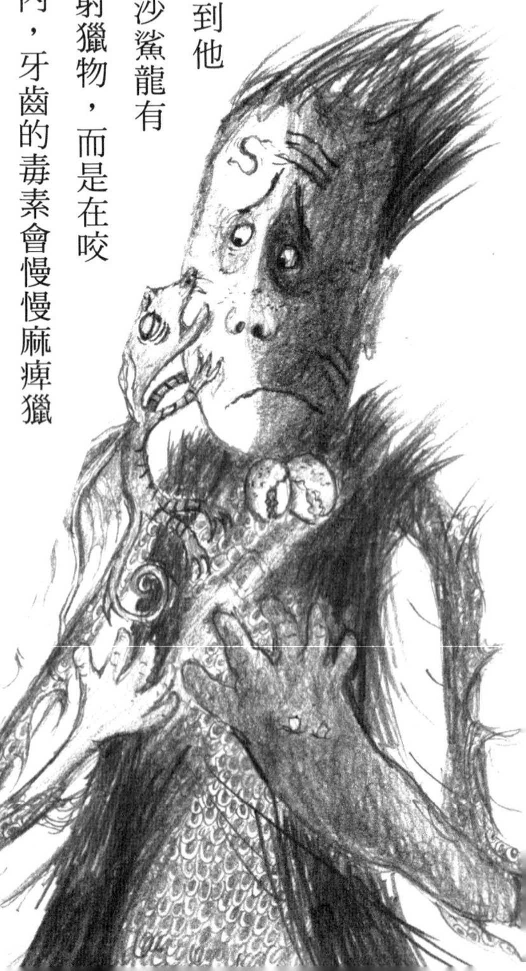

「現在還說什麼故事！」小嗝嗝罵道。「那個不重要！你晚點再說故事也不遲——」

「故事『都』非常重要！」奧丁牙龍尖叫。「附近那些龍不過是小小的問題，我要把事情的全貌告訴你——」

「那些小小的問題想『殺死我們』耶！」小嗝嗝驚慌地說。

小嗝嗝伸出不停顫抖的手，撿起船下面的幾顆石頭，盡力朝逐漸逼近的龍群丟過去。他聽見石頭落在沙地上的悶響，顯然沒擊中沙鯊龍。

「小嗝嗝，你一定要聽我的話！」奧丁牙龍急切地哀求道。牠奮力爬上小嗝嗝的背心，用翅膀框住小嗝嗝的臉，直視他的眼睛。

這下，奧丁牙龍終於讓小嗝嗝專心看牠了。海龍的黃眼睛有催眠能力，你一旦對上牠的眼睛，就會全神貫注聽牠說話。

「要是奸險的阿爾文成為國王，他會使用寶石的力量『滅絕』龍族！」棕色小龍焦急地尖叫。「所以『你』必須阻止阿爾文！『你』必

須前去明日島，『你』必須從他手裡搶回王位！然後『你』要去見龍王狂怒，想辦法說服他結束叛亂！我就說事情十萬火急！我就說我們時間不夠了！」

「好啦好啦……」小嗝嗝邊說邊摸摸棕色小龍的背，盡量安撫牠。「我去就是了……」

「而且我們『麻煩大了』！」奧丁牙龍尖叫。「因為你沒有『船』、沒有『王之寶物』，也沒有任何『武器』……」

「別擔心，」小嗝嗝說。「我會去的……」

「小嗝嗝，是命運帶我們來到英雄末路島，這之

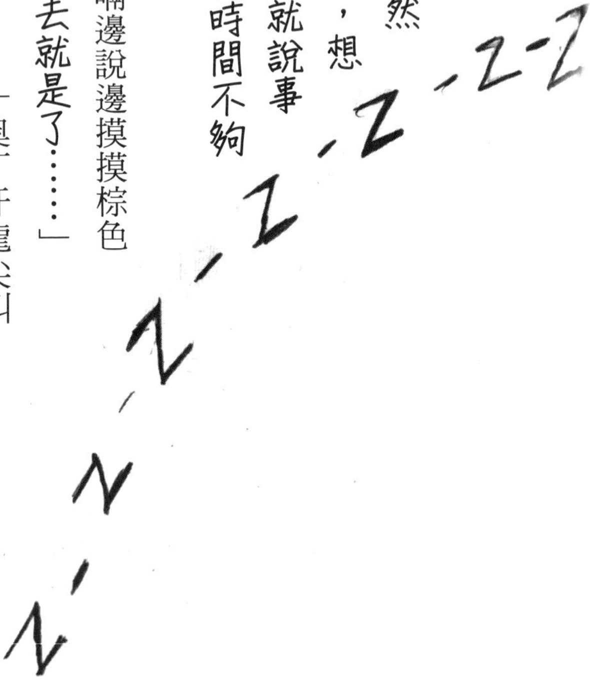

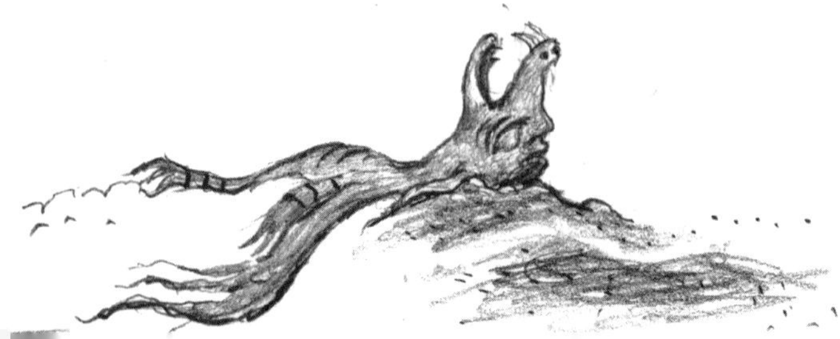

中想必有某種重要性。我也不知道命運有什麼安排，不過恐怖陰森豁就葬在這座島上。阿爾文殺了你堂哥鼻涕粗，所以其他人類都以為你死了……」

說到這裡，奧丁牙龍的聲音變得十分疲倦，牠明白自己即將睡著，趕緊加速把話說完。「簡而言之，不要相信『任何人』。他們都想殺你。龍王狂怒還有阿爾文，『所有人和龍都想殺你』……」

「我不會相信任何人的。」小嗝嗝安慰牠。

「還有，小嗝嗝，等你到了明日島，你絕對不可以——」

但是奧丁牙龍無法再說下去了，沙鯊龍短箭的毒液讓牠的眼皮越來越重，分岔的舌頭也越來越無力。

牠又嘗試一次：「你絕對不可以——」

太遲了。

奧丁牙龍還沒說完，就閉上眼睛昏睡了過去。

這實在是太糟糕了，因為牠想告訴小嗝嗝的是：「等你到了明日島，絕對不可以在海灘登陸，因為明日島龍族守衛都守在那裡。」這句話非常非常重要。

奧丁牙龍說對了。

情況沒有最糟，只有更糟。

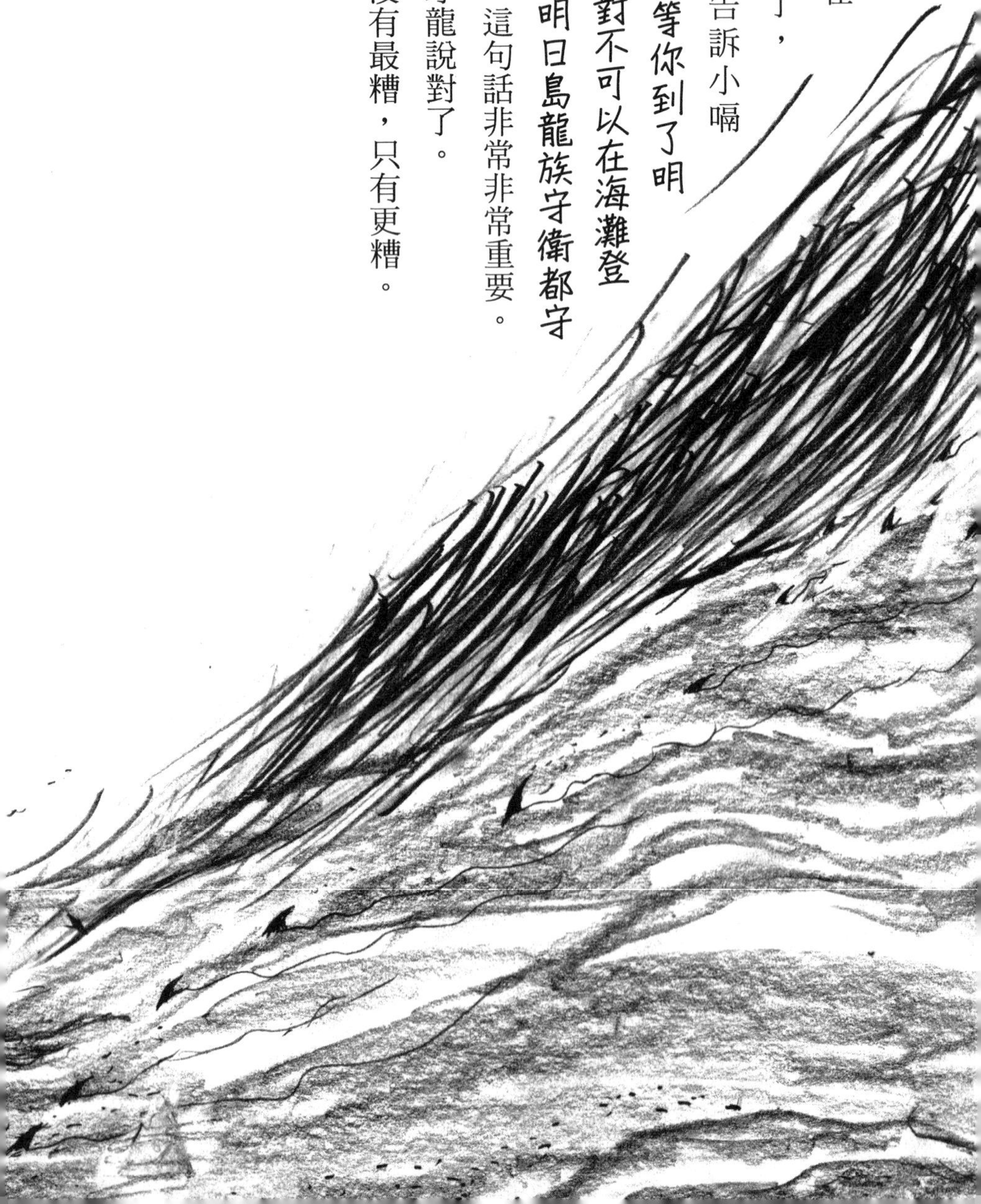

第三章　小小的問題

五分鐘前，奧丁牙龍拚命想喚醒不省人事的男孩。

現在，情況顛倒過來了。

「**醒醒啊！**」小嗝嗝壓低聲音說。他輕輕搖晃奧丁牙龍，搔搔牠耳朵後面敏感的位置。「**拜託你……快醒醒啊！我不知道該怎麼做才好！**」

短箭的毒液並沒有殺死奧丁牙龍，不過它的毒性讓棕色小龍沉沉昏睡了過去。奧丁牙龍完全不知道龍群即將攻過來，還發出響亮的打呼聲，以牠這麼小隻的龍而言，這種鼾聲實在出人意表。

小嗝嗝必須保持樂觀，保持樂觀。

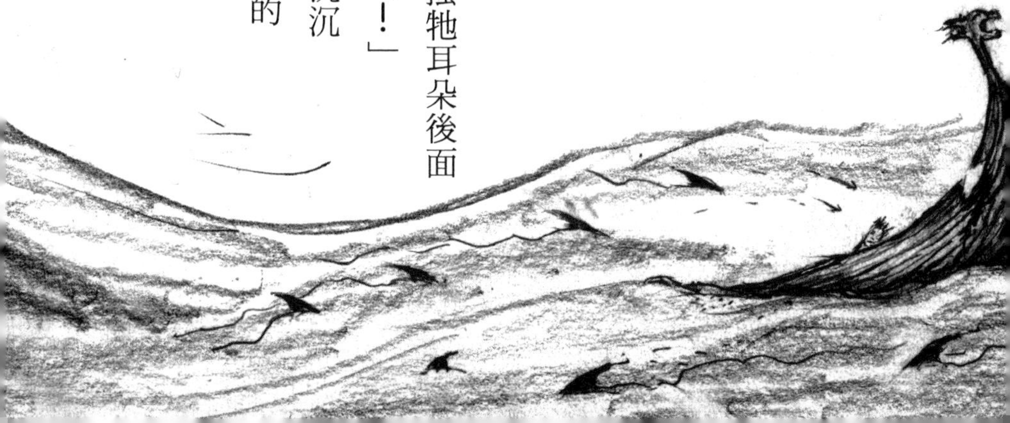

「敵方」有：三十隻沙鯊龍和一隻令人毛骨悚然的吸血暗探。

「小嗝嗝這邊」有：昏睡不醒的奧丁牙龍、一個身體麻木到只能單腳跳或爬行，手臂還埋著噁心的追蹤器的小英雄、一隻很可愛但十分愚笨的小豕蠅龍。此時此刻，豕蠅龍正吐著舌頭，興奮地在小嗝嗝面前喘氣。

沙鯊龍群逐漸逼近。

吸血暗探逐漸逼近。

吸血暗探靠得越近，小嗝嗝的手臂就越是灼痛。牙齒彷彿能感應到主人，它們在小嗝嗝的手臂裡震動，鋸齒狀的邊緣不停戳刺小嗝嗝的手臂，讓他痛不欲生。

木頭船身的另一側傳來可怕的嗅

聞聲。雷神索爾啊，龍群近到小嗝嗝都能聽到牠們的喘氣聲了。他一定要再看一眼。

小嗝嗝及時退離船側的洞——因為，他驚恐地發現，吸血暗探的大眼睛正從船外往裡面看。

小嗝嗝顫抖著等待眼睛離開洞口，自己也湊到洞口去看。

吸血暗探就站在船前，近到小嗝嗝能看到牠的鼻子到處聞聞嗅嗅，看到從吸血鬼獠牙滴落的口水。牠喉嚨深處發出危險的「咯、咯」聲，那是龍族準備撲上去攻擊獵物的聲音……牠捲曲的長尾巴綁著某種繩索，繩索拖行在牠身後的沙地上。（註1）

小嗝嗝再不行動，他們就死定了。

他突然靈機一動，情急之下想到辦法。豕蠅龍充氣膨脹的時候，毒箭對牠

註1 在上一本回憶錄中，小嗝嗝已經和吸血暗探戰鬥過一次，繩索就是那時候纏住牠的。

沒有效果，小嗝嗝說不定能派豕蠅龍吸引沙鯊龍的注意力，他自己就能專心對付吸血暗探。

「豕蠅龍，我需要你幫個忙。」小嗝嗝急切地壓低聲音說。「我要你玩一場『鬼抓人』……」

「喔喔，我『最喜歡』玩鬼抓人了！」豕蠅龍興奮地尖聲說。「誰要當鬼？我嗎？還是你？」

「沙鯊龍是鬼。」小嗝嗝悄聲說。

「是那些唱好聽的歌的龍嗎？」豕蠅龍問道。

「就是他們。」小嗝嗝說。「可是豕蠅龍，你要先『充氣』才可以玩……」

「像『這樣』嗎？」豕蠅龍尖聲問。牠努力集中精神，像氣球一樣充氣膨脹。

「就像這樣。」小嗝嗝告訴牠。「你等下就飛出去，不要讓他們抓到你……」

「好喔好喔！」豕蠅龍說。牠現在全身脹成紫色，圓滾滾的像極了巨大的葡萄——一顆長了捲尾巴與小豬臉的葡萄。「我『最喜歡』玩鬼抓人了！而且我超會玩鬼抓人，比拋接球還會！他們『絕對』抓不到我！」

「等我叫你出去你再去。」小嗝嗝低聲說。他從背心裡拖出昏睡不醒的奧丁牙龍放進背包，以免牠受傷。完成後，他將一大片海草放在自己頭上，抓起大把大把的泥沙往自己身上抹。

豕蠅龍躲在船緣下，身體圓得像顆滿月，興奮地嘻嘻笑著。「他們一定會嚇一『大』跳……」牠口齒不清地說。

咚！

小嗝嗝湊到洞口往外看，只見吸血暗探蹲伏在地上，準備撲上來……

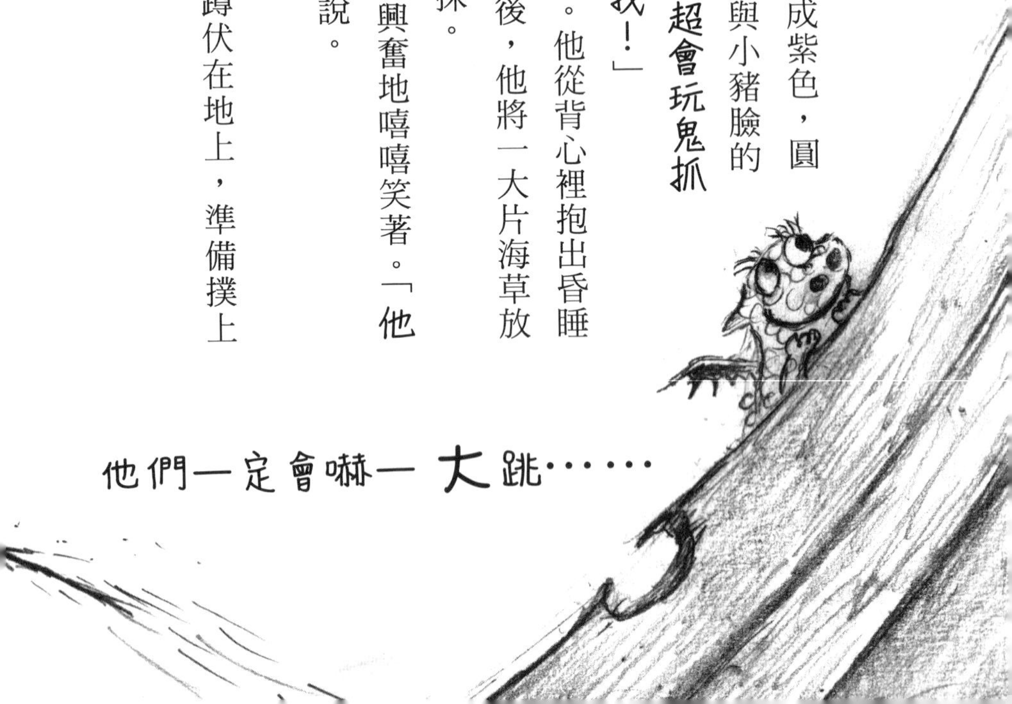

「就是現在！」小嗝嗝輕聲說。

豕蠅龍從船上飛出去，尖聲說：「你們抓不到『我』！」

咚！咚！咚！咚！咚！咚！咚！咚！

沙鯊龍群同時發射毒箭，每一枝箭都從充氣的小豕蠅龍圓滾滾的身上彈開，徒勞地落在沙地上。

準備飛撲的吸血

暗探愣了一下，紅眼睛轉向那隻迅速飛過空中的圓形玩賞龍。

「射得好！」豕蠅龍開心地稱讚道。牠左右閃躲，簡直像顆長翅膀的亂撞球。「可是你們『現在』一定抓不到我！」

咚！咚！咚！咚！咚！咚！咚！咚！

「射得真好！」豕蠅龍驚訝地繼續稱讚沙鯊龍群。「看我的，『現在』你們絕對射不到我了……」

咚！咚！咚！咚！咚！咚！

吸血暗探震驚地盯著豕蠅龍時，小嗝嗝從船裡爬出來，他心臟跳得飛快，手臂痛到他得咬住嘴脣才能忍住痛呼聲。他全身抹了泥沙，頂著海草的頭彷彿戴了頂帽

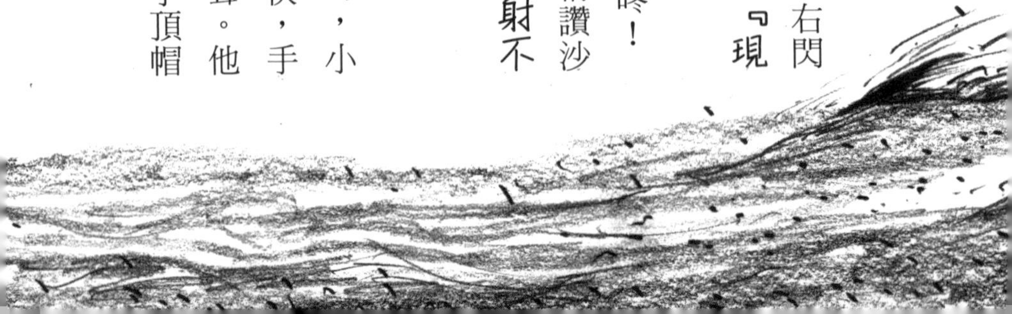

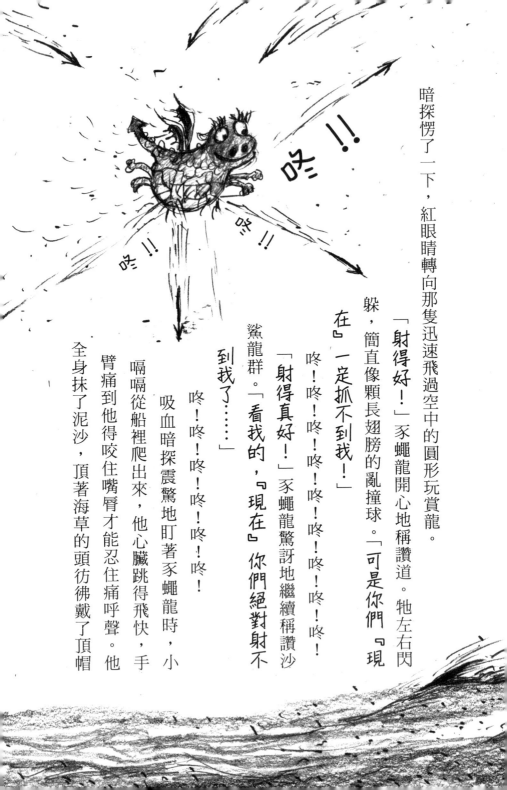

子。小嗝嗝盡快在沙灘上爬行，拖著腫脹的左半身前進。

沙鯊龍群從沒遇過豕蠅龍這樣的生物，牠們再怎麼朝豕蠅龍射短箭，短箭還是會被牠圓嘟嘟的小身體彈開，實在太奇怪了。牠們射的短箭之多，可愛的小玩賞龍應該全身注滿毒液，直接倒斃在沙地上才對，怎麼還啪答啪答地飛在空中，嘻嘻哈哈地和牠們談天說地呢？

「哇，你們好會玩喔，你們一定也玩過這個遊戲，對不對？可是你們絕對想不到……我會『這招』……」

咚！咚！咚！咚！咚！咚！咚！咚！

「啊！」豕蠅龍驚訝地說。「你們想到了耶！」

「小胖玩賞龍，去死吧，去死吧！」

沙鯊龍群嘶聲說。牠們又朝豕蠅龍射出更多毒箭，毒箭當然對牠一點影響也沒有，結果沙鯊龍群氣得失去理智——憤怒就是有這種效果——瘋狂對豕蠅龍射毒箭，離同伴的距離越來越近。吸血暗探在一旁觀戰，紅眼睛看得入迷。

吸血暗探專心觀戰的同時，小嗝嗝悄悄爬到牠的另一側，躡手躡腳地撿起纏著牠尾巴的繩索，將繩索綁在一塊長滿貝類的大石頭上。他盡量回想自己所知最牢固的繩結，最後打了父親很久以前教他的「不破快珊瑚強結」。

人腦真奇怪，小嗝嗝明明不記得自己的父親，卻還記得「不破快珊瑚強結」。

他剛打完繩結，吸血暗探就很——慢——地轉過頭，不再看豕蠅龍精采的表演，視線又回到船上。

小嗝嗝心臟狂跳、胃部翻攪地盡快爬往反方向，左手臂痛得像身體在吼叫。

吸血暗探看向小船，發現牠的牙齒不在那裡，轉過身才看到小嗝嗝像雕像一樣僵在原地，可笑地希望吸血暗探會誤以為他是上頭長了海草的岩石。

泥沙與海草的偽裝不是非常高明，吸血暗探一眼就認出小嗝嗝，牠的眼睛發出紅光……

吸血暗探發出令人背脊發涼的尖叫，伸長爪子、露出獠牙朝小嗝嗝撲去，全身強而有力的肌肉都鼓了起來。

小嗝嗝驚叫著往後爬，在那驚險的瞬間，他擔心自己離吸血暗探不夠遠……

吸血暗探飛撲到一半，纏著牠尾巴的繩子突然拉到盡頭，猛地繃緊，牠在最後一刻被繩索往回拉，尖牙利齒距離小嗝嗝的鼻子只剩幾英寸，結果只咬到空氣。小嗝嗝的頭險些被吸血暗探咬掉，在惡龍的血盆大口用力咬下時，小嗝嗝甚至聞到牠的口臭。

「**咿咿咿咿呀！**」吸血暗探尖吼一聲，因為固定在岩石上的繩索把牠的尾巴拉得很痛，所有人和龍都知道，尾巴被拉住不僅非常不舒服，還非常丟臉。

「咿咿咿呀！」吸血暗探又尖呼一聲。

牠氣瘋了。

牠前後左右掙扎，試圖掙脫繩索，卻只是越纏越緊。牠努力撕扯繩索，用盡全力往各個方向拉扯，賣力到不顧尾巴的疼痛，拖著岩石挪了幾英寸。但牠再怎麼掙扎，「不破快珊瑚強結」就是不鬆動。

有史以來每一個維京人父親都會告訴你，打繩結是十分重要的技能。「總有一天，」維京人父親會這麼說。「你會因為自己打了『不破快珊瑚強結』而不是『滑滑滑溜溜結』謝天謝地。」

這些父親說得一點也沒錯，當你必須將吸血暗探的尾巴綁在岩石上時，你絕對得打正確的繩結。

但是，你還是不要把吸血暗探綁起來比較好，至於為什麼，小嗝嗝很快就會知道了。今天，小嗝嗝將學到關於吸血暗探的新知。

吸血暗探臉上出現奇怪的表情，牠似乎做了某種重大的決定。接下來，牠全力往前拉扯，專注到噁心的蝙蝠臉皺了起來，散發紅光的眼睛變成鬥雞眼。

糟糕。小嗝嗝在沙地上邊爬邊跳時稍微停下來往回望，看到這一幕，他心想：我在其他龍族臉上看過那種表情，牠準備斷尾了。我都不知道吸血暗探可以斷尾……

吸血暗探的確打算斷尾了。

有能力斷尾的龍族不多，牠們也極少捨棄自己的尾巴，因為大部分動物都很珍視自己的尾巴，除非是在真正的危急時刻，牠們不會輕易和尾巴分開。

吸血暗探又長又捲的尾巴脫離牠的臀部，落在沙地上。

吸血暗探露出邪惡的笑容。牠和尾巴分離了，不再受繩索與岩石束縛。

牠自由了。

重獲自由的牠，打算把可惡的牙齒小偷塞進嘴裡，然後……

牠像黑老虎似地衝上前，全身肌肉膨脹，喉嚨發出震怒的尖叫，頭部壓低，準備飛撲。

慘了……

慘了。小嗝嗝哭著想。他聽見輕柔的腳步聲從後方追來，越跑越近、越跑越近，他勉強用右腳站立，全速往海灘另一頭跳過去。我必須告訴你，如果你只能單腳跳，實在很難在溼答答的海灘上快速行動。

慘了慘了慘了慘了……

「豕蠅龍，救命！」蹦蹦跳跳的小嗝嗝尖叫道。

不用小嗝嗝叫牠，豕蠅龍已經飛到吸血暗探的肩膀

旁，擔心地嗡嗡拍著翅膀。「**不好意思，可怕蝙蝠龍先生，你好像忘記拿東西了？**」豕蠅龍尖聲說。牠友善地舉起小豬蹄，往斷掉的尾巴一指。

吸血暗探無視豕蠅龍禮貌的問句，繼續像隻老虎衝向蹦蹦跳跳的小嗝嗝，滴著口水的嘴巴張得老大……

豕蠅龍跟著飛過去，邊飛邊提高音量大叫：「**蝙蝠龍先生，你忘記拿你的『尾巴』了！**」牠喊得很大聲，以免可憐的蝙蝠龍先生不僅健忘，還耳朵重聽。對豕蠅龍執迷不悟的沙鯊龍群還在朝牠發射毒箭，每一枝箭都被牠莫名其妙的圓形身體彈開，像丟到屋頂上的石頭。

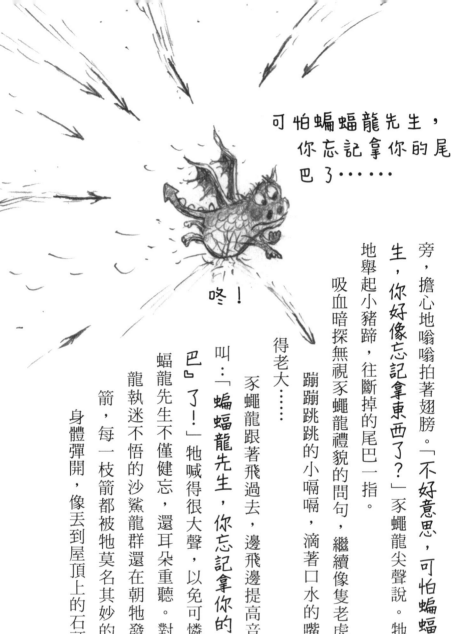

咚！咚！咚！咚！咚！咚！咚咻——！

吸血暗探跑到一半猛然停下腳步，又驚又怒地喊叫一聲——原來是一枝短箭被友善的豕蠅龍彈開，咚咻——！一聲刺進吸血暗探的後腿。「**咿咿咿咿呀！**」吸血暗探喊道。豕蠅龍氣喘吁吁地追了上去。

「**對啊，先生，它就在那邊！**」豕蠅龍尖聲說，四隻小豬蹄都指著後方那個可憐的斷尾。

但是吸血暗探似乎沒有在聽。

咚咻——！咚咻——！又有兩枚毒箭被豕蠅龍彈掉，顫抖著刺到吸血暗探的屁股——牠剛才拉拉扯扯的又斷尾，屁股還敏感得很呢。

「**咿呀啊啊啊啊啊啊啊嗚嗚！**」吸血暗探大聲尖叫，直直伸著四條腿跳到空中，滿臉不可思議地盯著自己身上的毒箭。牠感覺到後腿與屁股開始發麻。

牠忘了小嗝嗝的存在。

牠的紅眼睛發出紅光。

牠撐開血盆大口，露出滴著口水的獠牙，尖叫一聲轉身衝向沙鯊龍群。

沙鯊龍群連連驚叫，趕緊飛上天撤退，邊逃邊回頭對吸血暗探噴射短箭。吸血暗探中了十幾二十枝毒箭依然沒有停息，牠迅速衝過去，殘暴地攻擊不幸被牠抓到的沙鯊龍。

直到牠身上插了三十枝毒箭，吸血暗探才終於停下動作，抖了幾下後癱倒在沙地上，沉沉睡去。

沙鯊龍群瘋狂尖叫著消失在天空中。

海灘上只剩下睡死的吸血暗探，七、八隻沙鯊龍的屍體，飛來飛去問大家都去哪裡的小豕蠅龍，還有全身是沙子、頭上戴著海草帽的小嗝嗝·何倫德斯·黑線鱈三世。

「我的天啊，」小嗝嗝說。「不會吧……我們贏了嗎？」

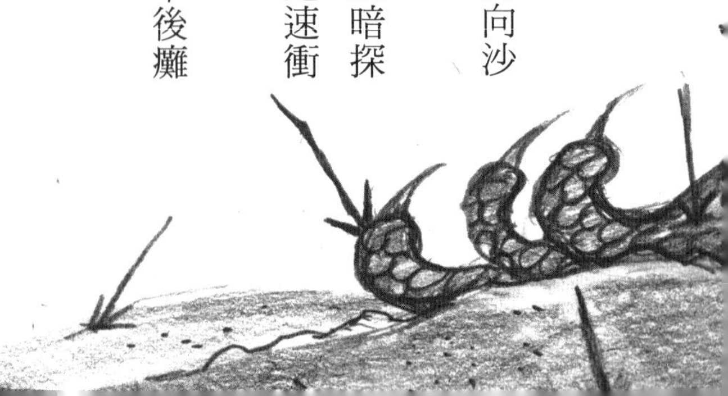

他們似乎真的贏了。

「我們贏了！」小嗝嗝興高采烈地對空氣揮拳說。「**我們贏了，豕蠅龍，我們贏了！**」

「**是嗎？**」豕蠅龍不怎麼有自信地問。牠慢慢消氣，降落在小嗝嗝肩膀上。

「**我有點驚訝，**」豕蠅龍承認。「**大家好像都很厲害……**」

「**我也有點驚訝。**」小嗝嗝說著，寵溺地搔搔豕蠅龍的肚皮。「**都是你**

玩鬼抓人玩得太好了，我們才有機會獲勝。」

小嗝嗝對自己刮目相看。

他擊退那一大群沙鯊龍了！還打敗了吸血暗探！就憑他自己和一隻小豕蠅龍！

也許他真的是奧丁牙龍說的英雄。

也許，他雖然受了傷、沒有武器、孤立無援，依然能完成使命。

但在這時候，他短暫的欣喜瞬間消失無蹤，和豕蠅龍洩氣一樣快。

因為，沙鯊龍群漸行漸遠，在霧中的形影變得和海鷗一樣小時，霧氣也漸漸散了。

小嗝嗝首次看見海洋另一端的凶殘島，映入眼簾的畫面讓他的胃不安地一抽，胃彷彿在一艘船的甲板上翻筋斗。

霎時間，小嗝嗝明白了奧丁牙龍努力告訴他的事情。這些沙鯊龍和吸血暗探，不過是小小的問題。

「真正的問題」還在前頭。

凶殘島上的群山如巫婆的手指，直指天空，那座島上到處都是龍。

小嗝嗝從沒看過這麼多龍。

數以千計的龍群密密麻麻地布滿整座島，你幾乎看不見島上的岩石。

隨著破曉時分到來，龍群陸續醒來，飛到山巔形成濃密的黑雲，像一群憤怒的蝗蟲般盤旋、尖叫、打鬥、滯空。

小嗝嗝儘管不知道自己是誰，還是能輕易地使用龍語，現在他發現自己還能從龍族的翅膀形狀、叫聲與身體輪廓辨認牠們的品種，認出全蠻荒群島最恐怖的幾種龍。

這畫面宛如夢魘。

縱火龍、滅息龍、毒箭龍。挖腦龍、繞舌龍與吐著舌頭的呼火龍。犀背龍、刃翅龍、撕吼龍與猛禽舌。劍齒拉車龍、北極蛇龍、鑽孔龍、巨恐龍、闇息龍……

凶暴危險的龍品種多不勝數，實在是不可思議。

雷神索爾啊，那些不是扁鼻地獄齒龍嗎？還有野凶龍……還有……三頭怒噴龍……還有脖子長得嚇人的索爾雷龍在用鼻孔發射雷電……還有……哎呀，雷神索爾的捲捲鬍鬚和毛茸茸腋窩啊！有個巨大物體浮現在島嶼附近的海裡，那該不會是「奧丁夢魘龍」吧？奧丁夢魘龍是長了很多隻眼睛的巨龍，居住在開放海域黑暗、荒涼的深海，從不來到如此接近陸地的海域。這種龍的眼睛能發射雷

射光，就小嗝嗝所知，牠們所向無敵……

海中，奧丁夢魘龍巨大的形影周遭，是鯊龍群鋸齒狀的背鰭，看了就令人心底發毛……

小嗝嗝看見遠方其他的島嶼，每一座島都在燃燒，像火山似地冒煙。每一座島嶼上空都飄著一朵龍群組成的烏雲，很多很多很多很多

的龍，往天邊無限蔓延……

我的雷神索爾啊。

奧丁牙龍說得一點也沒錯，這就是龍族叛亂，這就是末日的最後一天。

小嗝嗝的確打敗了幾隻沙鯊龍和一隻吸血暗探。

但是沙鯊龍群正飛往凶殘群山，再過不久，龍王狂怒與龍族叛軍就會得知小嗝嗝身在何處。

這一次，龍王狂怒不會再派沙鯊龍來對付小嗝嗝，牠甚至不會派吸血暗探。

這一次，牠會派叛軍中最可怕的繞舌龍、血息

這才是問題。

龍和挖腦龍，牠們將飛過小小的海峽，來這座小得無處可躲、無處可逃的島上獵殺小嗝嗝。小嗝嗝、豕蠅龍和昏睡不醒的奧丁牙龍根本沒有反抗的機會。

奧丁牙龍給小嗝嗝的指示是什麼？

小嗝嗝試著回想奧丁牙龍的故事，剛才發生太多事情了，他都沒專心聽……

小嗝嗝必須去一個叫「明日島」的地方。

他必須搶在一個叫「阿爾文」的人之前，登基成為新王。

然後，他必須說服這位「龍王狂怒」結束龍族叛亂。

而且，他必須在一天內完成這些任務。

而且，他沒有船、沒有王之寶物，也沒有任何武器。

奧丁牙龍說得對。

這才是問題。

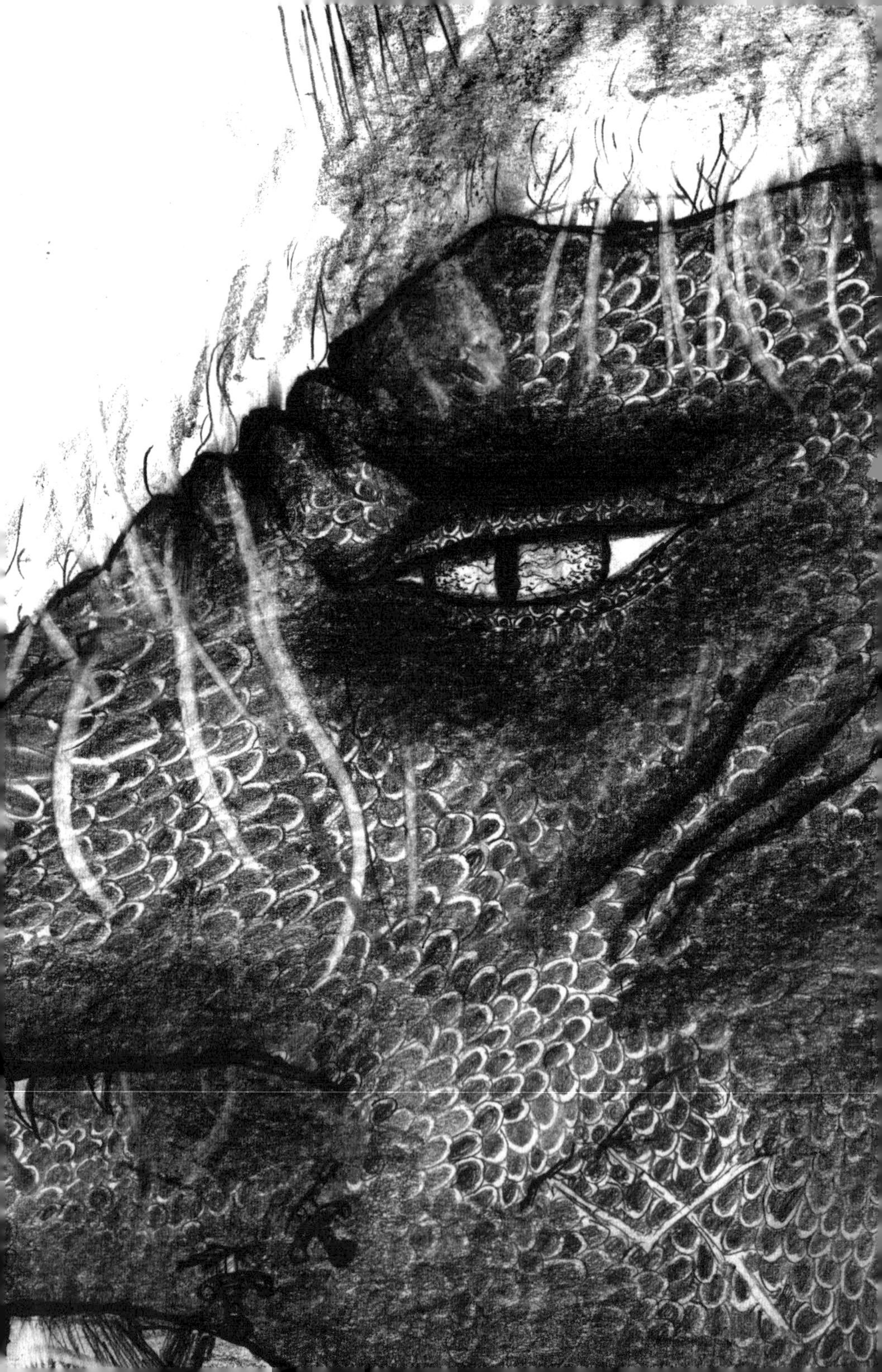

第四章　大大的問題

與此同時，明日島北方的強盜灣，有一隻巨大無比的龍半泡在海裡。

這頭龍完全靜止不動，彷彿被戰爭變成了一座山——如果牠是一座山，那一定是火山，因為牠布滿傷疤、擦傷、刮傷與燙傷的身體，不停冒出大朵大朵的硫磺煙雲。

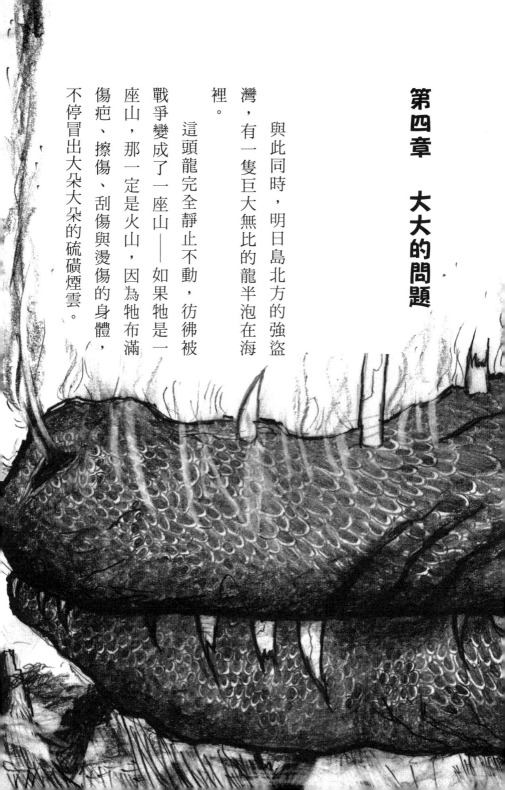

牠是座冒煙的大山，身體沒有任何動靜——觸鬚、肌肉、皮膚、心臟一動也不動，只是持續地冒煙。

可是「龍山」上面好像有東西，那是什麼？山上的岩石似乎裂開了……巨龍的眼皮撐開一點點、一點點，你可以隱隱看見埋藏在牠眼中的火焰，如地底裂縫中嘶嘶作響的熾熱岩漿。

戰爭改變了這隻龍，但那絕不是正向的改變。

牠，就是龍王狂怒。聖誕末日這一天，牠將與西荒野新王見面，展開一對一決鬥。

龍王已為那場決鬥充分地休養生息，現在像隻盯著老鼠洞的貓咪，目不轉睛地看著凶殘群山與明日島間的英雄海峽。

龍王狂怒巨大的眼眸看見了一切。

牠看見從英雄末路島飛回來的沙鯊龍群，牠知道牠們會告訴牠：小嗝嗝還活著。

就算他「真的」還活著，龍王狂怒心想。我也沒什麼好怕的吧？

男孩手上一件寶物也沒有！一件也沒有！他要是敢用「一根腳趾的指甲」踏上明日島的沙灘……他要是敢騎龍飛到明日島上空，就算只有一英寸……那明日島的沙灘就會劇烈震動，恐怖的「明日島龍族守衛」將自沙中誕生，衝出沙地，用血盆大口咬住男孩，給他「虛無之死」……

所以狂怒沒必要擔心，對吧？

即使小嗝嗝幸運地逃過龍族守衛的追殺，即使他沒有寶物也成功加冕為王，龍王狂怒也用不著害怕，因為奧丁牙龍答應要背叛新王，在決鬥開始前將龍族寶石偷走並送到狂怒的手爪裡——就算新王是小嗝嗝，奧丁牙龍也會出賣他。

少了寶石的力量，沒有任何一位國王能勝過龍王狂怒。小嗝嗝不可能打敗牠，阿爾文也不可能打敗牠，誰都贏不了牠。

沒有寶石的國王就像一根火柴，隨隨便便就能折成兩半。

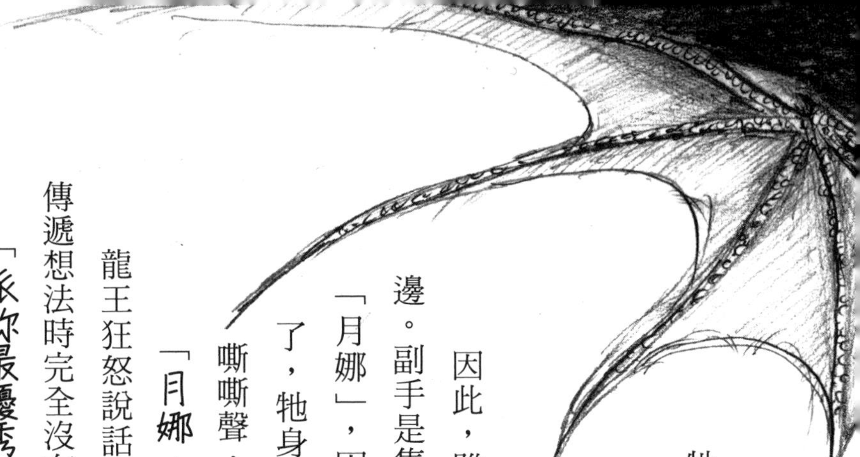

牠沒什麼好怕的……

牠完全不用怕。

話雖如此，龍王狂怒巨大的眼睛還是看見了一切，仍然感到惴惴不安。

因此，雖然沙鯊龍群還沒回到強盜灣，龍王狂怒仍將副手召喚到身邊。副手是隻體型比狂怒小一些的海龍，這隻美得不可方物的海龍名叫「月娜」，因為牠全身散發月亮般的光輝，附近的雷雨雲全被牠照亮了，牠身上還時時散發熱氣，雨水落在牠閃亮的身上時會立刻發出嘶嘶聲，冒煙蒸發。

「月娜，那個男孩可能還活著……」龍王狂怒嘶聲說。

龍王狂怒說話時沒有動嘴唇，因為海龍彼此能用心電感應溝通，「龍山」傳遞想法時完全沒有動靜，可能只有眼睛稍微亮了些。

「派妳最優秀、最冷酷的龍飛過英雄海峽去找男孩。還有，月娜，妳不要親自去找他。」

「龍王，你不信任我嗎？」月娜不高興地問。

「月娜，我不懷疑妳的忠心，但對小嗝嗝那種心懷善意的人類狠下心、下毒手，並沒有妳想像中那麼容易。」龍王狂怒告訴牠。「那個男孩有種說不出的『特質』……」

龍王狂怒的聲音繼續流進月娜的腦海。

「許多龍族拒絕加入我們，就是為了那個男孩。像獨眼龍……還有那些惱龍的小奈米龍也拒絕加入叛軍，他們總是無禮地說小嗝嗝曾經救過他們的龍王一命什麼的……

「月娜，這是我們最後一次機會了。人類會變得越來越聰明，接下來幾世紀，他們將發明出厲害到能摧毀我們所有龍族的武器，因為人類就是無法和別的生物分享這個世界。但若我們率先出擊，就能一舉為所有龍族奪得永世的自由……」

「自由……」月娜渴望又憂傷地嘆息。「『自由』……如果能自由自在地在開闊的天空飛翔，乘風飛上高空，飛上去觸摸月亮，或是潛到開放海域美好的漆黑虛無，永不回頭……唉……『自由』……」

「月娜，派妳手下最優秀的龍去找他，」龍王狂怒沉聲說。「但是妳不能去。」

月娜垂下豔麗的頭顱。牠將派出最恐怖、最無情的一群龍──地獄鹵龍、繞舌龍、血息龍──在小嗝嗝抵達明日島之前消滅他……以防萬一。

龍王狂怒緩緩沉到海浪之下，直到水面只露出牠的眼睛，繼續盯著英雄海峽。

龍王狂怒已經預見未來，牠知道自己必須在人類毀滅龍族之前，搶先消滅全人類。

牠在水中觀望，等待。

只剩幾個小時了。

牠知道今天是末日。
但究竟是「誰」的末日呢？

明日島高崖上的陰森翳城遺址中，疲憊不堪的人類軍隊也漸漸醒了過來。蠻荒群島各個角落的人類都聚集在明日島上，因為他們的家園都被燒毀了。

蠻荒群島南部與東部一座座島嶼都被燒得焦黑，地貌與過去截然不同，一座座村莊化作斷垣殘壁，山坡像被啃過似地缺了好幾口，東西燃燒的惡臭飄在海灣的空氣中。

包括危險凶漢、歇斯底里、凶殘、狂戰、惡徒、維西暴徒、流放者與醜暴徒等部族的阿爾文軍團都在島上。

就連龍之印記軍團也逃到了島上，算是追隨阿爾文而來。這些額頭都烙上龍之印記的人，包括毛流氓、無情傻瓜、沼澤盜賊、寂靜、和平與平靜度日等部族。

除了上述兩支軍團，還有不屬於任何

一方的部族：流浪者部族、吞沒部族、曾經是奴隸的人們、無名部族與虛無部族及大英雄超自命不凡與鬧脾氣，還有他們的好夥伴們——未婚夫十人組。

就連蠻荒群島最凶悍的野蠻部族都被龍族大軍打得節節敗退。野蠻部族習慣帶訓練有素的貓上戰場，鬥劍到一半時，貓咪會從野蠻族人肩膀上撲到敵人身上（這招十分有效，因為有貓在攻擊你的頭時，你很難繼續和對手鬥劍）。

野蠻部族的繼承人還很年輕，不過十來歲，這位名叫「野蠻芭芭拉」的女壯士身高六呎，擅長赤手空拳打鬥。她和她的黑貓無懼和龍族叛軍周旋了很久，從好幾個月拖到好幾年，但她和她的貓、她父親與她疲倦不堪的族人在兩週前決定撤退，來西方加入阿爾文的陣營。

小嗝嗝的父母——史圖依克與瓦爾哈拉瑪——昨晚幾乎沒睡，很早就醒了過來。這兩位大英雄都是維京人，不習慣表現出柔軟的一面，不過他們躺在硬邦邦的地上睡覺時，史圖依克握住瓦爾哈拉

瑪的手，努力安慰她，兩人抱著「死去」的兒子的頭盔入睡。

兩天前，小嗝嗝的堂哥——鼻涕粗——勇敢地穿上小嗝嗝的衣服，騎著小嗝嗝的馱龍上戰場，蠻荒群島半數部族親眼看見鼻涕粗被箭矢射中胸口後落海，因此史圖依克與瓦爾哈拉瑪相信小嗝嗝已經死去，去了維京人的死後世界。

「瓦爾哈拉瑪，這是不是我的錯？」史圖依克抱著自己的頭，鬍子和頭髮亂糟糟的，疲憊地望向焦黑的群島。遠方是化為廢墟的毛流氓部族領地，他的船多半被燒成了灰，過去的世界永遠消失了。「這是不是諸神給我們的詛咒？是不是因為我們發現小嗝嗝是弱崽的時候，沒有把他放到海裡送死？會不會是因為我太愛兒子，沒有遵循傳統，諸神決定懲罰我們？我們雖然很愛小嗝嗝，可是小嗝嗝——小嗝嗝是不是該死？」

他會這麼說，是因為當初解放龍王狂怒、帶來危機的人，就是小嗝嗝。

瓦爾哈拉瑪將鋼鐵般強而有力的手搭在史圖依克肩頭。「史圖依克，我們

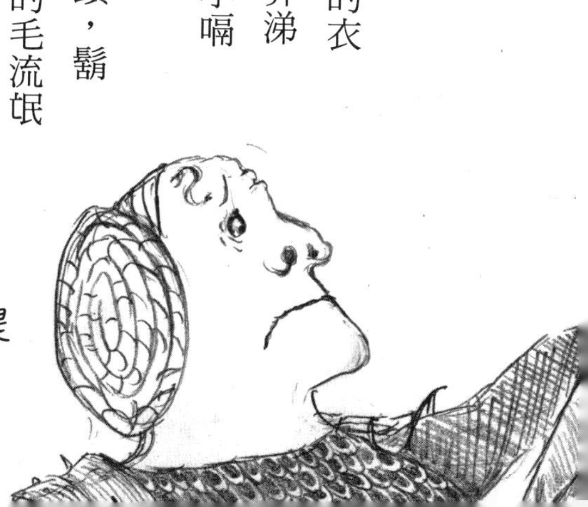

畢竟是戰士，」她溫和地說。「戰爭意味著什麼，我們都很清楚。我們愛的人可能會在戰爭中失去性命，所以絕不該輕易發起戰爭。

「但是，人類和龍族的奴隸制度太過殘忍，我們不能讓這種制度延續下去。」大英雄瓦爾哈拉瑪說，她的臉龐如峭壁般嚴峻，拒絕顯露任何一絲哀傷。「小嗝嗝解放龍王狂怒是應該的，你不遵循傳統也是應該的。有時候，為了一些正當的問題、正確的抗爭和正直的小嗝嗝，失去一整個世界也值得。

「也許，就算最後是以災難收場，只要是為愛做一件事，那就不可能有錯。」

「是啊，瓦爾哈拉瑪。」聽妻子這麼說，史圖依克心裡好受了一些，他又有了過去的族長氣勢，身體也站得挺直一些。「我真的做對了，對吧？我們可愛的小嗝嗝

雖然死了，我們永遠不可能不感到難過，但他活著的時候真的是很偉大的英雄，妳說對不對？」

「沒錯。」瓦爾哈拉瑪同意道。

「我現在還能看到小嗝嗝的模樣，」史圖依克驕傲地嘆一口氣說。「我還能看到在可怕的烏心監獄裡，他站在阿爾文面前大叫：『人類和龍族被枷鎖困住，漸漸死去，這也叫「完美」嗎？難道我們要永遠消滅像他一樣美麗的生物嗎？難道我們要永遠和他們的魔法說再見，放棄童年的飛行夢想？我不同意！』」

史圖依克模仿兒子慷慨激昂的模樣，對空氣揮拳，然後讚嘆地搖了搖毛髮蓬亂的頭。「他真是個好兒子！真是偉大的孩子……我會驕傲地帶著額頭上的龍之印記死去。雖然諸神只讓他在我們身邊待一下下，我身為他的父親，還是十分驕傲……」

兩位中年英雄不約而同地往前靠，近年發胖的身體有點僵硬，時時搏鬥

他們將額頭靠在一起，
像兩棵依偎著抵擋狂風的老樹。

與鬥劍的他們，膝蓋也不好使了。他們將額頭靠在一起，龍之印記對著龍之印記，像兩棵依偎著抵擋狂風的老樹。

也許，他們心中想的是：至少小嗝嗝不必在今天這樣的末日睜開眼睛看世界。

維京人答應要遵循諸神的意志，但眾人在陰森翳堡的廢墟準備迎接最終決戰時，他們實在猜不出諸神有什麼打算。

沼澤盜賊族長——柏莎——哀傷地磨戰斧，回顧過去的歡樂時光。想當年，她還能走在家鄉深及腰的沼澤中，忠心耿耿的血爆龍游在她身邊，真是太幸福了。

野蠻芭芭拉哀傷地撫摸無懼高傲的背部，她的六名保鑣正檢查箭頭夠不夠尖銳，邊想像自己騎著雪龍奔馳在野蠻境地的雪之荒原，寒風吹過他們的翳子，貓咪愉快地在他們肩膀上喵喵叫……他們在心中飛回過去，回到不復存在的村莊。

就連阿爾文軍團戰士心情也很差，每個人都悶悶不樂。瘋肚摸了摸他隱形的隱龍，盡量不去想像沒有隱龍的人生。這些人類都痛恨阿爾文，但除了追隨他之外，他們還有什麼選擇？

現在到處都是龍族叛軍，牠們像蝗蟲一樣形成密密麻麻的烏雲，數量多到遮蔽了天空，牠們甚至從海中跳上陸地，爬過海面的浮冰。

現在，阿爾文就是人類唯一的希望。

這是因為失落的王之寶物都在阿爾文手裡，他是唯一能在加冕典禮中登基為王的人。

這個沒有鼻子、沒有良心、沒有任何一絲悲憫的戰爭愛好者站在陰森騶堡的廢墟中，呼吸的嘶嘶聲在鐵面具中迴響。他已經開始想像自己大獲全勝的樣子，興奮不已地將鉤爪磨利。

「快一點，快一點啊！」阿爾文不耐煩地罵道。明日島的德魯伊守衛將王座搬回它很久以前的位子，小心擺在地面四根粗斷柱上，恢復恐怖陰森騶仍是

沒牙以為小嗝嗝死了……

西荒野國王時，王座應有的樣貌。

他們在為加冕典禮做準備。

十件失落的王之寶物都在這裡了：滴答物、盾牌、王冠、萬能鑰匙、龍族寶石、第二好的劍、心形紅寶石、箭矢、王座，還有小嗝嗝的小狩獵龍——沒牙。全蠻荒群島最小、最調皮的小狩獵龍，此時被關在小籠子裡，掛在王座椅背上。

沒牙也以為主人死了，可憐的小龍哭得全身癱軟，背上的脊刺都垂了下來。牠像隻小狼，抬頭對天空號叫。

「都沒有人能讓那隻龍閉嘴嗎？」阿爾文咬牙切齒地說，一手滿懷希望地握著他的暴風寶劍。但他再怎麼不高興也拿沒牙沒輒，因為沒牙也是失落的王之寶物之一，在阿爾文正式當上國王之前，他不能傷害沒牙。

「長翅膀的噁心小蠑螈，你給我聽著，」阿爾文湊到籠子前面，用僅剩的一隻眼睛不懷好意地瞪著沒牙。「我當上新王以後，第一件事就是把你的青蛙脖子掐死……」

「沒、沒、**沒牙會先咬你！**」沒牙用龍語叫道。「**殺、殺、殺主人的可惡人類噩夢！**」

沒牙從籠子的鐵柵之間伸出頭，朝阿爾文完好的手噴火，號叫得更大聲了。

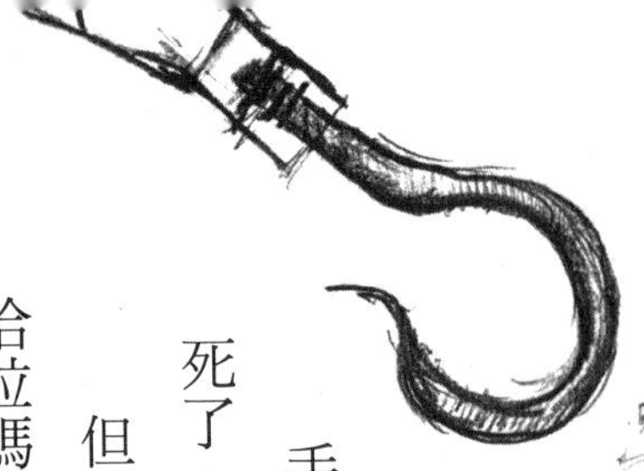

「啊啊啊！」阿爾文痛呼一聲，把燙傷的手指放在嘴裡含著。「可惡的小東西，我恨不得現在就把你殺死！」

「你不、不、不能殺！」沒牙哭著說，雖然在哭，語氣卻和以前一樣自大。「沒、沒、沒牙是失落的王之寶物……而且沒牙是『最、最、最棒』的一件……」

「小『肥牙』，你不要怕，」史圖依克笨拙又彆扭地安慰牠，一根手指伸進籠子摸摸可憐的小龍，摸摸牠不停發抖的背。「你的小嗝嗝雖然死了，我們還是會照顧你的……」

但是阿爾文登基為王之後，史圖依克該怎麼照顧沒牙呢？史圖依克和瓦爾哈拉瑪究竟該怎麼保護沒牙、銀幽靈，或其他對人類不離不棄的龍族？這些龍也逐漸醒過來，在陰森翳堡上空盤旋飛行，準備隨主人上戰場、為主人奉上性命，難道人類給牠們的回報，就是龍族的滅亡？

阿爾文的母親——巫婆優諾像隻瘦骨嶙峋的大白狗，用四肢在地上爬行，白色長髮拖行在地上的泥濘中。

「我的寶貝阿爾文，你要有耐心，」她柔聲說。「再過不久，你就能處死這隻小老鼠龍了……所有惹到你的東西，你都能處死……」她意味深長地轉動眼珠子，望向龍之印記戰士。

阿爾文甩了甩被咬的手，心情大好。「只要我當上國王、用寶石打敗龍王狂怒，就可以開始處死討厭的人了……」

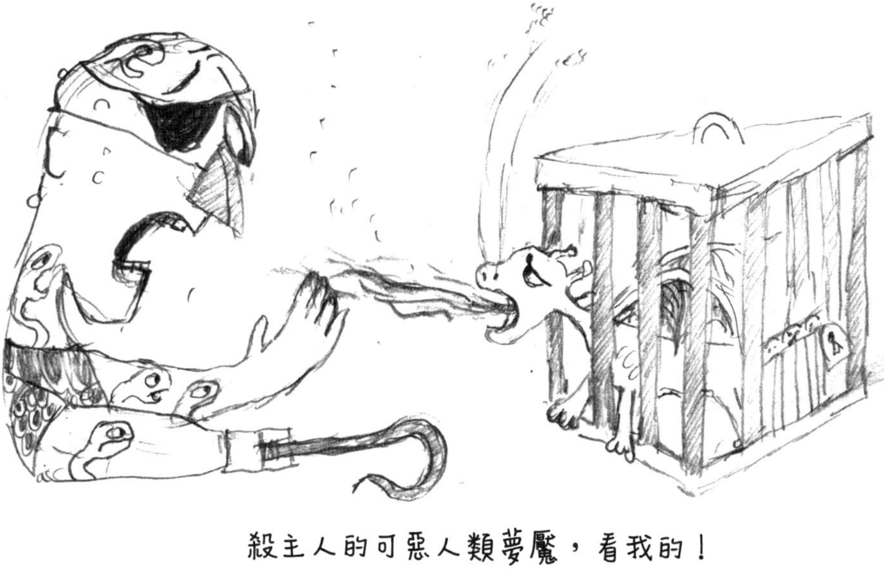

殺主人的可惡人類夢魘，看我的！

麼樣的國王呢？

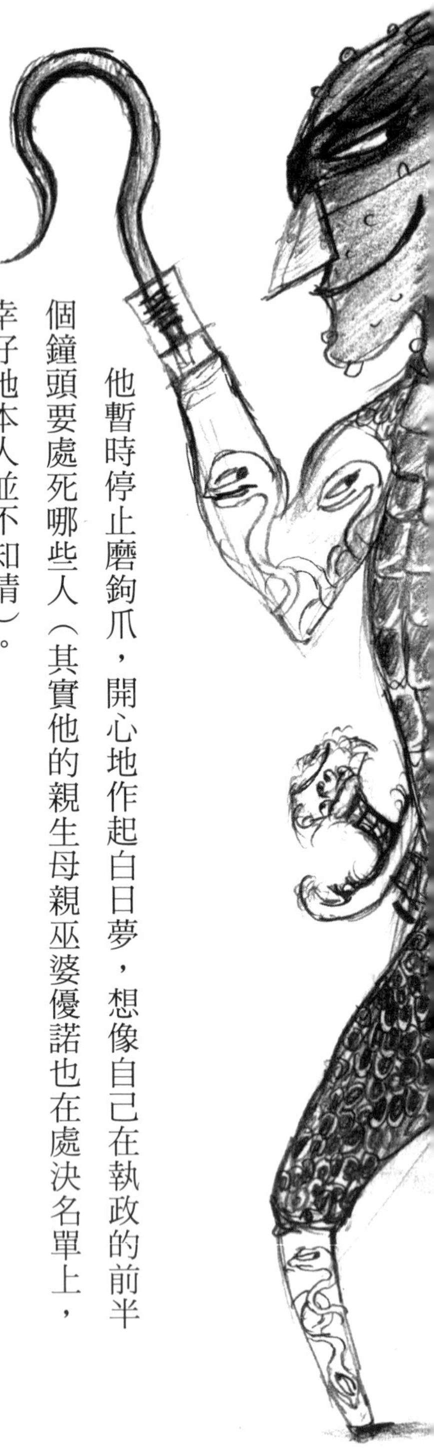

他暫時停止磨鉤爪，開心地作起白日夢，想像自己在執政的前半個鐘頭要處死哪些人（其實他的親生母親巫婆優諾也在處決名單上，幸好她本人並不知情）。

離加冕典禮，只剩短短一個小時了。

再過一個小時，阿爾文將獲得龍族寶石的祕密，所以現在想來，他其實根本不用掐死可惡的小沒牙。

只要用龍族寶石的力量，摧毀所有龍族就好了……

掛在阿爾文腰間的滴答物繼續滴、答、滴、答、滴、答、滴、答作響，倒數加冕典禮前的每一分、每一秒。

最後活下來的，會是人類，還是龍族？

阿爾文會是什

雙方陣營都做好準備，他們都知道今天結束後，他們之中無數人與龍將戰死沙場，和（他們以為的）小嗝嗝一樣死去。明天，不是所有人與龍都會睜開眼睛……

所有的人、所有的龍都屏息觀望，等待。

只剩幾個小時了。

大家都知道今天是末日。

但究竟是誰的末日呢？

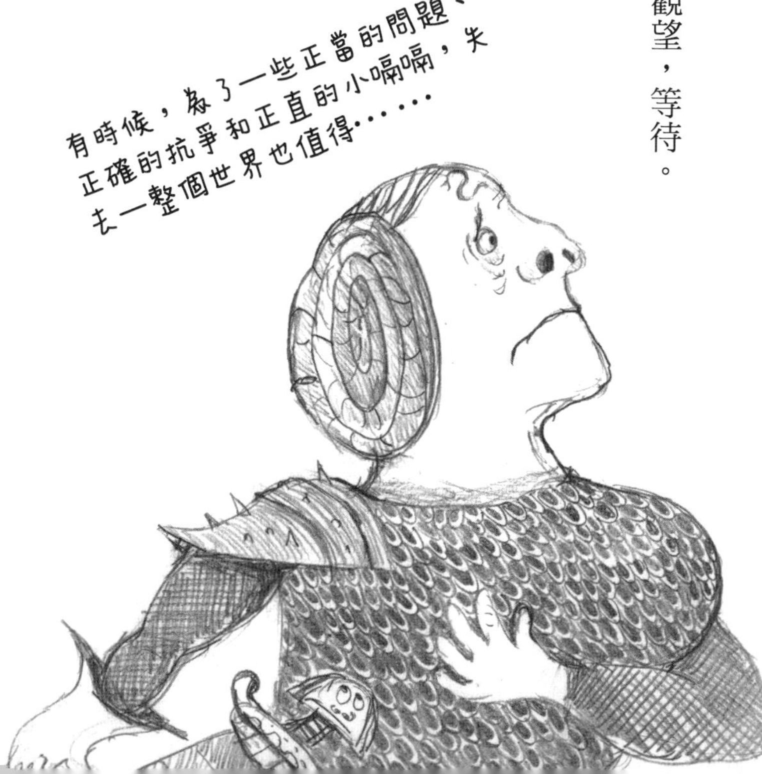
有時候，為了一些正當的問題、
正確的抗爭和正直的小嗝嗝，失
去一整個世界也值得……

第五章　前往明日島

「豖蠅龍，我們必須去奧丁牙龍說的那座島……好像是叫『昨日島』還是『明日島』。」小嗝嗝用微微顫抖的手指確認奧丁牙龍醒了沒有。

「而且我們要『盡速』過去。」

「奧丁牙龍，你醒醒！快醒來！『拜託』你醒醒啊！」小嗝嗝小聲呼喚。他拚命搔奧丁牙龍癢，搔了耳後和腋下，但奧丁牙龍還是繼續打呼，以體型這麼小、年紀這麼大的龍而言，牠的打呼聲真的很驚人。「好吧，他沒有要醒來的意思。豖蠅龍，我們恐怕得自己完成任務了，不過我們應該沒問題，應該可以的。麻煩的是，我們時間不多了……」小嗝嗝邊說邊

加緊腳步，將奧丁牙龍放回背包。

小嗝嗝的左半邊比較不麻，腦袋裡的混亂也像周遭的煙霧一樣散去，變得清楚一些了。世界上沒有比「致命危險」更能讓人頭腦清晰的東西。

好了。

小嗝嗝蹣跚地快步走向昏睡的吸血暗探，牠的鼾聲幾乎和奧丁牙龍一樣響。小嗝嗝接下來要做的事會非常痛，但是他別無選擇——他把手臂舉到吸血暗探正在打呼的嘴邊，接著別開視線，盡量不看接下來發生的事情。

「好痛！」

兩顆牙齒發出噁心的吸水聲，從小嗝嗝的手臂拔了出來，像磁鐵般黏回吸血暗探嘴裡的兩個洞。如此一來，就算吸血暗探醒來也無法追蹤小嗝嗝了。

「**好噁喔**。」豕蠅龍吞了口口水。

小嗝嗝趕緊從上衣撕下一塊布，用來包紮不停流血的傷口。他彎腰撿起幾枚沙鯊龍毒箭塞進口袋，半跑、半跳地移動到海灘另一邊，踉蹌地前進著，邊努力安慰小豕蠅龍，免得牠擔心：「豕蠅龍，我們不會有事的。你看，我們這麼輕鬆就打敗那群沙鯊龍了，我們一定可以的……」

豕蠅龍沒有在擔心，牠正練習倒著飛行。

「我們只要去這個叫『明日島』的地方就好了，相信龍族叛軍沒辦法一路跟蹤我們……」

問題是，明日島到底是哪一座島？是凶殘群山南方那座大島嗎？小嗝嗝放眼望去，除了那座島嶼，其他的島上都是密密麻麻的龍族。

「豕蠅龍，那個是明日島嗎？」小嗝嗝指向那座島嶼。

「喔喔，我們要玩猜猜遊戲嗎？」豕蠅龍興奮地翻身，困惑地皺著眉頭，望向島嶼的輪廓。「這題好難喔……我放棄！它是鬆餅嗎？還是茶杯？還是你阿嬤的帽子？」

「天啊。」小嗝嗝說。

他繼續跌跌撞撞地爬上海灘後方的沙丘，從沙丘頂望去，看見西方層層疊疊的海浪，還有北方一座較大、較平坦、形狀像問號的島嶼，同時還能看見這座英雄末路島的全貌。

這個畫面太驚人了，整座小島到處是船的殘骸。

不只是一艘船，而是三、四十艘毀損的維京船隻，遍布小嗝嗝眼前這片荒涼的小島。

之所以有這麼多船，是因為穿過英雄海峽的船隻如果不幸被可怕的奧丁冬風吹走，不是被吹到冰冷的大西洋，就是被吹來這座小小的英雄末路島。

「**這裡說不定有還沒完全壞掉、現在還能用的船！**」小嗝嗝心中萌生一線希望，興奮地對豕蠅龍喊道。他搖搖晃晃地跳向一艘艘損壞的船，一路上狂風一直盡力將他拔出沼澤地，用呼嘯的陣風把他吹到海上。

「**豕蠅龍，你幫忙找一艘還能開的船！**」尖嘯的風中，小嗝嗝對豕蠅龍大喊。

大部分的船早在幾百年前就壞了，破破爛爛的船帆爛在了沼澤裡。有些是比較新的船，不過它們的船身都破了大洞，甚至裂成兩半，小嗝嗝知道它們不可能載他穿過狹窄的海峽，平安抵達明日島。

「我找到了！」豕蠅龍尖叫著用兩隻小豬蹄指向一艘船。

「豕蠅龍，這艘不行，你要找沒有破洞的船……」

「我又找到了！」

「豕蠅龍，這艘也不行，我們的船『絕對』不能有破洞……」

又走了一小段路，小嗝嗝瞥見一艘倒蓋在沙地上的小划艇，他激動得加緊腳步湊近一看，發現小船幾乎完好無缺，只有一小部分不知道被什麼大海怪咬了一口。

會不會是巨魔龍？從齒痕看來，也可能是還沒長大的奧丁夢魘龍……他心想。然後，小嗝嗝又想：哇，我好像「真的」很懂龍族耶，居然在這種時候也可以想到自然史……

划艇小到小嗝嗝一個人就能把它翻回來，他氣喘吁吁地拉著一條開花的繩索，將它拖過沼澤地。拖著拖著，小嗝嗝有時會深深陷入滿是泥濘的沼澤，有幾次他還以為自己再也出不去了。片刻後，小船被他拖到海上，小嗝嗝看見它有點歪斜地漂在水面，大大鬆了口氣。

事情似乎進行得很順利，就連風向也變了，一陣強風朝他認為是明日島的方向吹去。小嗝嗝相信風一定能將他們迅速吹過白浪，抵達那座島嶼——前提是船沒有沉到海裡……

他推著小船離開英雄末路島海岸，盡量舀出從船緣缺口潑進來的海水，努力用他在船上找到的破槳控制方向。他眼睛進了鹽水，身上每一塊骨頭都疼痛不堪，腫脹的手和腳趾冷到幾乎沒感覺了。

最終考驗不愧是終極的試煉，這是心與體、意志與靈魂的試煉。小嗝嗝好累好累、好冷又好迷惘，心中有一部分只想放棄——如果能直接躺在船

底，讓灌滿海水的小船沉到寧靜、溫柔的海底，不再面對痛苦，那該有多好。儘管如此，他心中也有股力量讓他繼續舀水、繼續用腫脹發麻的手控制船槳。他必須前往明日島……他必須前往明日島……

他不知道自己為什麼非去明日島不可，卻仍是逼自己用僅剩的力氣划槳、舀水。

划到半路，小嗝嗝心中又燃起了希望。說不定他真的能成功，說不定他不會被風吹得迷航……

這時，他抬頭用瘀青比較不嚴重的眼睛往前看，在那一瞬間，煙霧湧動，他瞥見一小支龍族軍隊迅速從凶殘群山的方向飛來。而後風雲變色，龍群又消失在霧中。

血息龍。繞舌龍。地獄齒龍。小嗝嗝的腦袋告訴他。他們會噴毒氣，長長的舌頭可以把你的手臂扯下來，還有第二張嘴可以噴射出來咬你……

沙鯊龍群想必將小嗝嗝的位置告訴龍族叛軍了，這些是龍王狂怒派來殺

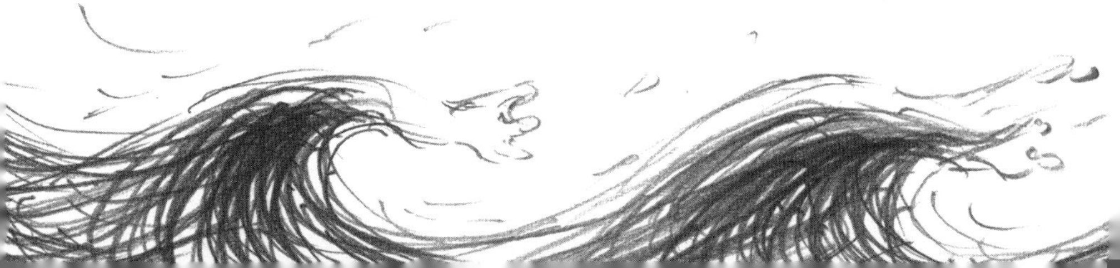

他的龍。

小嗝嗝實在太瞭解龍族了，飛在空中的所有品種他都認得，他也知道自己還來不及航行到明日島海灘，龍群就會先逮到他。明日島就近在眼前……小嗝嗝身上沒有武器，身邊也沒有戰友，他怎麼可能獨立擊敗這群惡龍？

而且龍群中貌似至少有一隻龍比他想像中還要近。

一陣莫名其妙的吼叫聲響起，有東西從霧中俯衝過來，小嗝嗝及時趴倒在船上，

才沒被那個東西抓走。

雷神索爾啊！那是什麼東西？

「那個東西」的保護色太完美了，小嗝嗝完全看不見牠的身形，只有在牠上升飛離小嗝嗝時，變色龍般的身體才從天上霧氣的顏色，緩緩變回原本亮麗的海綠色。

牠是隻死

影龍，而且還是「三頭」死影龍，小嗝嗝能看見牠那三顆頭在霧中的輪廓。死影龍極為稀有，而且非常危險。

除了噴吐龍火，他們還能噴出雷電……這是蠻荒群島最稀有、最恐怖、攻擊力最高的龍種之一……

小嗝嗝從船底爬起來，不停顫抖的手握住壞掉的船槳，轉身看牠接下來會從哪個方向進攻——但周遭什麼都沒有，只有極度濃稠的煙霧。

「汪！汪！汪！」豕蠅龍出聲警告他。

三頭死影又俯衝下來，這回小嗝嗝用船槳打牠，不過他沒有打中，自己還摔了一跤。

三頭死影第二次俯衝時，小嗝嗝在摔倒前看到兩個狂野的人類坐在龍背上對他尖叫，個子較小的人類一頭狂亂金髮，正在高聲叫喊，還舉著一把劍。

三頭死影的三顆頭似乎在吵架，小嗝嗝看見另外兩條龍飛在三頭死影身

旁：一隻黑色風行龍，還有一隻黃色狩獵龍，狩獵龍飛得太快了，小嗝嗝沒看清牠是什麼品種。

「**不要相信『任何人』。**」小嗝嗝想起奧丁牙龍的叮嚀。

奧丁牙龍說過人類也在追殺小嗝嗝，這兩個人想必也是來殺他的……他們看起來就很凶惡。

三頭死影第三次衝下來時，小嗝嗝已經有所準備。

同樣的吼聲傳來，和背景同樣顏色的大龍俯衝下來，小嗝嗝隱隱看見牠伸過來的龍爪輪廓。他再次閃躲，站起身用裂開的船槳大力敲了龍爪一下，船槳差點斷成兩截。

小嗝嗝拿出兩枝沙鯊龍毒箭，用沒受傷的右手用力丟出去，一枝插在三頭死影閃亮的身側，另一枝射中牠旁邊那隻黃色小龍。

隱形的三頭死影又飛離小嗝嗝。劇烈搖晃的小船差點翻覆，海水從旁邊潑進來，可憐的小嗝嗝只能努力用雙手舀出海水。

這件事還真不巧。因為，我們當然知道，那隻三頭死影的三顆頭分別是無辜、傲慢與耐心（中間的頭名叫耐心，因為牠非得有耐心不可），而三頭死影背上的兩個人類分別是無姓氏魚腳司，以及沼澤盜賊部族的繼承人——神楓。飛在他們旁邊的兩條龍則是神楓的金色心情龍暴飛飛，還有小嗝嗝自己的馱龍，風行龍。

他們是小嗝嗝全世界最好的朋友，加上小嗝嗝、奧丁牙龍與沒牙，他們就是龍之印記十勇士。

問題是，小嗝嗝完全不知道這些人和龍是誰。

第六章　要拯救一個「不想」被拯救的人，實在很困難

過去漫長的一夜，神楓和魚腳司一直騎龍在霧中尋找小嗝嗝，疲憊不堪。

在小嗝嗝看來，他們似乎有點瘋狂，實際上這是因為他們一整晚沒睡。

他們整晚在伸手不見五指的迷霧中搜索，遇到龍王狂怒的搜索隊就躲起來，搜索隊走了再出來繼續尋找小嗝嗝，一直找、一直找。他們繞著明日島海岸飛了一圈，飛到北方的陰森鬍絕望島與南方的熔岩粗人島，喊到喉嚨又啞又痛。

「小嗝嗝，你在哪——裡——？」

那真是漫長的一夜。

魚腳司的人生志向是成為吟遊詩人，所以他其實不太擅長這種「全面開戰」的情勢，他不時會在三頭死影肩膀上睡著，夢到過去在博克島的快樂時光。他可能會夢到自己和小嗝嗝坐在翠綠草地上討論詩詞，或是夢到其他悠哉的事情。

然後他會突然驚醒，又回到濃霧中，想起博克島的草地已經全部燒焦，小嗝嗝多半已經死了，他又會淚流滿面。

魚腳司唯一的慰藉就是三頭死影，騎在一隻發誓永遠待在你身邊、用生命守護你的龍身上，特別是一隻巨大、隱形的三頭死影，總有種安心感。

「神楓，我們還是認命吧，」到了清晨五點，魚腳司哀傷地說。「他們都把小嗝嗝的頭盔從海裡撈上來了，當時有好幾百個人親眼看到他死，他不可能還活著。」

神楓和魚腳司相反，在「全面開戰」的情況下，有她在你身邊是再好不過，因為她十分好戰，又無比樂觀。然而，到了這時候，就連神楓這個人也懷疑小嗝嗝已經死了，不過她寧死也不願意承認這件事。

「更何況，」魚腳司用更小的聲音接著說。「就算他真的還活著，有那麼多龍族守衛守在明日島邊界，他也不可能登陸，而且所有王之寶物都在阿爾文那邊，小嗝嗝也不可能當上國王……」

「魚腳司，別這樣，你難道都沒從小嗝嗝身上學到『任何教訓』嗎？」神楓簡明地說。「這世界上沒有所謂的『不可能』，只有『不太可能』。」

她用袖子抹了抹髒兮兮的鼻子。

「而且啊，他絕對沒死。他是我們的英雄，

……然後他會突然驚醒。

所以他不可能死，我們也不可以放棄。換作是他，就絕對不可能放棄我們，對不對？

「我還記得我被巫婆綁架的時候，小嗝嗝為了救我，自己全身被鎖鍊捆住。那時候他說：『就算太遲了，我也永遠不會對妳投降……』還有：『就算我已經失去一切……就算我不可能獲勝……我也會一直、一直、一直和妳戰鬥！』」神楓和史圖依克一樣，學小嗝嗝慷慨激昂地對空氣揮拳。「風行龍，」她接著轉向有著蓬亂毛髮、生性溫和的馱龍，這已經是她第二十次問這句話了。「你確定你完全沒聞到他的味道嗎？連一丁點也聞不到？」

風行龍累到不時會在空中睡著，像石頭一樣下墜三十英尺，等神楓大聲叫牠醒來才會猛然驚醒，趕忙撐開翅膀飛回原本的高度。現在牠又快睡著了，不過聽到神楓的問題，牠撐開快要閉上的眼皮，搖了搖毛茸茸的頭，一滴眼淚流

下牠的臉頰。

這時候，三頭死影的六隻眼睛瞥見在浪濤中載浮載沉的小東西，在那昏昏欲睡的一瞬間，牠還以為那是龍蝦陷阱——可是不對，那是一艘船！你可以想見，驚慌、害怕又疲憊的龍之印記勇士們看見那艘船，心中該有多麼驚喜。

「那是小嗝嗝！」神楓聽見三頭死影喜悅的嗤聲，立刻抬起頭來。「是小嗝嗝！他還活著！」

魚腳司不敢相信自己的耳朵。「妳確定嗎？神楓，妳真的確定？」

「確定！確定！」

三頭死影和暴飛飛開心地連連歡呼，風行龍也興奮得在空中翻滾幾圈。

但他們沒時間慶祝了，因為下一秒，他們就望見一小支龍族軍隊從凶殘群山的方向飛來，迅速飛向海上那艘小船。

「繞舌龍！」魚腳司驚呼。「地獄齒龍……挖腦龍……刃翅龍……這支搜索隊也太恐怖了……」

「一定是龍王狂怒派他們來殺死船上的人！」神楓大喊。「這就表示船上的人是小嗝嗝！魚腳司，別擔心，我們比他們近，我們只要在龍族軍隊飛過來之前下去救走小嗝嗝就好……

「龍之印記勇士們，我們去救援小嗝嗝！」

三頭死影的一大優勢，就是牠能讓身體顏色完全融入背景，變得隱形。現在，他們只需飛下去拎走船上的小嗝嗝，把他放到三頭死影背上，一行人與龍就能直接在敵軍面前消失無蹤。

你想像自己花一整晚尋找一個人，一個你打從心底相信再也找不回來的人……那個人是唯一能改變歷史走向的英雄……他不只是英雄，還是你的英雄，是你最好的朋友小嗝嗝……然後，就在你徹底絕望時，你發現他還活著！

難怪他們俯衝下去救小嗝嗝時，激動到變得有點瘋狂。

「小嗝嗝！」三頭死影俯衝時，神楓和魚腳司欣喜若狂地嘶吼。

「小嗝嗝！小嗝嗝！小嗝嗝！」無辜、傲慢與耐心喊道。三頭死影終於找到男孩了，三顆頭開心地朝小嗝嗝頭上三個方向發射雷電。

但是，就在三頭死影伸出龍爪，準備將小嗝嗝救到安全的龍背上時……

小嗝嗝突然撲倒在船底。

「他在搞什麼啊？」神楓困惑地低頭望去。「天啊，他看起來比之前還要慘耶，希望他沒受太重的傷……」她又說：「我從來沒看過那麼破爛的小船……死影，你往下飛的時候速度慢一點好了，然後在他上面停留一下下，讓他看到我們是誰……」

這次，三頭死影放慢速度飛下去，神楓和魚腳司瘋狂喊叫：「小嗝嗝，是我們，是我們啊！」神楓還友善地在空中揮劍，算是對小嗝嗝打招呼，但這次和第一次一樣，小嗝嗝還是撲倒在船上。第三次飛過小船時，傷痕累累的小嗝嗝用力敲了三頭死影的腿一下，還用沙鯊龍的毒箭射他們。

「很痛耶！」一枝短箭射在三頭死影體側，傲慢痛呼一聲。

「很痛耶！」一枝短箭射中暴飛飛的翅膀，牠尖喊一聲往下摔，幸好神楓及時接住牠。

這和神楓與魚腳司想像的歡樂大團圓不太一樣啊。

「嗯，起碼他的『丟擲』技術進步了。」神楓拔出暴飛飛翅膀上的短箭說。「（以男生來說）他丟得滿準的嘛……」

她努力不讓自己的語氣流露失望或受傷。親愛的

讀者，請想像自己一整晚沒睡，一直尋找你愛的人，接著令人心臟狂跳的奇蹟終於發生，你終於找到那個人了。你滿心希望對方會開心地「擁抱」你，結果他不但拿船槳攻擊你，還對你丟沙鯊龍毒箭。

弗蕾亞女神啊，小嗝嗝到底在搞什麼？他為什麼沒事要攻擊他們？

難道他不認得自己的朋友了？

小嗝嗝至少該認得三頭死影吧，有三顆頭的死影龍在蠻荒群島可不常見。

準確來說，蠻荒群島就只有這麼一隻三頭死影。

但當小嗝嗝舉起船槳打三頭死影

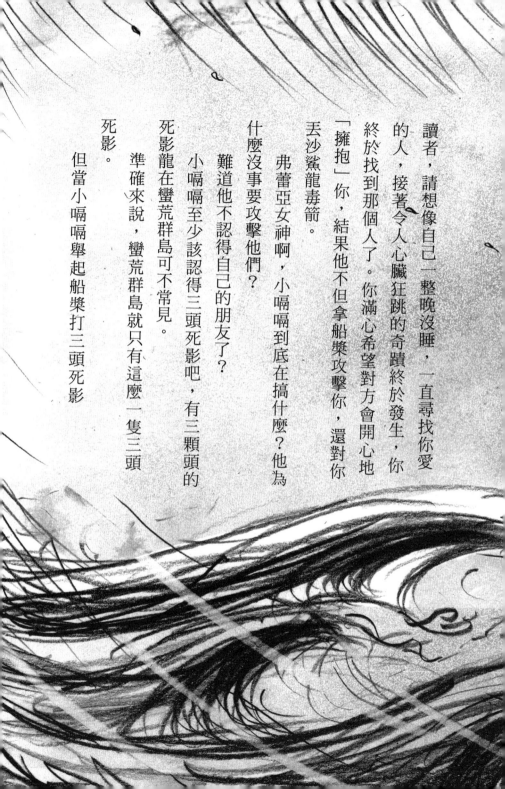

時，他們瞄到他驚恐、蒼白的臉，他顯然根本不知道他們是誰。

「我們剛剛差點害他翻船了，等他知道我們是誰，再下去救他好了。」神楓下了決定。「他眼睛都腫起來了，應該看不清楚吧。暴飛飛，妳下去跟他說是我們來了……」

「哼！」暴飛飛氣呼呼地指著自己發麻的翅膀說。「我一隻翅膀受傷了，不能飛行。而且我必須說，那個英雄這麼不知好歹，龍家好心來救他，他還對我丟很痛的短箭，那他就給我自己想辦法。」

「好吧，魚腳司，」神楓說。「你來操控死影，我沿著他的翅膀走過去，對小嗝嗝喊話……」

神楓跳上三頭死影的翅膀，像貓一樣矯健地走在龍翅上，氣呼呼地揮手，邊對下方的小嗝嗝大叫：

「你這個瘋瘋癲癲的毛流氓，張開眼睛看清楚，是我們啦！是我們！我們是來救你的！那邊的龍族叛軍想殺你，我們是來阻止他們的！」結果小嗝嗝又對她丟出一大把毒箭，豕蠅龍則興奮不已地吠叫。

要拯救一個「不想」被拯救的人，實在很困難。

「我們太遲了！」魚腳司尖呼一聲，指向前方。

詭譎的煙霧從中分開，龍族叛軍搜索隊已經離他們很近了。

「好吧，好吧，」神楓快速思考。「是時候改用B計畫了。唉，真可惜，A計畫明明簡單得多……」

「我們有B計畫？」魚腳司驚訝地說。

「當然有B計畫囉。」神楓說。「B計畫就是從『龍之印記勇士搜救隊』，變成『龍之印記勇士聲東擊西隊』。」

「我們得分散龍族叛軍的注意力，讓小嗝嗝趕到明日島海灘。那些龍很怕明日島龍族守衛，他們不敢追過去。」

她說得一點也沒錯，龍族叛軍不敢攻擊的地方就只有明日島，因為牠們非常害怕明日島的龍族守衛。

「那小嗝嗝遇到龍族守衛怎麼辦？」

「小嗝嗝都往海灘的方向航行了，應該是已經想到對付龍族守衛的妙計了吧。」神楓應道。她對小嗝嗝的聰明才智非常有信心，真是感人。

「小嗝嗝有辦法的。」

「妳說要『分散龍族叛軍的注意力』，這是什麼意思？」魚腳司哀聲說。「我們一定要接近他們才能分散他們的注意力嗎？還是可以待在安全的地方，從遠處分散他們的注意力？」

「死影，等他們離我們近一點再行動，」神楓蹲在三頭死影的三個脖子之間，眼裡閃爍著興奮的光芒。「記得要完全隱形。等他們到聽力範圍內，我們就……」

她在三頭死影的六隻耳朵旁說了幾句話。

三頭死影聽得懂諾斯語，不過三顆頭都不會說諾斯語。除此之外，三顆頭都喜歡狡猾的騙術。

「很好。」傲慢嘶聲說，眼睛亮起愉悅的光芒。

「好主意。」耐心發出呼嚕呼嚕聲。

「『聽力範圍內』聽起來很近耶。」魚腳司摀住眼睛說。

龍族叛軍的搜索隊逐漸逼近可笑的小船，看著那艘快要沉沒的小船，牠們眼裡閃爍著不懷好意的精光。

「我們要再等一下……」隱形的神楓坐在上方，悄聲說。「要等到他們所有龍都能聽到我們再行動……」

「可是他們離我們很近了……」魚腳司呻吟著說。

這一次，來攻擊小嗝嗝的不只是一小群可笑的沙鯊龍。

毒箭龍、撕吼龍、繞舌龍、地獄齒龍、鑽孔龍、挖腦龍……蠻荒群島最駭人的幾種龍都來了，牠們繞著小嗝嗝的小船盤旋。地獄齒龍的牙齒輕輕打顫，維京人要是在深夜聽到那種驚心動魄的警告聲包圍自己的船，肯定會嚇破膽。

長了許多隻眼睛的繞舌龍紛紛伸出噁心的長舌頭，牠們的舌頭強而有力，能扯掉成年男人的手臂。挖腦龍緩緩伸出牠們恐怖的挖腦器，鑽孔龍的鼻鑽也高速旋轉了起來……

三隻龐大的索爾雷龍慢慢破浪而出，長脖子朝天空延伸，宛如海裡長出來的豆莖。三根「豆莖」不停往上長、長、長，脖子上長了美麗的長觸手，每一根觸手都帶有和僧帽水母一樣猛烈的毒性。

數隻闇息龍也悄悄探出水面，這種龍在漆黑的深海住得太久，海底的黑暗滲入牠們的內心，永久扭曲了牠們的靈魂……

月娜挑選的殺手都是龍族菁英，是真正可怕的怪獸，這些龍能毫無懸念、毫無悔意地殺人，幾乎是以殺

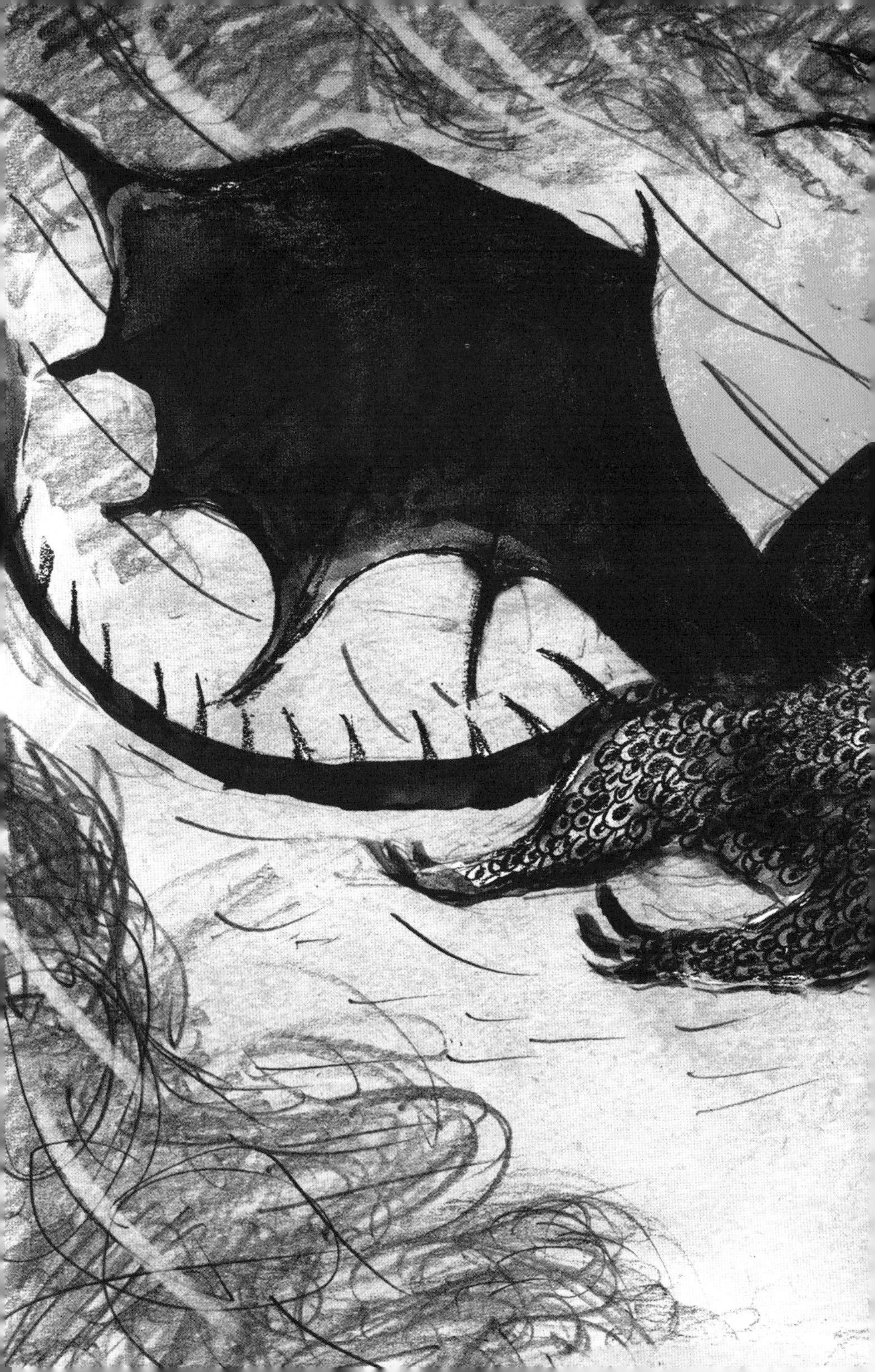

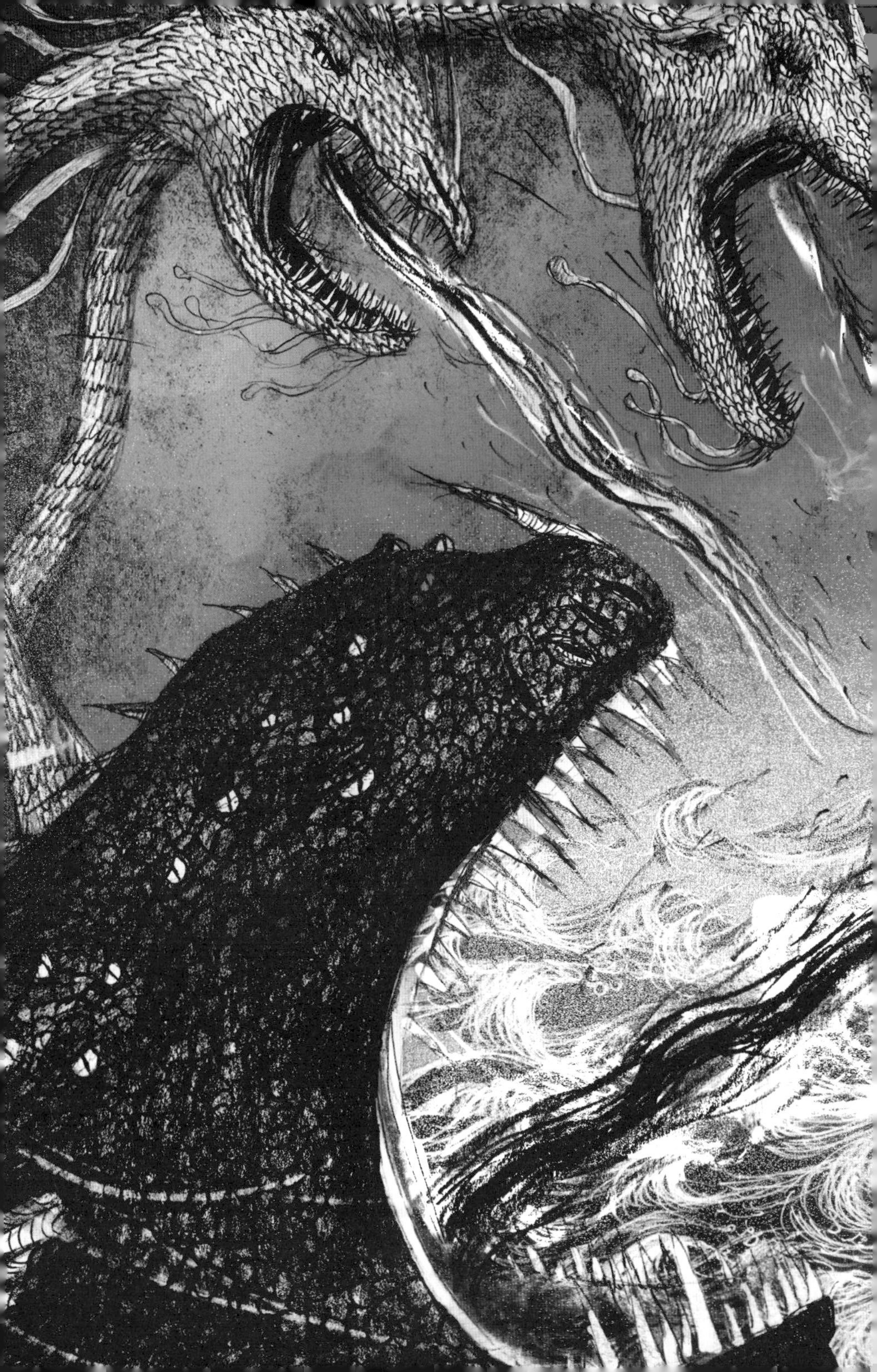

人為樂。

牠們還喜歡戲劇化的發展。牠們慢慢繞著小船盤旋與游泳，暫時沒對小嗝嗝噴射龍火、毒液與雷電，讓那個粉紅色小蚯蚓般的可悲人類看清牠們的力量，讓他充分體認到接下來會發生什麼事……

小嗝嗝嚇得幾乎動彈不得，他心臟狂跳地蹲在可笑的小船上，試圖用身體保護驚恐的豖蠅龍。船裡的海水似乎比船外還要多了……

到此為止了。這就是小嗝嗝的結局。

周圍的龍族暫停動作，令人呼吸停滯的瞬間，牠們欣喜地盯著獵物看，那副模樣真是噁心透頂。

忽然間，周遭的霧中響起陰森的嗓音，宛如女武神淒厲的叫聲、恍若復仇女神憤怒的吼聲：

「我──們──是──明──日──島──龍──族──守──衛……」

神楓這個人也很戲劇化。

叫聲當然是傲慢、無辜與耐心發出來的，不過龍族叛軍並不知道。龍族搜索隊被霧中的神祕生物攻擊，先是被不知從何而來的雷電打中，接著被鋪天蓋地的火焰噴了滿身，又被一波非常準的箭雨射中。神楓的箭矢射中牠們的腿、肩膀與身側……

龍族叛軍相信自己真的被明日島龍族守衛攻擊也是無可厚非，畢竟牠們距離明日島海灘只剩一百碼。牠們之中，就連索爾雷龍也十分害怕龍族守衛。

上一秒，龍族叛軍還得意洋洋地盯著獵物，下一秒，牠們完全亂成一團，驚恐又困惑地尖嘯、轉身，試圖逃離從霧中攻來的龍族守衛，盡速逃離明日島。

場面一片混亂，索爾雷龍的觸手到處亂揮，雷電滿天

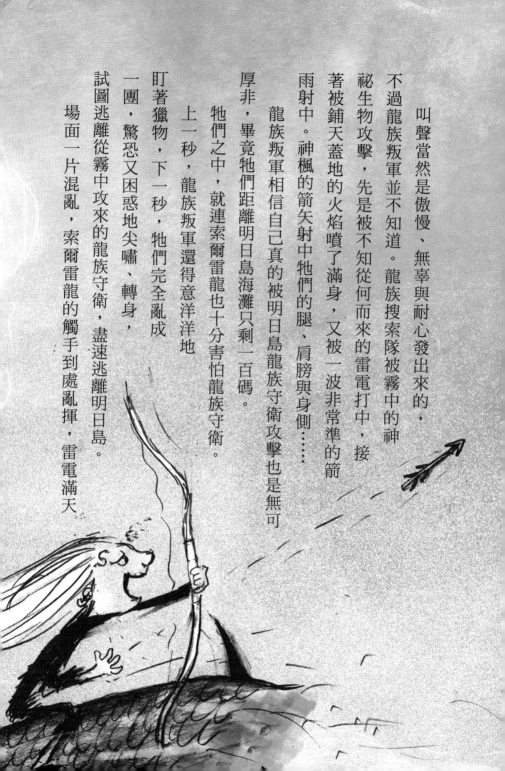

飛，毒箭、火焰、長矛與箭矢像雨般降下，驚慌的龍族用巨大的尾巴拍打海面，激起波濤洶湧、雷電滿布的暴風雨。

小嗝嗝目瞪口呆地往上望。

弗蕾亞女神、奧丁大神和天上諸神啊，這到底是怎麼回事？小嗝嗝可不打算待在這裡等真相大白，他靠到漸漸下沉的小船一側，全力朝明日島的海灘划去。

龍族叛軍搜索隊撤退時，風行龍與三頭死影追了上去，邊發射雷電邊大聲辱罵牠們。三頭死影實在太興奮了，牠還潛到水下追趕闇息龍，追了一陣之後才回到水面。

「沼澤盜賊奮戰到底！你們這群大舌頭、毛毛背壞

鱷魚，看我的！」神楓開心地叫著彎弓射箭。「魚腳司，小嗝嗝到海灘的時候跟我說一聲……」

「他快到了。」魚腳司氣喘吁吁。他吐出一口海水，回頭望向明日島海灘。「再等一下……他的船快沉了，可是他快到了……天啊……他的船沉了……可是沒關係，最後一段他可以游泳……他站起來了……他到了！他到海灘上了！」

「他到明日島了！我們讓他平安抵達明日島了！都是『豪壯的神楓』的功勞，我又**拯救**世界了！」神楓歡呼著對空氣揮拳。

「神楓，」魚腳司焦慮地瞇起眼睛，試著看清霧中發生的事。「我真心希望妳說對了，希望小嗝嗝真的有辦法對付龍族守衛……他往岸上走了……」

魚腳司突然想到一件非常恐怖的事。「他連我們都不認得……那他該不會不知道島上有龍族守衛吧？」

「他當然知道，也當然有辦法！小嗝嗝每一次都能想到妙計。」神楓信心十足地說。

我們也希望他真的有什麼妙計。

小嗝嗝小小的人影，已經跌跌撞撞地走到海灘中間了。

第七章　只有持有失落的王之寶物者能活著登陸明日島

小嗝嗝剛才完全不曉得空中發生了什麼事，只知道進攻的龍族全打成一團，戰況激烈到雷電、毒箭與火焰如雨點落下，落在小船四周。他拚命划著壞掉的船槳，朝白色沙灘划去。

越來越近，越來越近，越來越近。

距離沙灘二十碼時，小船終於完全沉沒，小嗝嗝只能用單一條手臂朝岸邊游去，因為他的左手臂又腫又麻，幾乎沒辦法動彈。雷神索爾啊，海水冷得要命，小嗝嗝凍得差點昏了過去。

他要是在這趟航程的最後一百英尺溺水，就太諷刺了。

明日島西方是一片持續向西延伸的大海，一直延伸到極西的美洲，也就是「不存在之境」（當然，也有人相信你不停往西方航行，最終會摔下世界的盡頭）。

打在明日島西岸的海浪十分洶湧，在這個狂風不斷的冬天，海浪暴力地一波波捲來。

游上海灘時，一陣巨浪吞沒小嗝嗝全身，他在水中翻滾無數圈、在水中待了好久好久，缺氧的肺臟都快爆炸了。最後，海浪才磨過沙灘，吐出小嗝嗝，海水倒退時小嗝嗝跌跌撞撞地站起來，奮力喘氣與吐水，蹣跚地在深及大腿的冰水中朝岸上走，最後他全身發抖、疲憊不堪、像隻擱淺的魚大口喘氣，癱倒在沙地上。即使在身體麻木、衣衫襤褸的狀況下，小嗝嗝還是有種疲憊的成就感。

他成功登陸明日島了！雖然他還是沒有在英雄末路島醒來前的記憶，心中還是有個聲音告訴他，他已經花了很長、很長一段時間尋找這個地方，想盡辦法來到這片狂風呼嘯的荒涼海灘。他到了！他成功了！

明日島。就連這座島嶼的名字，似乎也飽含希望。

小嗝嗝享受這份成就感一陣後才逼自己站起身，繼續踉踉蹌蹌地前進。他回頭望向亂成一團的龍族叛軍搜索隊，牠們隨時可能會追過來，他必須盡快離開海灘……棕色小龍——奧丁牙龍——說過，他必須找到一座荒廢的城市，去到新王加冕的地點……

他腳步蹣跚地前進，傷痕累累的身體每走一步就痛一下，但他還是逼自己走下去。

沙灘往兩旁延伸數英里，不知道為什麼，這片沙灘讓小嗝嗝十分不安，他只好加緊踉蹌的腳步往前走。

他腳下的沙地似乎不太結實，不時微微、微微震動和滑動，彷彿每一粒沙子都是活物，是不停扭動的小蟲。小嗝嗝害怕地看著地上的沙子，疲累又受傷的腿腳走得更快、更快了，他恨不得馬上走到沙丘頂離開這片海灘。這地方不對勁。

「你不介意的話，我還是進你的背包好了。」豕蠅龍緊張兮兮地說完，就一頭鑽進背包，和不停打呼的奧丁牙龍窩在一起。牠半掩上背包，只露出一雙眼睛。「沙子有點『可怕』……」

沙地的確有點可怕。

它似乎在唱歌。

一首來自異界、令人毛骨悚然的歌。

嘶聲、哼聲與歌聲充滿惡意。

小嗝嗝嚇得拖著左腿跑了起來，大口喘氣、淚流滿面的他就快跑到海灘與內陸的交界時，他驚恐地看見……

他前方三碼處，一個高大的人影從岩石後方走了出來。

小嗝嗝震驚地停下腳步。

來者是披著斗篷的彪形大漢，他雙臂抱胸地朝小嗝嗝走來，一步、兩步、三步。他揭開了斗篷帽。

他的臉和花崗岩壁一樣冷硬無情，眼睛蒙著一條布。

他從腰間抽出一把大戰斧，舉在小嗝嗝的頭上，彷彿能隔著蒙眼布「看見」小嗝嗝。

「我是明日島守衛，」蒙眼斧士吼道。「我和我父親、我父親的父親，還有我父親的父親的父親世世代代守護這座島嶼，阻止無資格者登陸，我們已經在這裡守了將近一個世紀。

「只有持有失落的王之寶物者，能活著登陸明日島。

「你是什麼人？為何冒著受『虛無之死』的危險，登陸我們的海灘？」

小嗝嗝吞了口口水。「虛無之死」一聽就不是什麼好事。

「我的名字好像是小嗝嗝。」小嗝嗝說。英雄末路島與明日島之間的海灣裡，三頭死影正全速飛向海灘，這時就連神楓也開始擔心小嗝嗝沒有妙計了。

「小嗝嗝在跟誰說話？」神楓喊道。

「那個人應該是明日島人類守衛之一，」魚腳司說。「聽說有數百個人類守衛守在明日島海邊。天啊天啊天啊……」

「還記得我們昨天看到的畫面嗎？明日島龍族守衛不是從沙地裡『飛』出來嗎？不是有人說：『只有持有失落的王之寶物者，能活著登陸明日島』？死影，你可不可以飛得快一點？」

「我們……已經……盡……快……了……」無辜氣喘吁吁地說。

「你的意思是，你是有志為王者？」蒙眼斧士喝問。

只有持有失落的王之寶物者，能活著登陸明日島！

「應該是吧。」

小嗝嗝不太肯定地回答。「這是一隻自稱『奧丁牙龍』的棕色小龍告訴我的，你認識他嗎？」

斧士搖了搖頭。

小嗝嗝實在太害怕了，嚇得語無倫次。「那隻棕色小龍還告訴我，這座島上有一座荒廢的城市。能不能請你告訴

我，那座城市怎麼走？」
蒙眼斧士面無表情地低頭對著小嗝嗝，雙手仍高高舉著戰斧。這應該不是好兆頭。
「事實上，」斧士說。「通過考驗的男人已經來到這座島上了，一個小時後等他完成加冕典禮、當上新王，我們明日島守衛將擺脫九十九年的束縛、九十九年的拘禁，重獲自由！」蒙眼斧士沙啞的聲音透出無盡渴望。「我們終於能離開這座監獄般的島嶼……終於能自由自在地雲遊四海，隨心所欲地在蠻荒群島遊蕩……我終於能揭開蒙眼布，第一次看見周遭美好的世界，為我只能聞到、碰到的美麗事物嘆息！」
「聽起來很棒。」小嗝嗝說。
「是很棒沒錯。」斧士同意道。
「我相信你們都應該重獲自由。」小嗝嗝又說。
「你是個禮貌的好孩子，」蒙眼斧士說。「我們很少想到國王該禮貌待人，但這其實是相當重要的王者特質。問題是，既然已經有一位新王來到這座島上，就表示『你』不可能是新王。

「把王之寶物拿出來吧。」蒙眼斧士說。

小嗝嗝又吞了口口水。他的牙齒不停打顫，但他不知道這是出於恐懼還是寒冷。

「其實王之寶物現在不在我手上，」他承認。「可是我剛剛提到的那隻棕色小龍說，有一個叫『奸險的阿爾文』的男人從我身邊偷了這些寶物，所以雖然是他先來到這裡，真正的新王還是我……」

蒙眼斧士低頭盯著小嗝嗝——雖然他蒙住了眼睛——戰斧還是高舉在空中。小嗝嗝尷尬地想起，他自己看起來一點也不像國王，自稱新王就像提議讓隻溺水的老鼠當國王……不過話說回來，這個蒙著眼睛的男人也看不到他長什麼模樣。

「所以，是奸險的阿爾文偷了你的王之寶物？」蒙眼斧士問道。

「沒錯。」小嗝嗝說。他站在明日島狂風呼嘯的荒涼海灘上，一個大漢舉著戰斧面對他，在這種情況下，小嗝嗝的藉口聽起來實在沒什麼說服力。

「你說『你』才是真正的新王？」蒙面斧士又問。

「奧丁牙龍是這麼說的。」小嗝嗝說。

蒙眼斧士將戰斧收回腰帶。

小嗝嗝大大鬆了口氣，一時間頭暈目眩。

「謝謝你。」他感激地說。「那能不能請你告訴我，荒廢的城市怎麼走——」

「很抱歉，」斧士難過地說。「我真的非常抱歉，畢竟你還是個孩子，而且還是很有禮貌的好孩子。」

蒙眼斧士舉起雙臂，像是撐開一對蝙蝠翅膀，接著對烏雲密布的天空高喊：「但是……只有持有失落的王之寶物

不不不不不不！

者，能活著登陸明日島……」

情況不太妙。

「死亡與黑暗的恐怖力量啊！無盡歲月中守護明日島的守衛們！龍族守衛們，甦醒吧！賜予這個沒資格稱王的男孩『虛——無——之——死』！」

「不！」三頭死影全速飛向海灘時，神楓放聲尖叫。

小嗝嗝腳邊的沙地開始冒泡。

他驚駭地環顧四周。

沙地……先前顯得像活物的沙地中，誕生了恐怖得難以名狀的生物。沒有人知道這些是什麼東西——是龍呢？還是怪獸？還是比怪獸更可怕的東西？牠們太大、太快、太危險，你不可能看清牠們的樣貌。

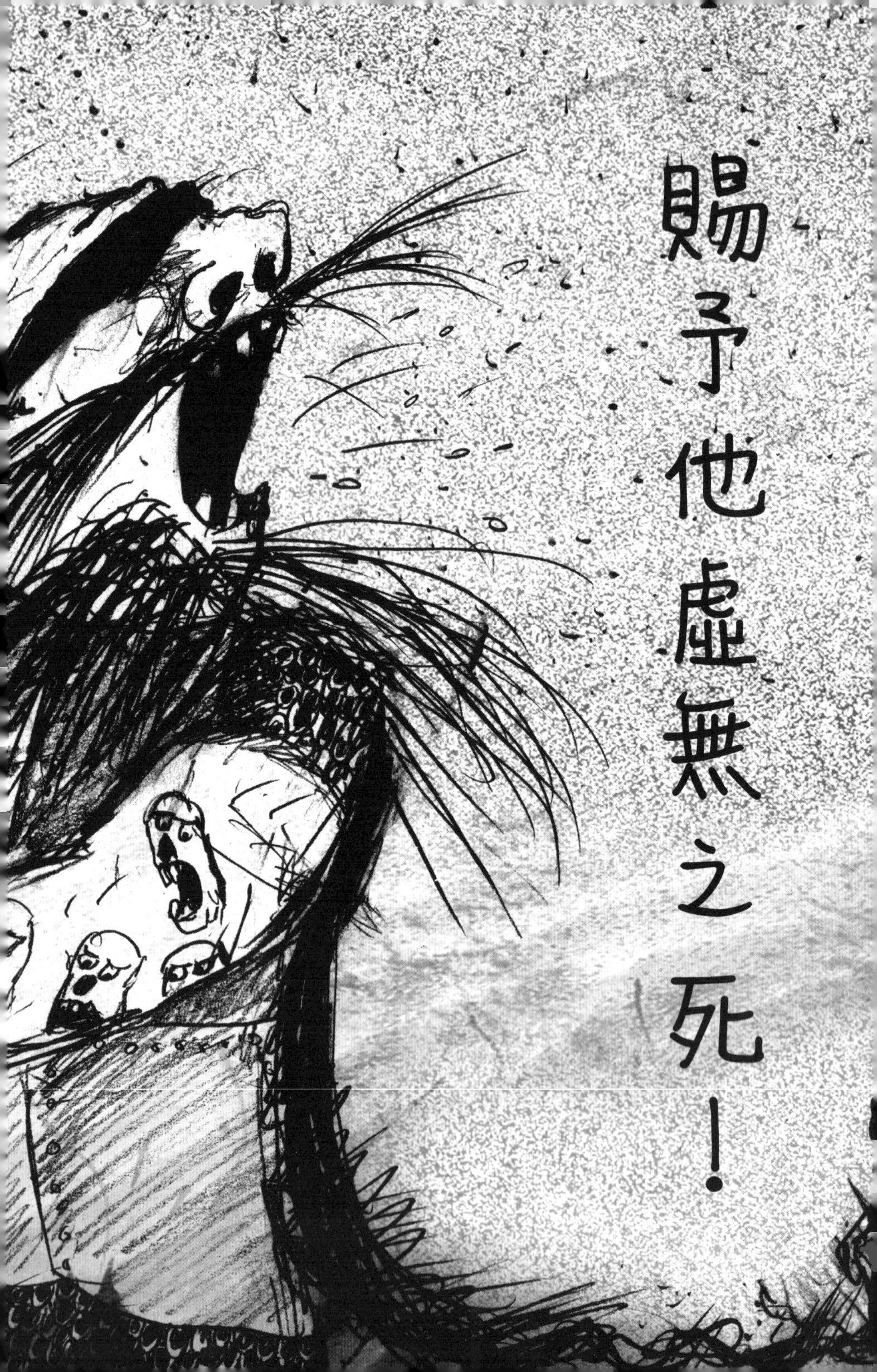
賜予他虛無之死！

牠們宛如來自異界的力量，猛然破出沙地，發出令人毛骨悚然的憤怒叫聲。龍族守衛們抓住驚恐尖叫的小嗝嗝，如駭人的流星般往天上飛衝，帶著他往上飛、飛、飛，準備讓

小嗝嗝溺死在空氣稀薄的大氣層高處。

這，就是虛無之死。

「不不不不不不！」神楓、魚腳司和風行龍齊聲尖叫。「不！不！不！」

風行龍用前爪摀住眼睛。

不會吧……怎麼這樣……

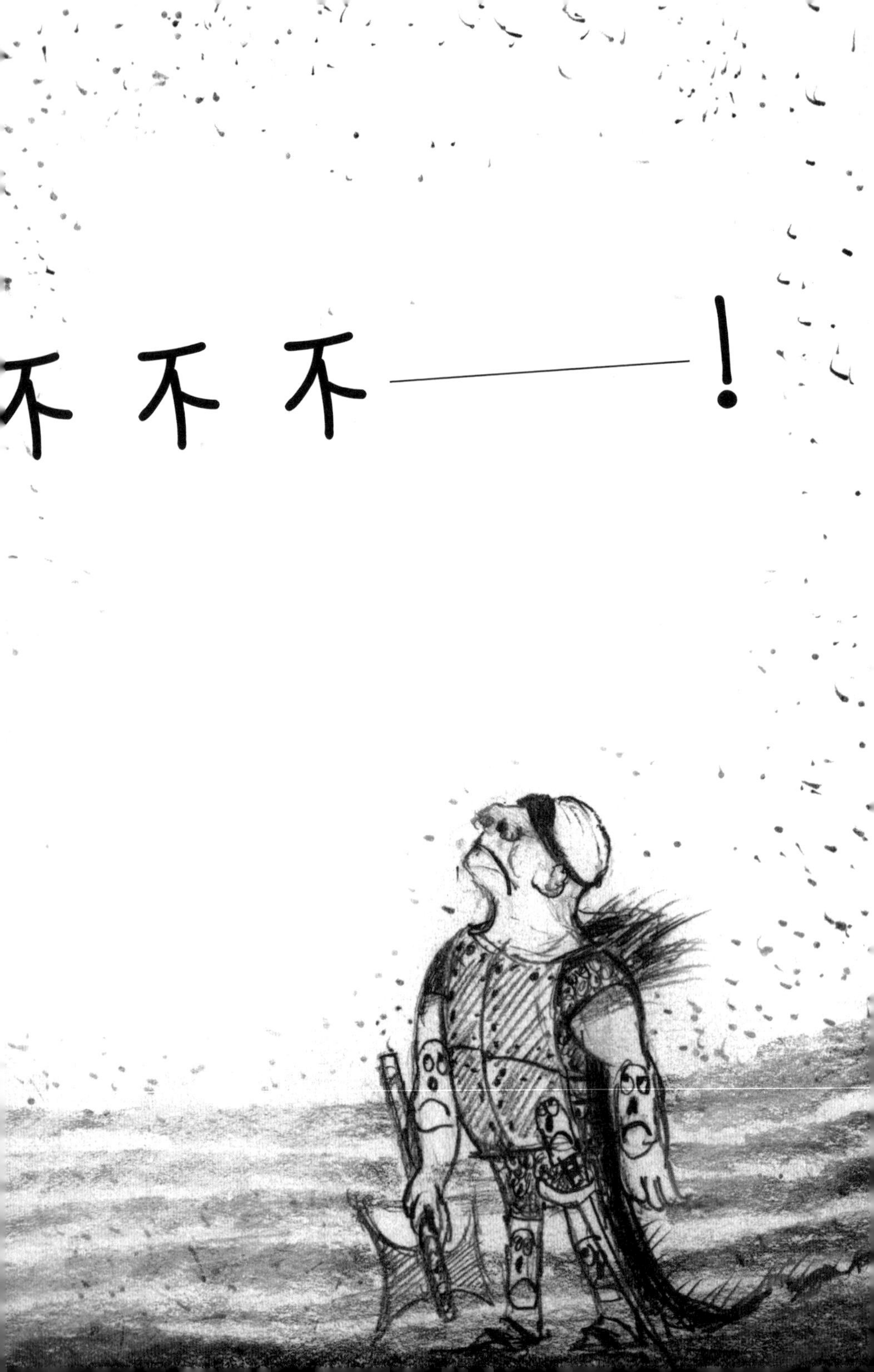
不不不——！

不不不不不不不不

窩乖照顧沒牙！

第八章　你一定以為這種事情不可能發生……

「不——！」小嗝嗝大聲號叫。他感覺耳朵「啵！啵！」好幾聲，一股力道緊緊抓著他的手臂與身體。

我要死了……小嗝嗝心想。他隨著龍捲風般的一股沙子往天上衝，感覺到抓著他的生物將他往上舉、舉、舉起來，舉到生物的面前，不過生物的眼睛太過明亮耀眼，小嗝嗝不得不閉上眼睛。

面臨死亡時，我們無法說謊，脫口而出的必然是真話。小嗝嗝雖然失憶了，雖然連沒牙是誰都不記得了，心中還是冒出一句話，大聲脫口而出。

他放聲尖叫的那句話是：

「窩要照顧沒牙！」

這句龍語的意思當然是：「我必須拯救沒牙！」

小嗝嗝的胃翻了一圈——未知怪獸突然轉向，像火箭般疾速下墜、猛然轉向，被牠們抓住的小嗝嗝似乎要從牠們爪子裡滑走了。

小嗝嗝的確滑溜溜的，因為他全身抹了英雄末路島的泥巴，還有明日島海灘上油膩膩的海草。怪獸是不是暫時鬆手，想換個方式抓緊他？

誰知道怪獸在想什麼呢？

結果，小嗝嗝像隻滑溜溜的小蚯蚓，就這麼滑出了怪獸的掌握，朝明日島的沼澤下墜、下墜再下墜。

神楓、魚腳司、風行龍和暴飛飛遠遠看著這一幕，在三頭死影背上驚

叫。他們看見可怕的怪獸衝出沙灘，沙灘化為恐怖的場面，小嗝嗝被一陣沙之旋風捲起來往上帶，他們幾乎看不見沙子裡的小嗝嗝了……

但就在這時，他們清楚看見怪獸突然瘋狂往下衝，像失控的巨大煙火正低空蛇行飛過沼澤地。某個東西從牠們爪子裡飛出來，落在沼澤裡……某個衣衫襤褸、個子瘦小的東西。

「我的弗蕾亞女神啊，」神楓驚呼。「那是不是小嗝嗝？那是小嗝嗝對吧？」

海灘上，蒙眼斧士嗅了嗅布滿沙塵的空氣。「不會吧，」他悄聲說。「龍族守衛出錯了……他們應該從不出錯才對啊……」

如果龍族守衛出錯，他親眼看世界的自由可能會就此消失……

「兄弟們！」蒙眼斧士大吼。「甦醒吧！龍族守衛出錯了，島上有入侵者！」

他從腰間抽出一根大木杖，以奇怪的方式敲地面，隨著木杖的節拍踩腳，將訊息傳遞給其他明日島守衛。

不久前，明日島西岸似乎杳無人煙。但是在蒙眼斧士的呼叫下，岸邊所有人類守衛紛紛現身。

數百名人類守衛潛伏在島嶼岸邊。他們從岩石後方走出來、衝出山崖的草叢、從海灘裡的淺坑坐起身，披著斗篷、蒙著眼睛、面無表情的高壯男女，彷彿誕生自沙地。

半數守衛留在自己的崗位防衛邊界，另一半人拔出戰斧，快步往島嶼內陸走去。

「快點！」神楓悄聲說。「如果小嗝嗝還活著，他一定需要我們幫忙。死影，現在海灘這麼混亂，你應該可以溜過去……」

三頭死影伸長牠的三條脖子，低空掠過大聲喊叫的人類守衛頭上。魚腳司屏住一口氣，提心吊膽地等待下方的戰士說「上面有人！」——不過沒人發現他們。看來神楓說對了。

在平時，就連三頭死影這種隱龍也不可能突破明日島人類與龍族守衛的雙重防衛。

但現在守衛們忙著找小嗝嗝，剛才龍族守衛從海灘飛上天時，激起的狂沙與煙霧混在一起，沙灘上一片混亂。

龍族守衛高速飛到大氣層高處，至少得花五分鐘才會掉頭俯衝回來，如同大得不可思議的遊隼似地飛回明日島海灘。

因此，在這片混亂當中，三頭死影直接飛過所有人類守衛上方，悄悄進入明日島領空。

魚腳司和神楓終於看清明日島的樣貌，島嶼如童話故事中小孩子畫的地圖，平鋪在他們面前。

這是座相當大的島嶼，和蠻荒群島其他的島嶼一樣，遍布沼澤、泥濘與蕨類，南方還有濃密的森林。荒廢的陰森鬍城雖然已成斷垣殘壁，仍是魚腳司和神楓看過最大的城市，廣大的天然海港旁邊建了足足十五座城堡，還有如兔子窩般錯綜複雜的數千棟建築，漸漸陷入溼軟的沼澤，碎掉的窗戶只比泥水高出幾英寸。

曾經的房屋、店鋪、龍廄，曾經繁華熱鬧的城市，曾經是西荒野王國中心的城市，如今只剩破破爛爛的石塊與斷垣殘壁，冷風哀傷地呼嘯而過，海鷗悲戚的叫聲迴盪在廢墟之中。

最高的山崖上，是整座城市最宏偉的建築：恐怖陰森翳的城堡遺跡。

一大群歡呼的阿爾文軍團戰士與難過的龍之印記戰士聚集在城堡遺跡，加冕典禮即將開始。

他們紛紛停下動作，盯著天上的龍族戰士迅速往上飛，沙子如暴雨般落在眾人身上。

「這是怎麼回事？這是什麼意思？」阿爾文厲聲問道。他心中一慌，擔心會有人在最後一刻冒出來，搶走即將到手的王位。

德魯伊守衛——明日島人類守衛之首——將蒙著布條的臉轉向天空，嗅了

牠的主人……
會不會是牠的主人？

嗅空氣。他跪了下來，傾聽守衛同伴在島上尋找小嗝嗝的腳步聲。

「有入侵者……」德魯伊守衛悄聲說。「居然有人擅闖明日島……真是不可思議……」

可憐的小沒牙哭得精疲力竭，背上的龍角都軟趴趴地垂了下來，但牠在這時候抬起頭、睜開眼睛，發出滿懷希望的嗚咽聲。牠的主人……會不會是牠的主人？

阿爾文臉色刷白，一時間忘了自己還不是國王，他粗暴地拉起德魯伊守衛。「快點幫我加冕！我們要趕快完成加冕典禮！」

德魯伊守衛不高興地甩開阿爾文的手。「加冕典禮急不得。我的人類與龍族守衛一定會把入侵者解決掉……」

「阿——爾——文……」巫婆優諾咧起笑容，警告兒子。「寶貝，你要有耐心……親愛的，要有耐心啊……」

阿爾文好不容易鎮定下來，默默將德魯伊守衛加到他要處死的名單上。他硬生生壓下心中的不滿，可憐兮兮地哀求道：

「守衛大人，真是對不起……我太激動了……我只是恨不得趕快擔起國王的責任……讓您趕快重獲自由……」

「自由……」德魯伊守衛渴望地輕聲說。

他有什麼資格質疑諸神的意志？就算諸神要讓這位討厭的阿爾文當上新王，德魯伊守衛也至少能在生命的盡頭重獲自由與視力，第一次親眼看見美麗的世界……

兩名壯士把西荒野王座搬到房間中

央的高臺上，經過一個世紀，王座又回到它原本的位置，俯瞰陰森鬍遼闊的國度。

德魯伊守衛清了清喉嚨，揚起手臂，開始唸誦加冕典禮神聖的字句。

兩分鐘前，小嗝嗝摔進深度及腰的大沼澤裡。他聽見海灘傳來的人類守衛叫喊聲，莫大的恐懼給了他力量，他掙扎著爬出沼澤，躲進附近的蕨叢中。

小嗝嗝知道那些人類守衛會四處找他，他必須冷靜下來、頭腦清晰地思考。

他從蕨叢探出頭。東方陰森

翳城最高處的廢墟裡，有阿爾文軍團戰士與龍之印記戰士小小的人影，棕色小龍——奧丁牙龍——說的加冕典禮應該就是在那裡舉行，小嗝嗝必須在錯誤的新王登基前趕往那裡。

但是小嗝嗝與城堡之間是一片永無止境的蕨原，他不可能及時趕到……

後方的叫喊聲越來越響，小嗝嗝連忙縮回蕨叢中。

他在潮溼的蕨叢中匍匐前進，止不住地顫抖，幾乎要歇斯底里地笑出聲來。這件事實在太荒唐了……他根本不知道自己是誰，也不知道自己在做什麼，他全身痠痛，被數千個人類與龍族追殺，現在只想

躺在蕨叢裡睡一覺。

然而，小嗝嗝心中有股力量催促他繼續前進，繼續用紅腫的膝蓋爬行。即使他知道這是不可能的任務，即使他還沒開始就知道自己輸定了，依然不斷前進。

也許，這才是真正的英雄氣概。

小嗝嗝聽見數百名斧士守衛的叫聲，他們在後方的沼澤中，跑步的速度快過小嗝嗝爬行的速度，再過幾分鐘就會找到他。

儘管如此，小嗝嗝仍舊不屈不撓地往前爬，奇蹟似地找到一條長長的地道，應該是某種生物穿行蕨原的通道。只要走這條路，天上的掠食動物就看不到他了。

是蕨行龍。他的腦袋告訴他。

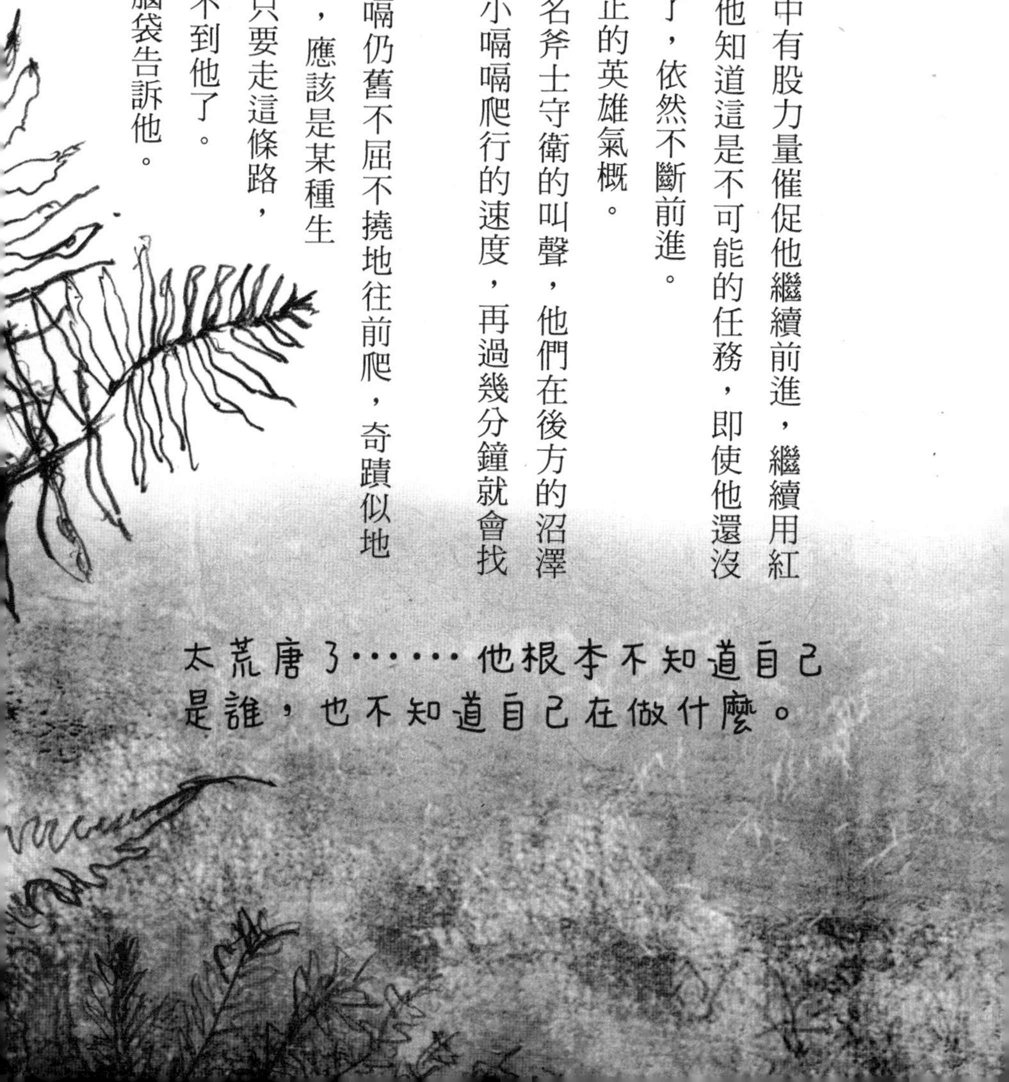
太荒唐了……他根本不知道自己是誰，也不知道自己在做什麼。

這是一種沒有翅膀的中型龍，會在蠻荒群島的蕨類森林中挖地道，能以驚人的高速從島嶼的一頭移動到另一頭。

地面開始震顫，一陣腳步聲傳來，小嗝嗝及時滾到一旁，讓一隻眼神慌亂、體型和大狗差不多大的龍風風火火地衝過去。

沙地裡蹦出來的大怪獸想必嚇壞了蕨行龍群，蕨叢似乎活了起來，到處是像受驚的小犀牛般橫衝直撞的蕨行龍。

第二隻狂奔過他所在的地道時，小嗝嗝已經有心理準備，當蕨行龍嗤氣、喘息、迅速跑過去時，小嗝嗝撲向牠的尾巴，抓住牠尾巴上一根龍角。蕨行龍尖聲抗議，瘋狂甩動尾巴，試圖擺脫小嗝嗝，但牠也沒有停下腳步，而是帶著拚命抓住龍角的小嗝嗝衝過地道。

那是長達數分鐘的瘋狂雪橇行，小嗝嗝被橫衝直撞的蕨行龍拖著走，早已遍體鱗傷的他在地上碰碰撞撞。聽見斧士守衛的叫喊聲漸漸遠去，小嗝嗝抓得更緊，被蕨行龍拖到蕨叢深處時每一次碰撞都痛得要命，但還是努力忍住自己的叫聲。

「加速！加速！」豕蠅龍開心地尖叫。蕨行龍和小嗝嗝飛速在地道中行進時，牠從小嗝嗝的背包探出頭。

蕨行龍快步拐過彎，小嗝嗝像個破破爛爛的布娃娃拖在牠身後，直到龍尾巴最後用力一掃，小嗝嗝再也抓不住了，身體翻了幾圈後停下來。他大口喘氣，爬了起來，非常小心地從蕨叢中探出頭，這一次，他心跳加速不是因為恐懼，而是興奮。

蕨行龍剛才不知道往哪個方向跑，小嗝嗝很可能到了離目的地更遠的地方。

然而他運氣極佳，蕨行龍反而把他拖到離城堡更近的地方，現在他離城堡只剩幾百碼距離。

這不可能是運氣使然，一定是命運的安排。

小嗝嗝無視身上的痛楚，逼自己跛著腳爬過泥濘與蕨叢，繼續走……繼續

走……繼續走……

繼續走，繼續走，

繼續走。

繼續走…… 繼續走…… 繼續走……

這是跌跌撞撞、腳步蹣跚、衣衫襤褸的……小嗬嗬・何倫德斯・黑線鱒三世

第九章　恐怖陰森翳的預言

此時此刻的陰森翳堡，西荒野

新王的加冕典禮開始了。

蠻荒群島

僅剩的部族

聚集在殘破的城堡裡，很多人身上有燒傷和其他傷痕，很多人都飢腸轆轆，很多人都因這場人類與龍族的戰爭而疲憊不堪。

人們需要這場加冕典禮，人們需要新王。

陰森鬍城建在視野最佳的位置，陰森鬍能輕易眺望整座王國，北方是高聳的凶殘群山，西方是一望無際的汪洋，南方與東方是蠻荒群島所有的島嶼，而此時每一座島嶼都燃著熊熊大火。連數月前就已經被龍族叛軍攻占的村落，現在又燒起新的火焰——是龍王狂怒派牠的軍隊去重新點燃火焰，讓全人類明白，聖誕末日——審判之日——終於來臨了。

全世界似乎都在燃燒。

身形巨大的龍王趴在強盜灣，體型之大讓海灣顯得像淺淺的池塘。牠看見聚集在城堡廢墟的一眾人類，在龍王眼中，人類不過是無足輕重的螻蟻。

「可悲的人類蟲子啊，你們看清楚了。」龍王狂怒嘶聲說。「看清楚，然後畏懼吧。」

龍王狂怒的聲音非常低沉有力，神奇的頻率使內海捲起巨浪，聲音響得所有人都聽得見——城堡裡的蠻荒群島人民、騎著三頭死影的魚腳司與神楓，就連全速在蕨叢中前進的小嗝嗝也聽到了。

龍王說的是諾斯語，因為海龍能任意使用諾斯語。

「今天是聖誕末日，而在今天，等著你們所有人的命運，就是滅亡！幫你們可笑的西荒野新王加冕吧，讓他坐上你們可笑的人類王座，然後帶他來和我一對一決鬥……一旦我滅了他，我將消滅世界上所有活著的人類，在人類滅絕前絕不罷休！」

龍王抬起碩大的頭顱，雷電從牠嘴裡往上冒，形成上下顛倒的暴雨，天空閃過驚人的亮光。蠻荒群島各個角落，龍族紛紛出聲響應。

明日島的山崖上，龍之印記戰士與阿爾文軍團戰士們舉手擋住亮光，他們眼前的世界瞬間化作火海，放出好幾顆小太陽的光芒。

數量龐大的龍族叛軍也加入恐怖的尖鳴，那是「戰爭」的叫聲，恐怖的聲響迴盪在山谷間，龍族一起跺腳，甚至引起小地震。聽到那個聲音，每個維京人頭頂的髮絲全都簌簌發抖，因為只要是熟悉戰爭的民族，就鐵定明白那個聲音的意味。

天啊。小嗝嗝像老鼠一樣在蕨叢中爬竄時想著。隨著恐怖巨響的回音消散，陰森鬍堡崩毀的覲見廳內，維京人驚恐、沉默地呆立在原地，彷彿現在才發現末日即將來臨。

新王的加冕典禮是蠻荒群島各部族的最後一線希望，對這群困在明日島上、四面楚歌的維京人而言，這是他們最後的賭注。面對即將到來的末日，小小的龍族寶石似乎毫無用處。

維京人異口同聲唱起恐怖陰森鬍的最後一首歌，那是他乘著「無盡冒險號」向西航行、就此消失無蹤前唱的歌。

「我航行這麼遠只為當上國王，可惜時機不對……
我在風雨交加的過去迷失方向，在無星之夜被毀……
但儘管颶風摧毀我的心、風雨摧毀我的船，
我還是知道，我是英雄……我是英雄……直到『永遠』！

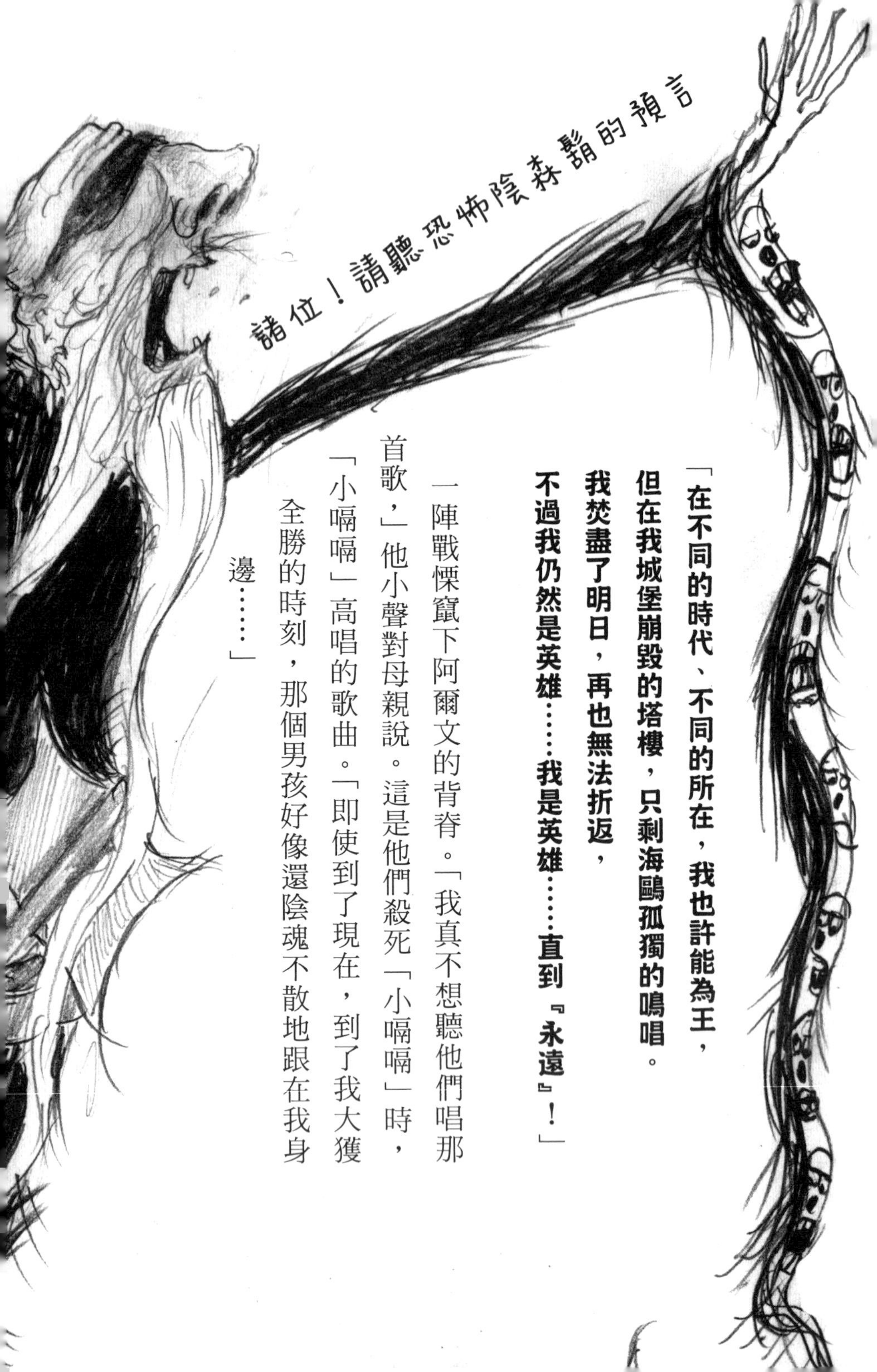

諸位！請聽恐怖陰森鬍的預言

「在不同的時代、不同的所在，我也許能為王，
但在我城堡崩毀的塔樓，只剩海鷗孤獨的鳴唱。
我焚盡了明日，再也無法折返，
不過我仍然是英雄……我是英雄……直到『永遠』！」

一陣戰慄竄下阿爾文的背脊。「我真不想聽他們唱那首歌，」他小聲對母親說。這是他們殺死「小嗝嗝」時，「小嗝嗝」高唱的歌曲。「即使到了現在，到了我大獲全勝的時刻，那個男孩好像還陰魂不散地跟在我身邊……」

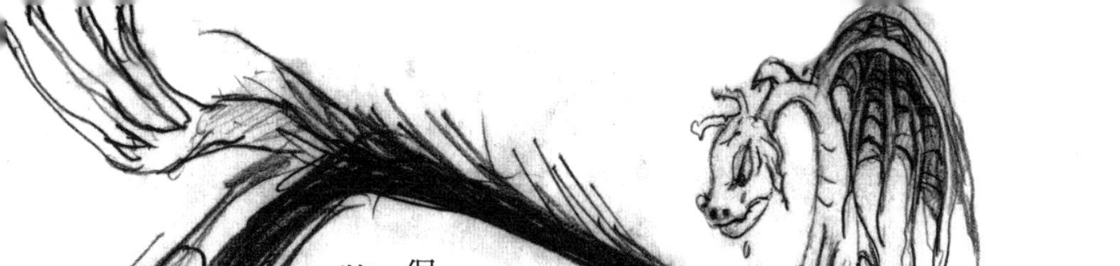

「小寶貝，你別擔心，」優諾小聲回答。「男孩已經永遠消失，變成魚類的餌食了。他和恐怖陰森翳一樣，完全死透了……你好好享受你的勝利吧。」

德魯伊守衛踏上前。

「將王之寶物交給我。」老翁啞聲說。

阿爾文舉起失落的王之寶物。

城堡裡鴉雀無聲，就連龍族叛軍也靜了下來，彷彿龍族也想傾聽城堡廢墟裡發生的事。所有人和龍似乎都明白，數百年的人類與龍族歷史，將在這一刻走到轉捩點。

德魯伊守衛仔細檢查每一件寶物。他舉起龍族寶石，讓琥珀照到陽光，這枚小到能輕易收入人類掌心的寶石，居然能阻止末

日降臨？

他將縮在籠子裡的沒牙抱出來，輕輕摸了摸牠。「龍族不應該關在籠子裡。」德魯伊守衛輕聲說。「小龍，你應該驕傲地抬起頭來，你是第一件失落的王之寶物呢……」

聽到這個人類溫和的話語，可憐的小沒牙稍微開心了點，感激地舔舔德魯伊守衛的手。「**而且沒、沒、沒牙是最、最、最棒的一件。**」牠小聲補充道。沒牙又恢復過去的自大，牠挺起背脊，跳上德魯伊守衛的肩膀。

德魯伊守衛攤開一捲破破爛爛的紙，紙張古老得幾乎要在他手中化為粉末。他開始唸誦紙上的文字——不過他眼睛被布條蒙住，沒牙實在不知道他是怎麼看到文字的。沒牙試著偷看德魯伊守衛的蒙眼布，發現他沒有作弊偷看。

「諸位！諸位！在這聖誕末日，請聽我——德魯伊守衛——朗誦恐怖陰森鬍的預言！」

「我的預言。」巫婆優諾目光閃閃地悄聲說。「我們巫婆代代相傳的預

失落的王之寶物預言

「龍族時日即將到來，
只有王能拯救你們。
偉大的王將是英雄中的英雄。

集齊失落的王之寶物者，將成為君王。
無牙的龍、我第二好的劍、
我的羅馬盾牌、
來自不存在之境的箭矢、
心之石、萬能鑰匙、
滴答物、王座、王冠。

最珍貴的第十樣，
是能拯救人類的龍族寶石。」

言……我的寶貝阿爾文，你聽到沒有？你還是小嬰兒時，我就是用這個預言哄你睡覺……小聲在你耳邊重複唸預言……你看，母親是不是說對了？」

「一百年前的這一天，」德魯伊守衛啞聲說。「就在明日島的此處，恐怖陰森鬍的兒子——小嗝嗝．何倫德斯．黑線鱈二世——和他的龍『狂怒』帶領龍族舉行和平抗爭，要求小嗝嗝二世的父親終結悲慘的奴隸制度。陰森鬍受人矇騙，誤以為這場和平抗爭是龍族的叛亂，於是他用自己的暴風寶劍親手斬殺了親生兒子，兒子的鮮血灑在這個王座上。」

聽到如此悲哀的故事，眾人微微一抖。

「那就是王座與明日島詛咒之初。龍族大敗，龍王狂怒被擒，被人類以無法逃脫的鎖鍊深鎖在一座森林裡。而恐怖陰森鬍發現自己遭人欺騙，他站在熊熊燃燒的城堡殘骸中，抱著寶貝兒子的屍體，發誓下一任西荒野國王必定要是比他好的人。

「因此，陰森鬍設下了不可能的任務。

「他將十件失落的王之寶物四散在世界各個角落，藏在蠻荒群島不為人知的所在。」德魯伊守衛沙啞地說。「他派他所知最恐怖的怪獸守護寶物，或用謎題守護寶物，只有真正的英雄能集齊失落的王之寶物、破除詛咒，成為西荒野新王。

「只有真正偉大的英雄有足夠的勇氣、急智、戰鬥力與智慧，能集齊所有的寶物，坐上王位。

「唯有如此偉大的英雄，有資格成為西荒野王國的下一任國君。

「此時，我們環顧四周的危險，」德魯伊守衛諷刺地示意重重包圍明日島的龍族叛軍，繼續說道。「應該不難看出，我們真需要一位偉大無比的英雄。

「那麼，這位英雄是誰？」德魯伊守衛用洪亮的聲音問道。「是誰找到了王之寶物？是誰比恐怖陰森鬍更優秀？西荒野王國真正的新王，究竟是誰？」

「倘若英雄在此，請上前來！」

奸險的阿爾文高傲地挺起胸膛踏上前，他被可怕的母親用力往前推，差點摔倒在地。

阿爾文從小活到現在就是為了這一刻，為了當上新王，他詐騙、盜竊、殺人與背叛，樣樣都來。

為了這一刻，他也付出極高的代價，一路上失去一隻眼睛、一隻手、一條腿、滿頭頭髮、鼻子，還有……天啊……還有他的「靈魂」。

就為了這珍貴的瞬間。

一切都值了。

「尋得並集齊王之寶物的英雄，就是我！」奸險的阿爾文大喊。

阿爾文軍團的驕傲歡呼此起彼落。

瓦爾哈拉瑪與偉大的史圖依克聽到阿爾文的謊言，不禁搖了搖頭，卻沒說什麼。他們又能做什麼，又能說什麼？瓦爾哈拉瑪花了一輩子尋找失落的王之寶物，但她再怎麼英勇偉大、再怎麼賣力尋找，寶物也沒有來到她身邊。她失敗了。

找到王之寶物的英雄是我！

到最後，無論是父親或母親，都沒能保護他們的兒子。

他們都失敗了。

夫妻牽著手、垂著頭，默默站在原地。

「比恐怖陰森鬍更優秀的男人，是『我』！西荒野王國真正的新王是『我』，我要在此坐上王座，接受我的王冠與王位！」阿爾文高呼。他積極地跳上高臺。

德魯伊守衛舉起王冠，準備將它放在得意洋洋的奸險的阿爾文頭上。

然而，就在德魯伊守衛為阿爾文加冕前，有人出聲打斷他們。

「等一下……」殘破的大廳後方，傳來

非常微弱的聲音。

瓦爾哈拉瑪抬起頭來。

「等一下……」那個聲音比剛才更加細微。

大廳裡所有龍之印記戰士、阿爾文軍團戰士與明日島守衛，以及阿爾文與巫婆，全都轉向聲音的源頭。

明日島陰森鬍堡殘破不堪的走道上，站著一個破破爛爛、腳步蹣跚、形容枯槁的人……

小嗝嗝・何倫德斯・黑線鱈三世。

「等一下……」大廳後方，
傳來非常微弱的聲音。

第十章　誰才是國王？

五分鐘前，神楓和魚腳司坐在三頭死影背上尋找小嗝嗝，突然瞥見他在蕨叢中奔跑。明日島的人類守衛也『看見』小嗝嗝了，不過不知為何，有隻死影龍用落雷攻擊他們，他們只好趴在樹叢中躲避攻擊，小嗝嗝這才得以平安跑到陰森翳堡。

神楓、魚腳司、風行龍、暴飛飛與三頭死影降落在城堡遺跡的邊緣，而就在這時，小嗝嗝跌跌撞撞地沿著大廳走道朝王座前進。

他們幾乎不認得小嗝嗝了。

男孩的身體半白半紫，衣服被龍爪、海浪與狂風撕成碎片，左半邊身體腫得幾乎站不穩，歪歪斜斜、踉踉蹌蹌地前進更是困難。

男孩如同破爛的稻草人。

阿爾文驚恐得倒抽一口氣，在那恐怖的瞬間，他真心以為小嗝嗝被他害死之後化成鬼魂，從英靈神殿回到陽間來糾纏他了。

維京人的生活相當驚險，所以他們不容易感到害怕，不過他們非常怕鬼。如果你狠心害死一個男孩，他的鬼魂很可能會是怨靈，很可能回來找你報仇……

難怪阿爾文臉色慘白，膽小地緊抓著自己的脖子，像是要保護脖子似的。

「啊啊啊啊啊啊啊！」奸險的阿爾文尖叫。「索爾啊，奧丁啊，諸神啊，不要讓這個陰魂不散的男孩傷害我！我懺悔！我懺悔就是了！可愛的幽靈，放過我吧，那全是我母親的錯！」

「冷靜點，阿爾文，冷靜點。」巫婆優諾瞇著眼睛嘶聲說。她嗅了嗅空氣，彷彿要憑嗅覺分辨男孩是人是鬼。

她用乾瘦的手摀住兒子的臉，壓下他驚恐的尖叫聲，用力到差點把阿爾文悶死。「親愛的，冷靜點……我們就快成功了，別在這時候出賣我們……」

「來者何人？」德魯伊守衛斥問。「是誰斗膽打斷西荒野新王的加冕典禮，打斷這無比莊重的儀式？」

小嗝嗝顫抖著、趔趄著踏上前。

「是我，」小嗝嗝拖著麻木的腿前進，開口說道。「是我，小……小……小……」

在那糟糕的瞬間，他腦袋一片空白，連棕色小龍喊他的名字都想不起來。是不是「小」開頭？

身材高大、全身毛茸茸的野蠻人們轉頭看他，所有人都瞠目結舌。沒有一個人認得他。

太荒唐了，小嗝嗝心想。我在搞什麼啊？我的樣子也太慘了吧！我連自己是誰都不知道，還自稱真正的西荒野新王？我是笨蛋……一定是那個自稱奧丁

小嗝嗝面朝下趴在泥濘中，
考慮再也不起來。

牙龍的棕色小龍騙了我……

「奧丁牙龍，你醒來了嗎？」小嗝嗝嘶聲問道，不過奧丁牙龍還在打呼，看來小嗝嗝只能一個人解決問題了。

「豖蠅龍，我叫什麼名字？」小嗝嗝急切地壓低聲音問。「是不是『小』開頭的？」

「小手手？小樹叢？小人類？」豖蠅龍小聲回答。牠偷偷從背包探出頭，看見好多人類與龍族聚集在城堡遺跡，目瞪口呆、鴉雀無聲地看著小嗝嗝像醉漢似地搖搖晃晃往王座走去。豖蠅龍覺得這一幕實在太壯觀了。

「是……我……」小嗝嗝結結巴巴地說。「小……小……小……？」

他突然摔倒。

他面朝下趴在泥濘中，考慮再也不起來了。

堅持下去又有什麼用？

這時候，淚流滿面的史圖依克沿著走道衝過去，抱起破破爛爛的兒子，

用力抱緊他，彷彿要把小嗝嗝整個人揉碎。

「是小嗝嗝！我兒子小嗝嗝！小嗝嗝．何倫德斯．黑線鱈三世！他還活著！」

「小嗝嗝！」

「是小嗝嗝！」

「小嗝嗝．何倫德斯．黑線鱈三世！」龍之印記軍團興高采烈地歡呼。瓦爾哈拉瑪撲上前，將兒子緊緊抱在穿著鐵甲的胸口，高喊：「小嗝嗝！」她的語氣充滿驚人的喜悅與驕傲，小嗝嗝困惑地眨眨眼睛，幾乎不敢相信發生在自己眼前的一切。

這些他不認識的人……這麼多友善的陌生人為他歡呼……這些人看到他竟然如此開心，如此驕傲……怎麼會有這種事？

沒牙無精打采地趴在德魯伊守衛肩膀上發抖，看見小嗝嗝時，牠眨了眨眼睛，彷彿在作夢。然後，牠興奮地尖叫一聲……「小、小、小嗝嗝！主、主、主人！」牠尖叫著在空中翻筋斗，激動地飛撲小嗝嗝，差點把小嗝嗝撞倒。牠親暱地亂舔主人的臉，舔到小嗝嗝都快沒辦法呼吸了。

沒牙在小嗝嗝陣陣發疼的頭上跳來跳去，大喊：

「你還『活、活、活著』！」

「他還活著！他還活、活、活著！他還活著！『他還活著！他還活著！他還活著！』」

面對命運驚人、美好又不可思議的轉折，維京人歡呼到聲音都啞了。小嗝嗝男孩還活著！就連阿爾文軍團戰士也伸手觸碰男孩的手指、手臂和胸膛，確認他真的有在呼吸、他真的是活生生的人類。

怎麼可能？他們都親眼看見男孩胸口中箭，從風行龍背上摔到海裡啊。

維西暴徒超惡邪也吃了一驚，他這個人雖然凶狠，卻和許多其他的暴徒一樣，心中有一塊柔軟的境地。超惡邪很心疼一隻可愛的小豕蠅龍，這隻小龍幾天前失蹤了，所以全世界面臨毀滅之際，超惡邪其實在為可愛的小豕蠅龍哀悼。他以為親愛的豕蠅龍在幾天前的戰鬥中陣亡，還在手臂上綁一條黑布，算是悼念那隻小龍。

「我的豕蠅龍！」超惡邪興高采烈地張開滿是刺青的手臂，大聲說。「他還活著！」

豕蠅龍的記憶力比金魚還差，牠都忘了有超惡邪這個人，不過現在牠終於想起來了。牠從背包裡飛出來，拍著翅膀飛向超惡邪，而這位令人畏懼的戰士族長看到寵物歸來，也興奮地低哼一聲。他搔搔豕蠅龍的耳朵，發出非常沒戰士氣勢的聲音說：「小可愛豕蠅龍有沒有想念毛茸茸大主人啊？」

面對出乎意料的展開，有些人就沒那麼高興了。

「他還活著！」巫婆咒罵道。

「怎麼可能？」奸險的阿爾文大罵。發現那並不是男孩的鬼魂，而是又一次死裡逃生的小嗝嗝男孩，他終於沒那麼害怕了。可惡的小嗝嗝男孩。「不可能啊！」

「阿爾文，這世界上沒有『不可能』的事，」巫婆嘆息著說。「只有『不太可能』……」

「可是他已經被我們害死了！」阿爾文氣沖沖地說。

「阿爾文，阿爾文，你別這麼說。」巫婆看著德魯伊守衛邊警告兒子。「『害死』這個說法太難聽了……他那是戰爭附帶的損失，是戰爭的副作用……」

「可是他明明就死了！」阿爾文受傷地大喊。

「死了、活了都無所謂，」巫婆說道。「那個男孩不過是弱崽……是意外……是小插曲！他不過是恐怖陰森鬍的紅鮭魚！那個男孩一點也不重要！」

「小嗝嗝！小嗝嗝！小嗝嗝！」龍之印記軍團與欣喜若狂的瓦爾哈拉瑪和史圖依克扛著小嗝嗝往前走，在德魯伊守衛面前放下他。

「這是我們的兒子，小嗝嗝！」偉大的史圖依克大吼。「我們家小嗝嗝才是真正的西荒野新新王！」

德魯伊守衛伸出瘦巴巴的手，摸了摸小嗝嗝雞骨頭似的手臂、腫得很大的另一條手臂，以及他破破爛爛的防火衣……

「你說他叫小嗝嗝？在這座城堡裡，『小嗝嗝』這個名字分量不小。」

「男孩的名字一點也不重要！」巫婆呼號。

「那麼，小嗝嗝，」德魯伊守衛不理巫婆。「你來到這裡，自稱真正的西荒野新王，然而你連一件失落的王之寶物也沒有。你應該知道，假冒國王來到此處的人，會落得什麼下場吧……」

「死亡！」阿爾文興奮地插嘴。「下場就是死亡！」

「你打算如何為自己辯解？」德魯伊守衛問道。

「不要問他！」巫婆不安地嘶聲說。「絕對不能讓那隻小老鼠說話！他這隻臭老鼠很精明，你絕對不能讓他說話！」

小嗝嗝吞了口口水。他該怎麼為自己辯解？早在棕色小龍在英雄末路島海灘上說明問題時，小嗝嗝就知道自己會碰到這個麻煩了。

一個沒有王之寶物的人，怎麼可能爭奪王位？

更何況，小嗝嗝連自己是誰都不知道，怎麼可能說服德魯伊守衛，讓他相信小嗝嗝才是正統的西荒野新王？

但是……

阿爾文，這世界上沒有「不可能」的事。

只有「不太可能」。

巫婆的話語扯了扯小嗝嗝腦中一絲記憶，像是拉扯繩結的一端，可是繩結還是沒解開。

站在小嗝嗝旁邊兩英尺處的皺皺老翁，他是不是也對小嗝嗝說過同樣的話？很久很久以前？那個對他親切微笑、希望他成功當上國王的老人，究竟是誰？小嗝嗝確信自己認識他，他還記得老人對他說過的話……

我們唯一的限制，就是想像力……

綠色小龍在小嗝嗝肩頭跳上跳下。「小嗝嗝，你跟、跟、跟他們說！跟他們說你為什麼要當國王！跟他們說你是誰！」小龍輕輕把小嗝嗝的臉轉過來，直視牠的眼睛。

「可是我沒辦法跟他們說我是誰啊，」小嗝嗝悄聲說。「我連你是誰都不知道……」

沒牙的小臉垮了下來。「你不知道我是誰？那是什麼意思？「我是『沒、沒、沒牙』啊。」

沒牙一說完這句話，小嗝嗝就想起來了。

這句話似乎拉著繩子扯了最後一下，記憶之門終於完全敞開。

小嗝嗝想起不同的時間、不同的地點、不同的冒險，那時沒牙剛成為他的狩獵龍，第一次用那雙有催眠能力的眼睛看他。

沒牙。

他的小狩獵龍。

小嗝嗝注視著那雙難過的青梅色眼睛，小聲說：「沒牙……」

沒牙！

厚臉皮、沒責任感的沒牙，全蠻荒群島最調皮、最可愛、最惱人的小龍……他緊緊抱住開心得扭個不停的小龍，終於認出狩獵龍的他，露出欣喜的笑容。

他還顧身邊眾人，一個個想起他們……

他父親，史圖依克。

他母親，瓦爾哈拉瑪。

老阿皺、啤酒肚大屁股、大英雄超自命不凡、十個未婚夫、奸險的阿爾文、巫婆優諾，以及殿堂遺跡後面的角落，那是三頭死影，以及騎在三頭死影背上、對他豎起大拇指的神楓與魚腳司……過去無數場冒險中認識的朋友或敵人，全都親切或憤怒地看著他，希望或不願看到他改變情勢、改變歷史的軌跡，和過去在歇斯底里島時一樣，在毀滅戰斧墜落前接住它。（註2）

註2　這件事發生在《馴龍高手Ⅳ：渦蛇龍的詛咒》。

他也想起自己的名字了。小嗝嗝，他的名字是小嗝嗝。

小嗝嗝的任務，不就是改變歷史的軌跡嗎？

這時候，小嗝嗝猛然注意到大屁股也在看他，他想到大屁股的兒子——鼻涕粗——在兩天前死了，大屁股到現在還不知情。痛苦的回憶湧上心頭，讓小嗝嗝呻吟一聲……

鼻涕粗——哈哈大笑、驕傲自大、天不怕地不怕的鼻涕粗，為了讓小嗝嗝活下去，為了幫助小嗝嗝稱王，鼻涕粗英勇地奉上了性命。

小嗝嗝再怎麼樣也必須確保鼻涕粗沒有白白犧牲。

他必須成功。

小嗝嗝吞了口口水。

他沒有王之寶物……

不過……

不知為何，一股腦浮現的回憶中，他想起自己得到那十件失落的王之寶物的十場冒險。當時他不知道自己在收集王之寶物，甚至不知道自己在執行不可能的任務。

「您說得沒錯，」最後，小嗝嗝顫抖著開口，他怕自己的言語不足以說服明日島守衛。

「我的確是空手而來，一件王之寶物也沒有，我只能把我尋寶過程中學到的事情告訴您。」

「他在『說話』！」巫婆驚駭地尖聲說。「不要讓他說話！不可以讓這隻聰明的臭老鼠耍耍嘴皮子就解決問題……」

「我在尋找王之寶物的過程中，學到這些教訓。」小嗝嗝無視巫婆，繼續說。

「首先，在尋找無牙的龍時，我發現恐懼與威脅不一定是最有效的馴龍方法。

「第二，陰森翳的劍：有時候，第二好的東西才是最好的。

「第三，羅馬盾牌：有時候，我們必須為自由奮鬥。

「第四，滴答物：為朋友而戰，就是為自己而戰。

「第五，心形紅寶石：愛是永遠不會消失的。

「第六，來自不存在之境的箭矢：在尋找新世界之前，我們必須先改正舊世界的錯誤。有時候，我們尋找的東西其實就在家裡，一直都在我們身邊。

「第七，萬能鑰匙：意外發生，也是有原因的。

「第八，王座：權力能腐壞人心。

「第九，王冠：即使在開始前就輸了，我們還是要繼續努力。

「還有第十，龍族寶石，」小嗝嗝說到最後一個教訓。「明白當奴隸的痛苦之後，才能成為國王。」

廳堂裡，眾人沉默了很久、很久。

說來奇怪，那些冒險當時似乎沒有關聯，有些甚至莫名其妙，和小嗝嗝沉沒的海鸚希望號一樣搖搖晃晃、歪歪扭扭地前進，瘋瘋癲癲地漂在海上。

然而，將這些冒險串聯在一起時，你會赫然看清它們的真面目。

那是「君王式教育」。

「他說得真好。」一個平靜度日族人說。

「一點也不好！重點是，小嗝嗝沒有王之寶物，他不能當國王！」巫婆嘶聲說。「這件事我們不是已經說過很多次了嗎……

「小嗝嗝雖然找到了王之寶物，但是『命運』決定讓『阿爾文』當國王，而且命運的決定很有道理！你們看看我們美麗的世界，被小嗝嗝搞到化成灰燼了！」

巫婆瘦骨嶙峋的手指指向熊熊燃燒的蠻荒群島。「龍族堅決消滅人類，只有阿爾文有足夠的勇氣，願意用龍族寶石的祕密打敗牠們。這個男孩太懦弱了……他一定會試著和龍王狂怒談條件……」

「龍王狂怒沒有妳說得那麼壞！」小嗝嗝喊道。「說不定我可以說服他！而且就算我失敗了，為了我們愛的龍族，難道連『嘗試』一下都不應該嗎？」

德魯伊守衛轉向在一旁等待、旁觀的眾人。「蠻荒群島的人民啊，你們認為呢？」

野蠻芭芭拉為在場許多人出聲。

「小嗝嗝，如果是在過去，我們肯定會追隨你。」她說。「我們很多人在烏心監獄發誓效忠你，後來我和很多人都接受了龍之印記，希望傳說中經歷過無數次冒險、創造無數次奇蹟的你，能以命運之子的身分，帶領我們所有人開創嶄新的輝煌年代……

「但在那之後，這持續近一年的戰爭中，我們幾乎失去了一切。龍族殺了我們愛的人、毀了我們的家園，就連山都被他們連根拔起。」芭芭拉說。「在我們所有人死光光之前，他們絕不罷休。我雖然是維京人……

「我必須承認，我很害怕。」

芭芭拉說出所有人心中的話，他們都是維京人，但他們都非常害怕。他們不僅怕失去性命，還怕自己失去全世界。

野蠻芭芭拉和她的
黑貓無懼。

「小嗝嗝，除非命運全力支持你，」芭芭拉疲憊又焦急地說。「你是不可能成功的。到了這個地步，也許我們只剩阿爾文這個選項了，也許這就是命運把王之寶物交給阿爾文的理由。」

親愛的讀者，請別怪罪蠻荒群島的住民，因為「你」不知道當自己遭遇相同的情況、相同的試煉，會如何反應。這些人無家可歸、飢腸轆轆，他們被戰火燒得傷痕累累，都已經不是過去的自己了。他們失去了希望，走投無路，而在走投無路時，你實在很難擺脫絕望。

疲憊的蠻荒群島人民並不希望龍族絕種，他們都很愛他們的龍，在他們看來，只有騎在龍背上、讓風吹過你的頭髮、俯瞰過下

方的袖珍世界，才算是真正活過。但是……

他們雖然是維京人，現在也開始感到害怕了。

「阿爾文國王！」一個危險凶漢大吼。

「阿爾文國王！」一個氣憤的痛揍蠢貨大聲回應。平靜度日部族、殘酷傻瓜部族、和平部族等比較和善的部族雖然沒有表態支持阿爾文，卻也沒有出聲反對，因為他們都又累又餓又絕望。

德魯伊守衛用親切的表情面對小嗝嗝——如果一個可怕的男人蒙著眼睛面對你，也能用「親切」形容的話。

「男孩，你確實在尋找寶物的過程中學到寶貴的教訓。」德魯伊守衛的語氣充滿渴望，假如他能自由選擇，他或許會選擇小嗝嗝。「在和平時代，你也許會是很棒的國王，但在戰爭時期，君王必須做出艱難的選擇，為了守護人民，君王必須採取可怕的行動……」

這句話我說過很多次了，這也是因為我們必須一再重複重要的事實：也許我們不當國王、不當英雄才是真正的幸運，因為這麼一來，我們就不必和國王與英雄一樣，做出艱難的抉擇。

「我必須為命運與恐怖陰森鬍挑選的新王加冕，」德魯伊守衛說。「我必須看到陰森鬍任命你當下一任國王的『鐵證』，才能將王冠放在你頭上。然而，說到底，你一件寶物也沒有。」

「您不明白，」小嗝嗝急切地說。「我必須當國王，我非當國王不可。我堂哥鼻涕粗——」

「男孩，讓開。」德魯伊守衛說。

「叫他讓開就沒事了嗎？」阿爾文氣沖沖地說。「你怎麼不派你的龍族守衛『殺死』他？」

德魯伊守衛推開小嗝嗝，高高舉起蝙蝠翅膀般的手臂。

「死亡與黑暗的恐怖力量啊！覺醒吧！」他高呼。

第十一章　陰森鬍的一封信

「不好意思！」

廳堂另一頭一陣騷動，守衛們努力攔下一個長得像長腳蜘蛛的瘦男孩，不讓他順著走道跑過去。

「不好意思，守衛大人！」魚腳司奮力掙扎著大叫。

「何者斗膽二度打斷我們莊重的儀式？」德魯伊守衛有點火大地問。「這可是百年來第一次加冕典禮，就不能讓我為新王加冕嗎！」

「那個人一點也不重要！不過是個無名小卒！」巫婆尖喊。「他和小嗝嗝一樣是弱崽！我們不該聽他說話……」

不好意思，守衛大人！
不好意思，守衛大人！

「我是無姓氏魚腳司，我有證明小嗝嗝該當國王的『鐵證』——我有恐怖陰森鬍『親手』寫的一封信！」魚腳司大喊。

眾人忽然覺得命運真的有關心人類，真的有插手人類的事務。魚腳司居然有恐怖陰森鬍親手寫的信！

「真的嗎？」小嗝嗝驚呼。

「讓男孩來到王座前！」德魯伊守衛令道。

魚腳司顫抖著走上前，從改造成逃亡行李箱的破爛龍蝦陷阱中，取出一張破破爛爛的信紙。（註3）這封信被龍爪抓過、被熔岩燙過、被嘶牙龍口水泡過，魚腳司和小嗝嗝冒險的過程中，這封信一直待在他們身邊，雖然它邊邊角角稍微受損，大體上它還是和小嗝嗝與魚腳司一樣存活下來了。

「小嗝嗝想把這封信留在陰森鬍的海底藏寶窟裡，」魚腳司說。「不過我還

註3　如果你有仔細閱讀這一系列回憶錄，你會發現這封信在十集之前——《馴龍高手Ⅱ：尖頭龍島與祕寶》——就已經出現過了。

是偷偷把它帶出來了，免得我們哪天要證明小嗝嗝是毛流氓部族真正的繼承人。」

魚腳司調整眼鏡，隔著沒有破掉的鏡片看信。「重點是這部分，」他看著信紙說。「恐怖陰森鬍說…『我希望我的繼承人是個龍語專家和劍鬥士，能夠和怪獸交談，還能駕馭索爾的雷電……』龍語專家只可能是小嗝嗝，因為這裡只有小嗝嗝一個人會說龍語。」

這是無庸置疑的鐵證。

「這位名為小嗝嗝的男孩會說龍語？」德魯伊守衛驚訝地說。

旁觀的眾人雖然害怕、雖然飢餓、雖然絕望，卻被感動了。他們騷動了起來，人群如大海般輕聲細語、交頭接耳。恐怖陰森鬍希望繼承人是龍語專家和劍鬥士？難道小嗝嗝真的是陰森鬍夢寐以求的繼承人？這下，情勢完全變了！如果命運站在有志成為新王的男孩這邊，他也許還有希望。

「喔喔喔，太驚人了……」眾人震驚地說。「他說得有道理……小嗝嗝的確

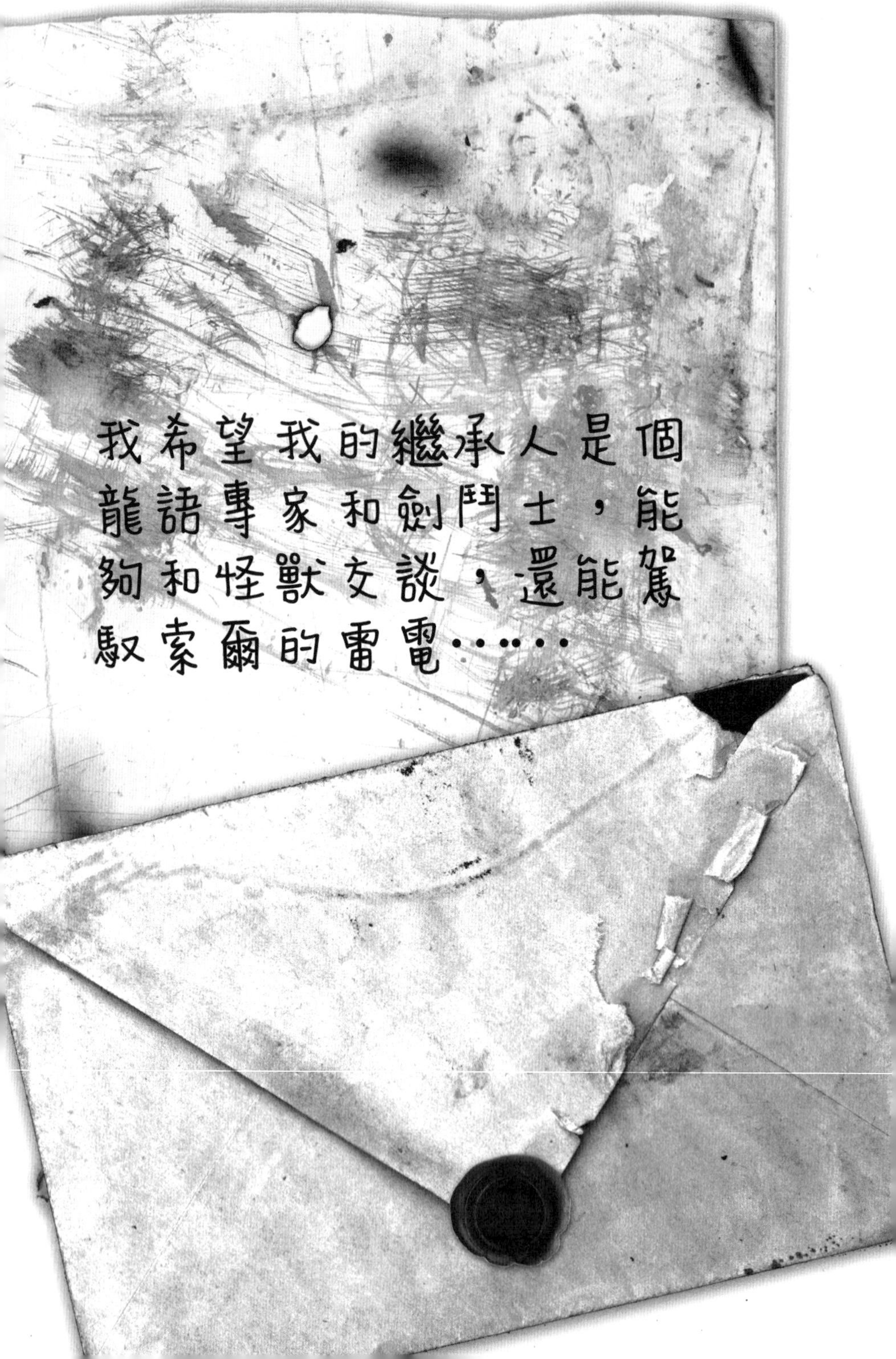
我希望我的繼承人是個
龍語專家和劍鬥士，能
夠和怪獸交談，還能駕
馭索爾的雷電……

會說龍語……這是很少見的技能……」

「有什麼好大驚小怪的！」巫婆嘶聲說。「阿爾文和小嗝嗝男孩一樣會說龍語。而且，小嗝嗝沒有『駕馭索爾的雷電』，沒有人能駕馭索爾的雷電……」

「他有！」魚腳司激動地說。「有一次，瘋子諾伯一直追趕小嗝嗝，小嗝嗝爬上我們所在的那艘船的桅杆，小嗝嗝還讓索爾的雷電在剛剛好的時間點擊中諾伯的毀滅戰斧！」（註4）

駕馭索爾的雷電！太不可思議了！

「你說那叫駕馭索爾的雷電，那誰都會啊！」巫婆氣急敗壞地說。「只要在下暴風雨的時候拿著尖銳的東西，誰都會被雷擊啊！」

但是沒有人聽她說話。

「我記得！那次小嗝嗝去到了不存在之境，一道雷突然打下來，解放了被

註4　請參閱《馴龍高手VII：巨魔龍與奴隸船》。

抓去當奴隸的我們！」人群後方，名叫小熊的小流浪者大喊。「我親眼看到了！小嗝嗝救了我一命！」

「還有我！他也救了我一命！」小熊的姊姊——愛金嘉德——與一眾流浪者跟著叫喊。「還有我！還有我！還有我！」

「噢不！」巫婆嘶聲說。她焦慮地左顧右盼。噢不……怎麼又這樣……「噢不……」

然而為時已晚。

傾聽這一切的維京人發出讚嘆聲，竊竊私語……

「駕馭雷電，真的好聰明，太聰明了……」

「那次小嗝嗝不是贏了族際游泳比賽嗎？他在海裡游了整整三個月才回來，上一個做到

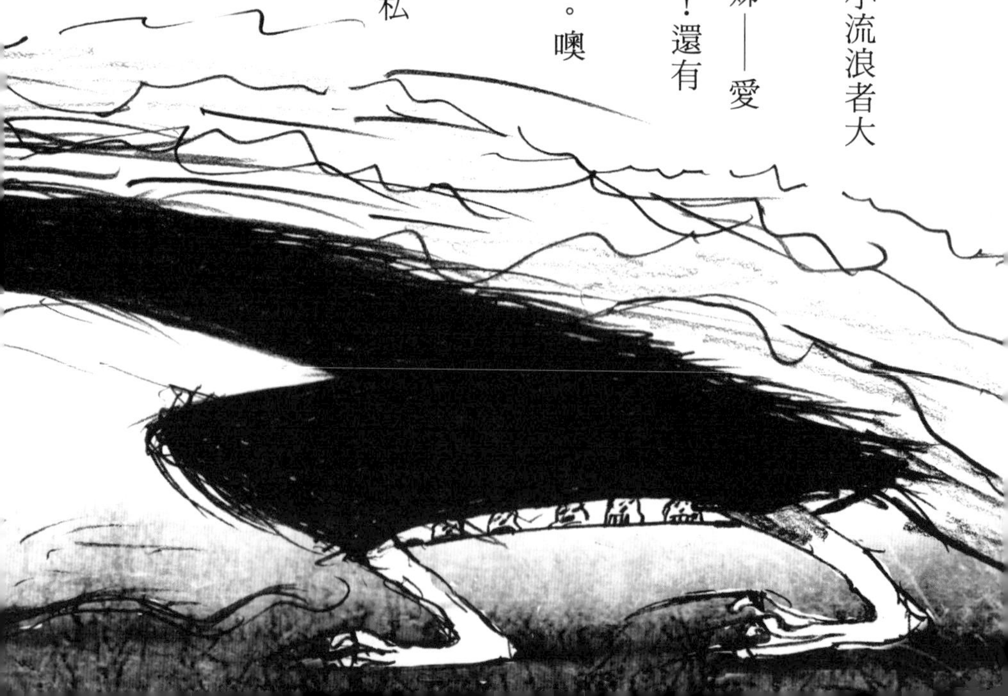

這件事的人就是恐怖陰森翳呢……」

「這會不會是某種『預兆』？」

「當然是預兆了……」

「這才不是預兆！」巫婆尖叫。「這只表示陰森翳和小嗝嗝都『作弊』！」

「我還有更多鐵證。」魚腳司繼續說。

「誰讓那個男孩閉嘴行不行？」巫婆罵道。

「龍族寶石尋寶圖畫在恐怖陰森翳最後的遺囑背面。烏心監獄燒毀時，小嗝嗝將遺囑搶救出來，」魚腳司接著說。「我也一直幫小嗝嗝保管這份遺囑。我相信這裡也有陰森翳的線索……」

「恐怖陰森翳最後的遺囑！」德魯伊守衛驚呼。「你怎麼不早說？男孩，快唸給我聽！」

魚腳司舉起紙張，讓所有人看清楚。

「『我把我最喜歡的這把劍，留給我真正的繼承人。這是因為暴風寶劍總是微微往左偏，而且有時候，最好的東西看起來不見得最好……』」魚腳司讀道。「還有，在這上面，陰森髫還寫了這段話：『勇氣：內在的事物比外在來得重要。（我對你保證，這不是終點）地圖在此，地圖將指引你找到龍族寶石。』」（註5）

「喔喔，太有趣了。」眾人說。大家都喜歡有趣的謎題。「最好的東西看起來不見得最好……這很明顯是在說小嗝嗝，因為他看起來不是最好的人選……」

「而且，你們看！阿爾文用的是暴風寶劍！那不是陰森髫最喜歡的劍……這表示阿爾文不是真正的國王……」

註5　遺囑第一次出現是在第二集，不過第二段文字是用隱形墨水寫的，只有在第九集《馴龍高手IX：龍族叛亂與新王》——塗上渦蛇龍毒之後，小嗝嗝等人才能看見隱藏的訊息。

「你們看！」野蠻芭芭拉說。「我的黑貓選了小嗝嗝！這會不會也是某種預兆？」

果不其然，芭芭拉的黑貓從她頭上跳下來，纏著小嗝嗝的腿呼嚕呼嚕叫。

「怎麼能讓『一隻貓』選擇新王！」巫婆火冒三丈。「這不可能是預兆了！」

但她無法抵擋人心的趨向。

這就是傳奇的開端……

小嗝嗝重述自己尋得王之寶物的一次次冒險，讓維京人想起小嗝嗝的種種事蹟，他們紛紛分享自己被小嗝嗝搭救的故事。

「小嗝嗝救了我三次，有一次我被羅馬人抓走，一次是被狂戰士抓走，還有一次是被巫婆抓走……」神楓得意洋洋地說。

「我們攀岩去閃燒劍鬥術學院的時候，他救了我一命！」年輕毛流氓高呼。

其他人紛紛響應：「還有我！還有我！還有我！」

「還有一次，我們要被抓去餵狂戰島野獸的時候，他也救了我們。」十位未婚夫說。

「綠色死神威脅博克島的時候，小嗝嗝也救了我們。」一個殘酷傻瓜高聲說。

「我們之前被末日牙龍困在歇斯底里島，是小嗝嗝救了我們……」一個歇斯底里人大喊。

「那年又熱又長的夏天，火山爆發、滅絕龍肆虐蠻荒群島的時候，他救了我們所有人……」一個毛流氓喊道。

人類的凡俗事務，有時會出現海潮或風向轉變的時刻，前一秒海水與狂風全力往一個方向前進，下一秒，魚腳司這樣的人以命運般的口吻發聲，全世界都暫停在那個微妙的平衡點……接著，有更多人出聲，越來越多、越來越多、越來越多，直到風向突然改變、海流突然轉向，一切都以難以阻擋的巨力往反方向前進。

可憐的蠻荒群島人民面對飢餓與絕望，不得不追隨可惡的阿爾文，但是看到陰森鬍的信與遺囑，看到活生生的小嗝嗝——大家心中又有了希望。

而且我必須說，維京人的感情都十分強烈……卻又和蠻荒群島的風一樣善變，前一秒還激動地認為一件事情是正確的，下一秒可能就會改變心意。

「阿爾文，快想想！你最近有沒有做什麼好事！」巫婆嘶聲說。「有沒有什麼能讓人喜歡你的事情？」

「呃……這個……我上星期比較少鞭打奴隸，這個算嗎？」阿爾文說。「我拿鞭子的手都起水泡了……」

「你都沒救過別人的命嗎？」巫婆氣沖沖地問。

「母親，我都忙著救『自己』的命啊。」阿爾文指出。「我都是用很了不起的方式自救耶……」

恐怖陰森鬍的城堡遺跡裡，維京人將小嗝嗝的善舉口耳相傳，故事在散播的同時受到渲染，小嗝嗝似乎多了超人的力量與超級英雄的特質。這是自古以來故事傳播的定則。

維西暴徒超惡邪原本是阿爾文的忠實追隨者，現在就連他也跳上一根斷柱，展示珍貴文物般用雙手舉起氣喘吁吁的豕蠅龍，對眾人大叫：

「小嗝嗝去英靈神殿，把我的豕蠅龍救回來了！」

嚴格來說，事實並非如此，不過對現在的眾人而言，這句話聽起來十分順耳。這位命運之子居然能去到英靈神殿，把豕蠅龍帶回來？哇，這麼偉大的男孩應該能帶來奇蹟，不必消滅龍族就終結人龍戰爭吧！

「如果小嗝嗝真的是命運之子，」人們交頭接耳。「如果他真的是恐怖陰森鬍理想的繼承人，那說不定小嗝嗝真的能為我們拯救龍族……說不定他真的能和龍王狂怒達成協議……他都能起死回生了，還有什麼難得倒他嗎？」

「小嗝嗝明明就死了……」一個忠誠的阿爾文軍團戰士不可置信地搖頭說。「我親眼看到箭插進他胸口。」

這也不是真相，但說故事的人只聽到自己想聽的說法，在這些人心目中，故事比真相重要得多。於是，他們繼續傳播自己想相信的故事。

「小嗝嗝去過英靈神殿，又回到人間，能做到這件事的人……能做到這件事的人，值得我追隨一輩子。小嗝嗝國王！」

「小嗝嗝國王！小嗝嗝國王！小嗝嗝國王！」

「不！」巫婆尖喊。她怒不可遏地對不停歡呼鼓掌的群眾號叫與怒吼，甚至張口咬人。「這太不切實際了！你們是一群烏合之眾，哪輪得到你們決定誰當國王！你們以為這裡是『羅馬共和國』嗎？這是獨裁國家！這是命運！你們沒資格決定誰當國王，你們沒有一個人有那個資格！只有那個蒙著眼睛的可怕老頭子有資格！」

「小嗝嗝國王！小嗝嗝國王！小嗝嗝國王！」

「閉嘴！你們要是惹火了那個蒙著眼睛的可怕老頭子，他就會召喚恐怖的明日島龍族守衛，給你們所有人『虛無之死』，把你們的骨頭磨成灰燼！」氣急敗壞的巫婆罵道。

「小嗝嗝國王！小嗝嗝國王！小嗝嗝國王！」

「德魯伊守衛啊，」白手臂瓦爾哈拉瑪高呼。「您聽見人民的聲音了嗎？過去，我們聚集在烏心監獄時，我對蠻荒群島人民說過：我們可以選擇我們心目中的新王。現在，我要再次問大家這個問題：你們是選擇推崇奴隸制度、提議永遠消滅龍族的奸險的阿爾文呢？還是帶來希望、準備建造美好新世界的小嗝嗝，我的兒子？」

「人民的意志不是重點！」巫婆尖聲說。「瓦爾哈拉瑪，妳別以為自己蓋上奴隸印記之後把它硬說成龍之印記，就能改變這位大人的心意！」

「小嗝嗝有龍之印記嗎？」德魯伊守衛激動地問。「各位也許不知道，陰森鬍的生命即將結束時，他為了懺悔，同樣接受了龍之印記。」

「別管這些可笑的小預兆了！」巫婆氣得臉色發紫，厲聲說。「你總不能學凡夫俗子，去注意什麼迷信的預兆啊、黑貓啊之類的東西！這可是命運！這是人類的未來！重點是諸神的意志！」

「小嗝嗝國王！小嗝嗝國王！小嗝嗝國王！」

德魯伊守衛舉起雙臂。「巫婆說得對，」他說道。「重點的確是諸神的意志……肅靜！」

蠻荒群島的人民安安靜靜地站在城堡裡。

德魯伊守衛舉起王冠，彷彿對天上諸神獻祭。

阿爾文站在德魯伊守衛的左手邊，小嗝嗝站在右手邊。

「命運與黑暗的恐怖力量啊！」德魯伊守衛朝烏雲密布的天空高喊。「時機已到，新王已到，然而我身邊有兩位英雄，我無法同時為兩位新王加冕。恐怖陰森鬍的鬼魂啊，請告訴我：誰才是西荒野王國真正的國王！諸神的意志是什麼？請降下預兆吧！」

之後是一陣很長、很長的沉默，天上的雷雲劈啪作響，城堡遺跡裡的人們屏氣凝神，就連強盜灣裡包圍明日島的龍族也屏住一口氣。沉重的寂靜鋪蓋全世界，全世界都湊上前，傾聽德魯伊守衛的判決。德魯伊守衛在寂靜中搖擺身體、微微顫抖，彷彿透過雷聲接獲諸神與恐怖陰森鬍的鬼魂傳遞的訊息。明日島龍族守衛在對他說話——小嗝嗝身邊的龍族全縮著頭、用手爪摀住耳朵，表示龍族守衛與德魯伊守衛在用只有他們聽得見的超高音溝通。

做為對龍族守衛的回覆，德魯伊守衛喃喃自語：「此話當真？唉呀，我的天啊……太有趣了……你們的眼睛比我好得多……我接受你們的判決……」

阿爾文站在德魯伊守衛的左手邊，小嗝嗝站在右手邊。

感覺過了一世紀，德魯伊守衛才開口說話。

但在他開口前，發生了一件事——這也許是讓天秤傾斜的最後一根稻草，是無比壯觀的畫面。

眾人有了鐵證，現在他們只需要諸神給他們一個預兆，讓大家知道這是正確的選擇。

預兆出現了。

德魯伊守衛站在那裡，一隻手搭在阿爾

文肩頭，另一隻手搭在小嗝嗝肩頭，彷彿自己變成天秤。這時，小嗝嗝很慢、很慢地飄起來，在沒有任何助力的情況下神奇地飄浮在空中，彷彿被天神的隱形巨手抬了起來……

這是奇蹟！

小嗝嗝沒有翅膀，居然能飛上天！

這是諸神的旨意！

當然，這其實不是諸神的

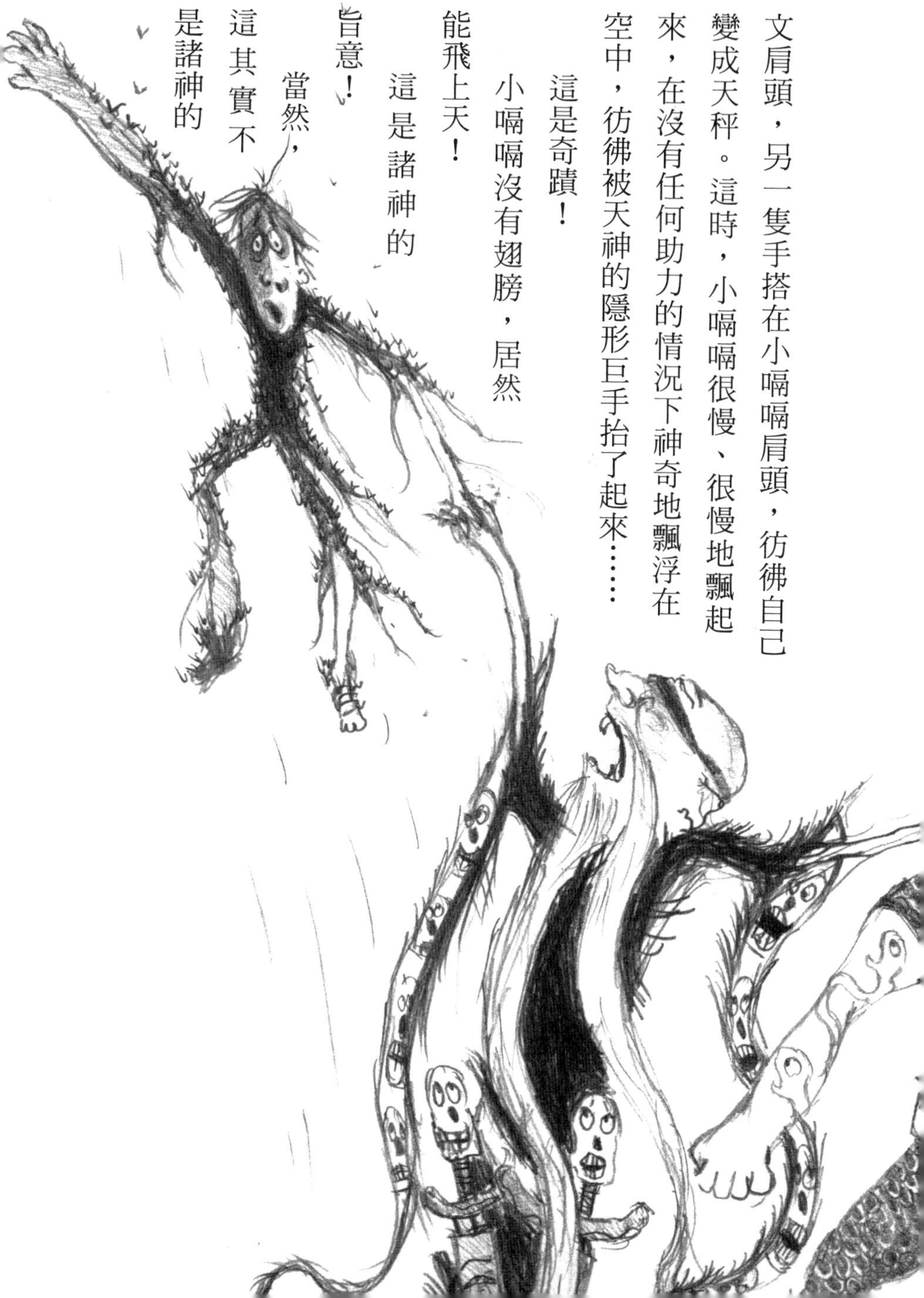

奇蹟。

數千隻很小、很小的奈米龍從城堡附近的蕨叢、草叢與石楠叢中飛了出來，降落在小嗝嗝·何倫德斯·黑線鱈三世破破爛爛的防火衣上。

牠們用數千隻小小的手腳抓住防火衣，帶著小嗝嗝飛上天。

「齊格拉斯提卡……」小嗝嗝低頭看著突然爬滿小奈米龍的防火衣，震驚地喃喃道。齊格拉斯提卡是奈米龍之王，小嗝嗝曾救過牠一命，不過他們已經好幾年沒見面了，齊格拉斯提卡帶領的無數隻奈米龍突然在危急關頭前來幫助他，讓小嗝嗝嚇了一跳。

「你們不會注意到我們，但是我們一直在注意你們。」奈米龍群用陰險的小聲音嗡嗡出聲，回答小嗝嗝沒有說出口的問題。牠們雖然在幫助小嗝嗝，態度卻還是相當凶惡。

眾人看不到奈米龍群拎起小嗝嗝，只覺得這是諸神的預兆、諸神的奇蹟，這也是他們所需的最後一項證明。

「是奇蹟！奇蹟啊！」

「我看到索爾毛茸茸的手指把他舉起來了！」一個想像力過剩的痛揍蠢貨尖叫。一旦這句話說出口，痛揍蠢貨的妄想瞬間成為眾人心中的事實。

眾人興奮地呼喊：「小嗝嗝！小嗝嗝！小嗝嗝國王萬歲！」奈米龍群輕輕將小嗝嗝拎在離地一英尺的位置時，德魯伊守衛嘆息一聲，悄悄地說：「最後的預兆……」小小的奈米龍群又輕輕放下小嗝嗝。

於是，龍族守衛在天上道出令人不寒而慄的判決，小奈米龍群偷偷在草叢中出聲，決定了命運與宿命。

某方面而言，這似乎藏了深刻的意涵。

最終，德魯伊守衛以不屬於這個世界的幽遠語音宣布命運的選擇，彷彿傳達另一個世界的判決。

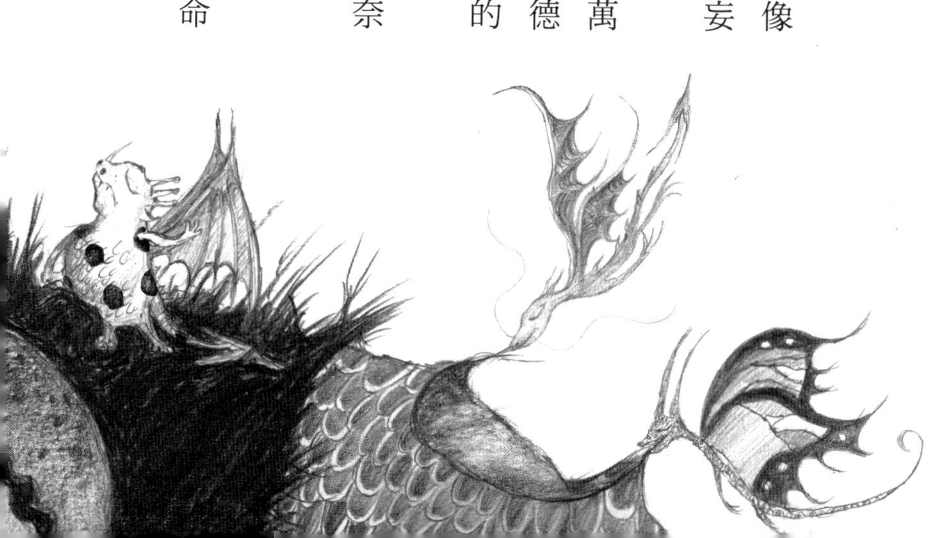

這位是齊格拉斯提卡，
北方草原最高統治者、
蕨叢霸主、石楠叢帝王，
也是偉大的新王擁立者！

「戴上王冠者，將永遠為王……

「戴上王冠者，將為人民奉獻一生……

「戴上王冠者，將獲得絕對的統治權……

「西荒野王國的新王，將是……」

德魯伊守衛微微發抖，轉身面對小嗝嗝。

「小嗝嗝・何倫德斯・黑線鱈三世。

「因為內在的事物比外在

來得重要……因為最好的東西不見得是『看起來』最好的……

「……因為，有時候，恐怖陰森鬍的意志、諸神的意志與人民的意志無異。

「我們終於找到新王了。」德魯伊守衛靜靜地說。

阿爾文中箭似地踉蹌兩步。

巫婆放聲尖叫：「不不不不不不不！」

不不不不不——!

第十二章　西荒野新王的加冕典禮

小嗝嗝耳邊響起窸窣聲，那絕對是身上有黑紅斑點的齊格拉斯提卡——奈米龍之王。牠看上去比小嗝嗝印象中老一些，卻還是和過去一樣高傲自大。

「沒有肌肉的男孩啊，那個龍王狂怒似乎認為自己個子大了點，就可以對『本王』頤指氣使！」齊格拉斯提卡嗤之以鼻。「本王——齊格拉斯提卡，北方草原最高統治者、蕨叢霸主、石楠叢帝王——可是偉大的新王擁立者！他『好大』的膽子，竟敢叫『我』加入叛軍！」

「他真是太不明智了。」小嗝嗝小聲回應。

那的確是不明智的舉動。

我們不能小看世界上的小人物，因為很多時候，讓天秤傾斜的就是這些小人物。

「我要『反叛』他的叛軍！」齊格拉斯提卡驕傲地說。「那些『巨龍』以為自己很重要，但就算要發起叛亂，也應該由宇宙的中心宣告戰爭開始，而宇宙的中心正是『我』！

「我相信他學到教訓了。」齊格拉斯提卡滿意地吸了吸鼻子，聽到小嗝嗝感謝牠，牠輕蔑地說：「我知道，我太『偉大不凡』了……」說完，牠帶著嗡嗡飛行的奈米龍群，又突然消失了。牠們像暫時停在樹上的一群黃蜂，嗡嗡飛行一陣之後消失無蹤。

只留下這段話：

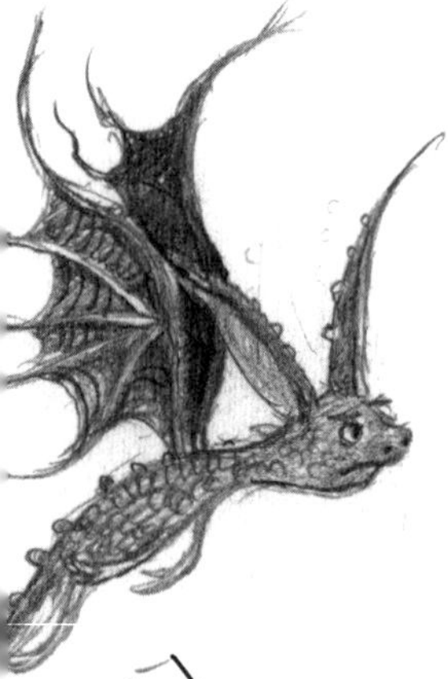

命運！

「世界上微小的生物，『再次』決定了蠻荒群島的命運！」

……在空中嗡嗡鳴響。

觀眾實在太興奮了，沒有人注意到牠們。

阿爾文跌跌撞撞地走下高臺，像小孩子似地趴在母親肩頭哭泣。「母親，他作弊！妳有沒有看到，那些小龍都是他的同夥……」

「親愛的，我知道，我知道他作弊，」巫婆咬牙切齒地嘶聲說。「可是你應該用更厲害的手法作弊才對……」

德魯伊守衛舉起手。

「肅靜！他還不是新王！在成為新王前，他必須先立下誓言！」

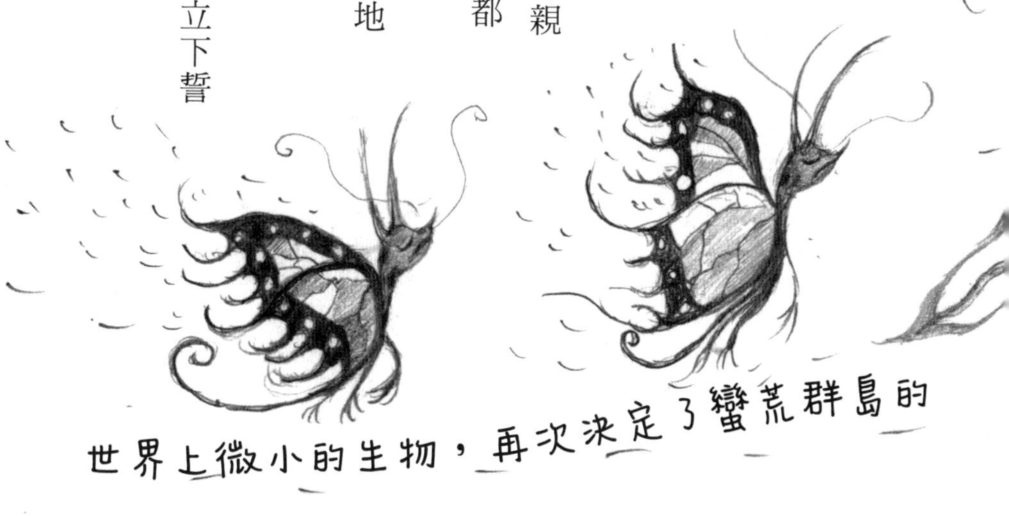

儘管身體左半邊腫得很誇張，小嗝嗝還是努力擺出國王該有的樣子，一瘸一瘸地爬上壞掉的高臺，破破爛爛的防火衣在風中飄呀飄。

德魯伊守衛一一將恐怖陰森鬍失落的王之寶物交給小嗝嗝。

「小嗝嗝，請舉起你的手。」他說。

「你願意永遠為王嗎？你願意為人民奉獻一生嗎？你願意以絕對的權力統治王國，同時謹記公平、正義與臣民的獨立嗎？若你願意，就發誓吧。」

小嗝嗝望向靜靜等待的眾人，望向烏雲密布的天空，望向熊熊燃燒的蠻荒群島，又望向遠方等著在強盜灣殊死一戰的龍族大軍。

他首次深深意識到，當國王究竟是什麼意思。

這一系列回憶錄的最初，小嗝嗝曾經害怕自己有一天必須接下毛流氓族長的重責大任，然而他經歷了這麼多冒險來到今日，這份責任比區區族長沉重得多。那麼多凶悍、高大的成年人滿懷希望地注視著他，希望他做出正確的選擇——一旦他接受王位，小嗝嗝就必須在接下來的戰爭中為這些人的性命負責。

鼻涕粗死後，小嗝嗝明白了戰爭的恐怖。在現實生活中，活生生的人——他身邊的人——可能會死亡。

這，就是戰爭。

如果事情出錯，那就是小嗝嗝的責任。

鼻涕粗給他的黑星勛章——象徵勇氣的勛章——掛在他脖子上，小嗝嗝現在亟需勇氣，他緊緊握住那枚勛章。

他用力吞了口口水。

「蠻荒群島各部族的族人，」小嗝嗝・何倫德斯・黑線鱈三世說道。「我想告訴各位，我堂哥鼻涕粗在兩天前為我死了。」

啤酒肚大屁股聽見兒子的噩耗，沙啞地驚呼一聲。

「鼻涕粗穿上我的衣服，」小嗝嗝平穩地說。「他戴上我的頭盔，騎著我的馱龍去面對巫婆與阿爾文的軍隊，被本該射中我的箭命中胸口。他代替『我』

而死，那是我這輩子見過最英勇的事蹟……

「……我認識的所有英雄之中，他是最偉大的一位。」

眾人震驚地竊竊私語。

「不可能！」巫婆嘶聲說。「鼻涕粗是懦夫……是毫無誠信可言的蟲子。他恨你！他把你出賣給了我們！」

「但是到最後，他放下了自尊，選擇了信譽。沒有比這更有英雄氣概的行為了。」小嗝嗝接著說。「鼻涕粗證明了自己的勇氣，帶著我親手畫在他額頭上的龍之印記壯烈犧牲。」

啤酒肚大屁股大聲啜泣，他難過得要命，卻也因為鼻涕粗最後的英勇事蹟而驕傲無比。大屁股在短短的時間內找回了令他驕傲的兒子，但同時也失去了兒子。

「太英勇了！」打嗝戈伯情緒激動地大喊，用手抹了抹眼淚。「真是英勇的男孩！我就知道他有成為英雄的潛力！這是鼻涕粗幫我們指引的道路！」

「大英雄鼻涕粗！」一個維西暴徒高呼。破敗的城堡內，眾人高聲歡呼鼻涕粗的名字。「大英雄鼻涕粗！大英雄鼻涕粗！大英雄鼻涕粗！」

「鼻涕粗為什麼要為我做到這個地步？」小嗝嗝發問。「之所以這麼做，是因為他相信我能當上國王。我永遠不會忘記他說的這句話：『你不是我們要的國王，但你說不定就是我們需要的國王。』他這麼說完，就發誓永遠效忠我。

「這就是為什麼我必須來到這裡，當上國王。

「我為鼻涕粗的榮耀與信譽，接受西荒野王冠。

「鼻涕粗相信我，我也不能讓他白白犧牲。等我當上國王，他將永遠活在我心裡，無論我往哪裡走、做什麼決定，他都會待在我身邊。

「在我立下國王的誓言之前，我想把我之前對鼻涕粗說的話，說給各位聽。

「我很想為你們成為更加偉大的君王，但我沒辦法變成別人，畢竟我就是我。但是，我也發現我比自己想像中來得堅強，我認為我做得到，我相信我能當個好國王。既然鼻涕粗相信我做得到，『我』也相信我自己。」

小嗝嗝轉向德魯伊守衛。

他舉起手。

立下新王的誓言。

「我發誓，我將永遠為王，我將為人民奉獻一生，我將以絕對的權力統治王國，同時謹記公平、正義與臣民的獨立。

「蠻荒群島的人民，我對各位發誓，」小嗝嗝的聲音微微顫抖。「我將建造更公平的新西荒野王國，讓龍族與人類和睦共處。這將是英雄的國度，不再有奴隸制度……我對各位發誓，我會竭盡全力做到這件事，不然就是在努力的過程中慷慨就義！」

「萬歲！」維京人大吼著鼓掌。他們剛才一時間忘了自己是誰，現在又想起來了，他們是英雄，是接受了龍之印記的英雄。

德魯伊守衛將王冠放在小嗝嗝頭上。

「我以明日島人類與龍族守衛的職權，遵照命運與索爾、恐怖陰森鬍與蠻荒群島人民的意志為你加冕，立你為西荒野新王。」

王冠對小嗝嗝而言有點太大了，德魯伊守衛將它歪歪地放在小嗝嗝兩邊耳朵上。我的雷神索爾啊，它好重。德魯伊守衛示意小嗝嗝坐上王座。

小嗝嗝拒絕了。

「真的、真的很抱歉。」他說。「我很樂意成為新王，但是我不會坐上王座。它很顯然被詛咒了。」

小嗝嗝說得有道理，那個王座總有種陰邪的氣場，也許是因為座位上留有小嗝嗝二世的棕色血跡。這似乎是開創新傳統的好時機。

「我不坐王座，就坐這邊這顆大石頭好了。」小嗝嗝說。

「太好了！」德魯伊守衛說道。「你會是非常好的國王。」

小嗝嗝在大石頭上坐下。

「諸位！諸位！」德魯伊守衛一面高呼，一面將龍族寶石掛在小嗝嗝脖子上。「我將把『龍族寶石的祕密』交給新王！」

眾人湊上前傾聽。

「龍族寶石的祕密如下……」德魯伊守衛說。「琥珀寶石中凍結了兩隻纏鬥的小龍，其中一隻龍患有對龍族極度危險的疾病，若疾病離開寶石，它將消滅世界上所有的龍族。」

眾人難過地低聲呢喃。

「因此，用寶石對付龍族的方法，就是『打破』它，」德魯伊守衛嚴肅地接著說。「只要讓疾病在世界上擴散，龍族將不復存在。」

小嗝嗝懷著沉重的思緒，凝視那枚龍族寶石。這還真是黑暗的祕密。他看不出琥珀之中哪裡有龍，但也許那是小到沒辦法用肉眼看見的奈米龍……

德魯伊守衛對眾人舉起雙臂。

「請恭迎百年來第一位西荒野國王……**小嗝嗝三世國王！**」（註6）

註6　嚴格而言，小嗝嗝並不是第三位名為小嗝嗝的國王，而是第二位，因為小嗝嗝二世沒當過西荒野國王。不過德魯伊守衛心情太過激動，一時說錯了。

「小嗝嗝三世國王萬歲！」

「小嗝嗝萬歲！」

「小嗝嗝，小嗝嗝，小嗝嗝國王！」

「國王萬歲！國王萬歲！國王萬歲！」

「小、嗝、嗝！小、嗝、嗝！小、嗝、嗝！」

「小嗝嗝國王！小嗝嗝國王！小嗝嗝國王！」

眾人的歡呼聲響徹強盜灣，就連龍王狂怒也聽見了。

男孩究竟是怎麼做到的？

無論如何，既然命運決定讓他當國王，那麼……

龍王將和他殊死決鬥。

最先走向大石頭的，是偉大的史圖依克。到了中年，史圖依克壯觀的小腹從褲腰滿出來，他在兒子面前跪下時，已經不如當年的膝蓋微微吱嘎作響。

「父親，你在做什麼？」小嗝嗝問道。他尷尬地試著拉起

父親，卻怎麼也拉不動（畢竟是大塊頭史圖依克），他只好跟著在父親身旁跪下來。德魯伊守衛一臉不贊同地面對他，溫和地說：

「小嗝嗝，你現在是國王了。」

於是，小嗝嗝慢慢起身，回到大石頭上。

「國王，我發誓用這把劍效忠你。」偉大的史圖依克依循西荒野王國古老的傳統，垂頭跪在兒子面前說。

「噢……天啊……」小嗝嗝結結巴巴、腦袋一團混亂地說。還好他及時想到要一本正經地對父親鞠躬，唸出傳統的回覆。

「很榮幸接受你的忠誠。」

大英雄白手臂瓦爾哈拉瑪在丈夫身旁跪下，同樣

垂著頭發誓。

「國王，我發誓用這把劍效忠你。」

「呃……母親，謝謝妳。」小嗝嗝期期艾艾地回答。「啊，我是說，很榮幸接受妳的忠誠。」

陰森翳堡的遺跡裡，人高馬大、全身是毛的維京人就地下跪，這群戰士各個不苟言笑、留著大鬍子、滿身刺青，然而殘酷傻瓜牟加頓、危險十世、痛揍阿瘡、野蠻芭芭拉、維西暴徒超惡邪、凶惡雙胞胎、沼澤盜賊柏莎等人全在小嗝嗝面前跪下，垂下了頭。

看見這一幕，小嗝嗝眼裡盈滿淚水，幾乎不敢相信自己的眼睛。他望向這一大片對他下跪的人海，看著這些年紀比他大、身材

比他壯且身經百戰的英勇戰士跪在他面前。

所有人跪在細細瘦瘦如蜘蛛網的弱崽小嗝嗝面前。過去，沒有任何人認為小嗝嗝能當上毛流氓族長，如今，他竟然當上西荒野王國的國王！

眾人齊聲高喊：

「國王，我們發誓用我們的劍效忠你！」

回應時，小嗝嗝盡量不讓語音發顫，盡量拿出王者的氣勢。「很榮幸接受你們的忠誠。」

沒牙驕傲地坐在小嗝嗝肩膀上，現在牠是國王的狩獵龍了！牠從以前就知道自己是非常重要的龍，牠從以前就知道自己是龍族中的貴族。這下，暴飛飛就再也無法抗拒牠的魅力了……

「小嗝嗝三世國王萬歲！」打嗝戈伯大吼。

維京人們一躍而起，比較胖的人被同伴攙扶起來，所有人將頭盔往空中一拋，大喊：

「萬歲！萬歲！萬歲！」

就這樣，小嗝嗝・何倫德斯・黑線鱈三世成了西荒野王國第十三任國王——如果你是從第一集回憶錄看到現在，應該看得出事情走到今天，實在是出乎所有人的意料。這個高高瘦瘦、喜歡思考、想像力豐富、身材像四季豆的男孩，居然繼承了恐怖陰森駭的王位。

有誰想得到他會有這一天呢？

十二場漫長艱苦的冒險過去了，十二本厚厚的回憶錄過去了，我們終於走到此時此刻。

此時此刻。

再怎麼不可能、再怎麼不可思議，這就是無可否認的事實。

我很久以前就說過，這是小嗝嗝透過努力成為英雄的故事。

但是，可想而知，這並不是故事的結局。

新王即位是很棒的結局，但小嗝嗝是在艱困的情境下當上國王，此時是聖誕末日當天正午，人類與龍族的戰爭尚未結束。

因此，這則故事並不會在這裡結束，某方面而言，這更像是新的開始。你也許會覺得聖誕末日前半日已經夠艱苦了，不過我先告訴你，後半日比這可怕得多。

話雖如此，我們還是在這裡稍微休息一下，享受這場出人意料、再難得不過的勝利吧。

聖誕末日前半日結束

喔——喔、喔！

這場冒險只剩最後
一個問題。

小嗝嗝究竟能不能
拯救龍族呢？

暴飛飛，
沒、沒、沒牙
有**王室血統**喔。

第十三章　開頭不錯，結尾卻很慘的一章

小嗝嗝三世正式當上國王，人們心中充滿希望。

新王的加冕典禮向來令人興奮，而維京人剛脫離絕望的心境，因此儘管龍族大軍虎視眈眈，城堡遺跡裡卻氣氛歡騰。

小嗝嗝國王坐在石頭上，望向自己的新王國。過了辛苦的一個早上，他終於能坐下來、把腳翹起來，稍微休息一下了。他很努力享受這一刻，努力不去想自己等等得和龍王狂怒見面的事，專心感謝魚腳司和神楓在英雄末路島與明日島之間的海上救援他。

「我也不知道那是怎麼回事，那時候我真的完全不知道你們誰……」

「哼。」神楓氣鼓鼓地說。「我覺得你那叫恩將仇報，而且你還一箭射在暴飛飛屁股上！我跟你說，心情龍都很會記仇的，她絕對不可能原諒你。不過話說回來，你丟東西的技術是進步了，（以男生來說）還滿厲害的嘛……」

史圖依克和瓦爾哈拉瑪身為新王的父母，正在接受其他維京人的祝賀。

「是啊，」史圖依克大言不慚地說。「我們早就知道小嗝嗝很特別了……他是和別人不太一樣，不過那是好事……有些人說他和他老爸很像，真是不敢當，嘿嘿……」

沒牙也若無其事地對暴飛飛說：「對啊，主人當上國王，沒、沒、沒牙一點也不驚訝，大家都說沒牙有王室血統嘛……沒牙不是普通花園龍，是無牙白、白、白日夢，我們跟猛、猛、猛烈凶魔有點像，可是我們長得比較『可愛』……」

「喔？」暴飛飛若有所思地說。牠仔細看沒牙的身體，看看沒牙會不會變成紫色（心情龍說謊的時候會變紫色）。

滿面通紅、害羞得要命的魚腳司，正將他們在海底洞窟找到的信秀給野蠻芭芭拉看，同時若無其事地說：「喔對啊，小嗝嗝的冒險我都有參一腳。我是他最好的朋友，除了這邊這隻超大的三頭死影之外，小嗝嗝是我唯一的家人喔。是啊是啊，三頭死影是不是很酷……」他很努力忍住抓癢的衝動，免得芭芭拉發現他對「貓」過敏。

芭芭拉應該注意到他不舒服，她拿出霧角吹了幾聲，聲音大到黑貓的毛髮全像海膽的刺一樣豎起來。無懼立刻跳回芭芭拉肩膀上。

就連阿爾文軍團戰士也對事情的展開相當滿意，超惡邪抱著豕蠅龍到處炫耀，得意洋洋地大聲說：「他是『第一隻』去過英靈神殿又回到人間的豕蠅龍，我要讓他成為維西暴徒部族的戰士和英雄。」豕蠅龍親暱地舔超惡邪的同時，痛揍阿瘡嗤之以鼻說：「超惡邪，你怎麼可能讓玩賞龍當『戰士』……」

只有阿爾文和巫婆提不起精神。巫婆到現在還在說些「有建設性」的話，例如：「我真不敢相信，這二十年你連一件好事都沒做。就算是沒什麼大不了的好事也能說啊，阿爾文，就算是扶老太太過河也可以啊……」

「母親，妳要的話我很樂意扶『妳』到河裡。」阿爾文怨憤地看著懸崖邊緣，眼神透出一絲希望。「輕輕推一下就好……」

這時，德魯伊守衛高聲說：

「國王該準備和龍王狂怒一對一決鬥了！」

「……可是啊，神楓，妳舉著戰斧，我還以為妳要攻擊我，不是跟我打招呼……」小嗝嗝還在說話，神楓突然用手肘撞撞他，嘶聲說：「國王……小嗝嗝，他說的是『你』。」

「喔！」小嗝嗝嚇了一跳。「對耶……」

……這時候，他心裡想的是：我「永遠」不可能習慣當國王……

小嗝嗝站了起來。他一點也不期待一對一決鬥，光是想到龍王狂怒他就全身冒冷汗，整個人快要嚇死了。但是，在恐懼之下，他內心深處不僅懷著希望，甚至還有「自信」。

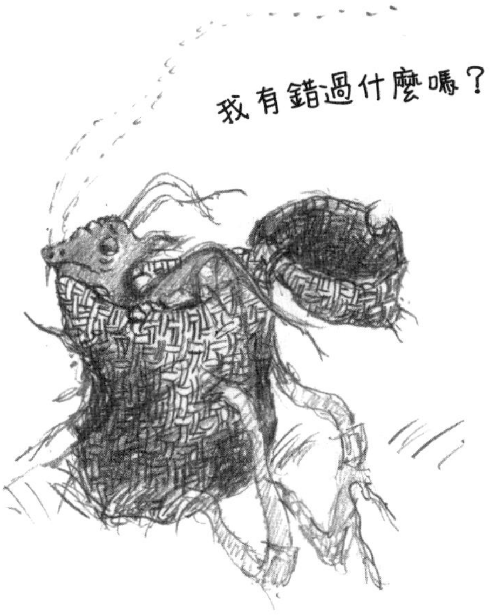

龍王會害怕龍族寶石的力量，寶石會借給小嗝嗝力量。現在他知道了寶石黑暗的祕密，就能和龍王狂怒達成協議，在不毀滅龍族的情況下拯救人類。

就在此時，他感覺到背包裡有東西動了動，奧丁牙龍醒了過來。

奧丁牙龍的棕色小臉從背包探出來，棕色小鼻子動了動，努力理解周遭一切。看見聚集在城堡遺跡，興奮地交頭接耳的這一大群人，牠睡眼惺忪的眼睛困惑地眨了眨。

「天啊，」老奧丁牙龍沙啞地說。「這是什麼地方？現在是什麼狀況？」

抬頭時，牠看見小嗝嗝頭上的王冠，愣了一下。

牠眨了一下、兩下眼睛，歡呼一聲。

「我的老天！親愛的男孩！你成功了！你當上國王了！你成功了！你真的、真的成功了！」

奧丁牙龍用老邁的棕色翅膀飛出背包，繞

著小嗝嗝飛行，還雙眼泛淚地緊緊抱住他。

「我居然『錯過』加冕典禮了，真可惜！真是太好了！太棒了！這真是美好的一天！我必須承認，我原本以為你完全不可能當上國王……你是『怎麼』做到的？那沙鯊龍呢？你不是沒有船嗎？你是怎麼來到明日島的？你是怎麼躲避龍王狂怒的追殺的？」

「這件事說來話長，」小嗝嗝笑著說。「不過奧丁牙龍，我真的該謝謝你，要是沒有你的幫助，我絕對不可能成功。你雖然只對我說五分鐘的話，就馬上睡著了，但那對我來說是關鍵的五分鐘……」

「那你是在哪裡找到寶石的？」奧丁牙龍興奮地問。

「在哪裡找到寶石？這是什麼意思？」小嗝嗝困惑地問。「奧丁牙龍，我們之前就在琥珀奴隸國找到寶石了啊，那時候你不是也在場可是……可是……

可是……你怎麼還戴著假的龍族寶石？

嗎？」他指著自己胸前的龍族寶石說。

「我說的是『真正的』龍族寶石。」奧丁牙龍說。

小嗝嗝肚子深處突然有種糟糕的感覺，那是他知道自己即將聽到壞消息時，一種癢癢的、像是有蝴蝶在肚子裡亂飛的感覺。

「真正的」龍族寶石？奧丁牙龍到底在說什麼？

「奧丁牙龍，」小嗝嗝忐忑不安地問。「你到底在說什麼啊？龍族寶石不就只有這一顆嗎？」

這下，奧丁牙龍瞠目結舌地看著他。

「你『還沒』找到真正的龍族寶石？」棕色小龍尖聲說。「天啊！我的天啊！我的耳朵和觸鬚啊！」

奧丁牙龍震驚地飛在空中。

「『這個』不是真正的龍族寶石！」牠尖呼。「這是恐怖陰森鬍的紅鯡魚！」

「『這個』是『假的』！」

小嗝嗝的心不停往下沉，沉到破破爛爛的毛靴裡。

天啊。天啊。天啊天啊天啊天啊。

第十四章　恐怖陰森鬍真的非常狡詐

「你在說『什麼』啊？」小嗝嗝一頭霧水地看著奧丁牙龍。「『這不是真正的龍族寶石』？這當然是真正的寶石了！它背面還清楚寫著陰森鬍的名字縮寫──『G.G.』──耶！」

巫婆聽不懂龍語，但她看得出情況不對勁。她手腳並用地跳過來。「出了什麼差錯嗎？」她積極地問。

奧丁牙龍轉而用諾斯語說話。「這不是真正的龍族寶石！天啊天啊天啊！太慘了！我以為你能當上國王，就表示你找到真正的寶石了！要不然德魯伊守衛怎麼可能幫你加冕！」

這不是**真正的**龍族寶石……

「怪我囉！」德魯伊守衛忿忿不平地說。

「就是怪你！」奧丁牙龍尖聲說。「真正的龍族寶石長得很特別，你不可能認錯——琥珀中心有兩隻小龍，互咬對方的尾巴。你們看！這裡頭沒有小龍！」牠用翅膀指向掛在小嗝嗝胸前的假寶石。

「我現在是看到了，」德魯伊守衛氣呼呼地說。「但是在新王即位之前我蒙著眼睛，只能用摸的，寶石的形狀摸起來像真的一樣啊。我還問過龍族守衛，他們也說這是真正的新王……

而且，當時雷神索爾還用巨手把小嗝嗝舉到空中——」

「喔不不不不不不不不不！」奧丁牙龍哭喊道。「怎麼會變成這樣？」

小嗝嗝肚子裡有種很沉重、很糟糕的感覺，這聽起來還真的像恐怖陰森鬍有可能做的事。現在想來，陰森鬍還有類似的前科，他之前準備了兩把劍、兩份寶藏，一個是真的、一個是陷阱（註7）……如果是恐怖陰森鬍，當然很可能準備兩顆寶石。

唉，陰森鬍的紅鯡魚啊……

這句話我已經說過了，但我要再重申一次：恐怖陰森鬍是僅次於惡作劇之神洛基的惡作劇家，全世界最狡詐的人就是他。

小嗝嗝恍然大悟，倒抽一口氣。「寶石地圖上畫了一隻鯡魚！我之前就在想，那到底是什麼意思……」

註7　請見《馴龍高手Ⅱ：尖頭龍島與祕寶》。

「沒、沒、沒牙就說那是紅色的！」沒牙高呼。牠還裝作在說悄悄話般對其他人說：「『所有』的顏色沒、沒、沒牙都認得喔……」

親愛的讀者，請回想小嗝嗝的第十本回憶錄——《馴龍高手Ⅹ：龍族寶石爭奪戰》——你會發現小嗝嗝說得一點也不錯。琥珀奴隸國地圖最上方，畫了一隻很大的紅魚，那條魚也的確是鯡魚。

魚腳司拿出地圖。

果不其然，紅鯡魚就在那裡。那不是偷偷藏在角落的小魚，而是從地圖左邊畫到最右邊的一尾「大魚」，不僅如此，地圖上的紅鯡魚還俏皮地對眾人眨眨眼睛。

那也不是眉目傳情的小動作，而是「這是我——恐怖陰森翳——對你惡作劇」的大眨眼。

我怎麼都沒注意到？小嗝嗝驚駭地想。現在想來，這真的「太」明顯了……我不是很「擅長」解謎嗎？

「奧丁牙龍，」小嗝嗝耐著性子卻咬牙切齒地用諾斯語說。「既然你從一開始就知道這是假的寶石，你怎麼不早說？」

「我之前不能說，」奧丁牙龍解釋道。「因為我答應過恐怖陰森鬍，我絕不會干涉命運，也不會幫助或阻撓人類尋寶，否則這就不會是有效的考驗了。國王就是該尋寶，我不應該插手。我現在說出來，完全是因為你不知道為什麼當上了國王……」

「所有條件都符合啊！」德魯伊守衛不高興地說。「我和龍族守衛在這座島上守了一百年，你覺得我們會出錯嗎？」

「唉，小嗝嗝，我一直以為你會在英雄末路島找到真正的寶石的，」奧丁牙龍哀聲說。「不然就是『它』會和其他寶物一樣，自己來找到你。拜託，『陰森鬍就葬在英雄末路島耶』！你漂流到那裡，難道不是『命運』的安排嗎！你確定你真的沒在島上找到寶石？」

「不好意思啊，我那時候忙著對付一大群要殺我們的沙鯊龍，你忘了嗎？而且我以為我們『已經』找到龍族寶石了，哪知道我『應該』去找真正的寶石。你應該可以理解吧……」

「這不重要！」奧丁牙龍說。「之前你沒有刻意尋寶，寶物也都自動來到你身邊不是嗎？你在英雄末路島上，有沒有看到陰森的大墳墓？你確定它沒在你不注意的時候，悄悄掉進你的口袋？」

小嗝嗝翻出口袋，雙手拍了拍全身上下，甚至還脫下鞋子，摸了摸裡面有沒有東西。

「我很確定。」小嗝嗝說。

沒有寶石。

「這下，我的計畫全毀了。」奧丁牙龍說。

「奧丁牙龍，你的計畫是什麼？」小嗝嗝沮喪地問。

「幾個月前，我們還在地下樹屋時，我和龍王狂怒做了筆交易……」奧丁牙龍說。

「喔！」沒牙忽然說。「我想起來了！沒牙聽、聽、聽到你跟龍王狂怒說話！可是沒牙以為那是一場夢！」

「沒錯，」奧丁牙龍說。「沒牙聽到我和狂怒用心電感應溝通，因為沒牙是一隻還沒發育完全的年輕海龍……」

「沒牙是『海龍』？」小嗝嗝問道。

「沒、沒、沒牙好、好、好得不得了，才『不是』海龍！」沒牙氣呼呼地反駁。「全世界都知道沒牙是無牙白日夢！」

「其實沒牙是還在生命初始的海龍，我是走到生命盡頭的海龍……但現在沒時間說這些了。」奧丁牙龍說。「重點是，當時我們快沒時間找王之寶物了，於是我和龍王達成協議：如果他在聖誕末日前暫時收兵，我會在新王和他決鬥前，將龍族寶石帶去給他……」

「奧丁牙龍！」小嗝嗝驚呼。「你該不會想出賣我吧？」

「當然不是了！」奧丁牙龍急忙說。「我原本打算將『假的』龍族寶石交給龍王狂怒，實現我的諾言，到時候『你』再帶著『真正的』龍族寶石去和他決鬥，事情就能完滿落幕了！」

有時候，就算沒有沙鯊龍攻擊他們，聽奧丁牙龍說話還是讓小嗝嗝暈頭轉向。

他一時間無法消化這段話。

「奧丁牙龍，」小嗝嗝終於開口。「我從以前到現在想過不少瘋狂的計畫，但我百分之百相信，這絕對是史上『最爛』的計畫。

「就算發生了奇蹟，我『真的』在英雄末路島找到連我都不知道自己該找的龍族寶石，我也能肯定地告訴你，你要是把『假的』寶石帶去給龍王狂怒，他絕對會『殺了你』。」

「和世界的命運相比，一隻小老龍的生命無足輕重。」奧丁牙龍答道。「這雖然是糟糕的計畫，但它至少還算個計畫。沒了真正的龍族寶石，」牠接著說。「我們恐怕都完蛋了。」

維京人聽不懂小嗝嗝和奧丁牙龍用龍語說的話，但他們聽到諾斯語的部分，也發現情況不妙。

眾人沉默許久，最後是沒牙若有所思地自言自語，打破沉寂：「**其實，沒、沒、沒、沒牙當海龍好像也『不錯』……**」

「你知道真正的寶石有可能在什麼地方嗎？」小嗝嗝焦急地用諾斯語問道。

「蠻荒群島這麼大，它可能藏在任何一個荒涼的地方，現在可能還在吹冷風呢。」奧丁牙龍無奈地說。「問題是，我們已經沒時間找它了。」

奧丁牙龍說得對，這是場大災難。

現在，他們沒可能贏過龍族了。

所有人都明白，少了龍族寶石，他們就完蛋了。大夥眼神空洞地你看看我、我看看你。天啊天啊天啊……情勢突然變得十分黑暗。

巫婆優諾揚起滿懷惡意的笑容，露出滿口黑色牙齦。「哎呀，哎呀，哎呀，」她幸災樂禍地說。「故事竟然有這麼有趣的轉折。恐怖陰森鬍還真懂得考驗新王的方法！這下，男孩必須在沒有寶石的情況下，親自上陣和龍王狂怒一對一對決了，這場決鬥的結果應該不難想像……」

她發出十分難聽的聲音，有點像蛙骨在金屬容器中碰撞的聲響——巫婆不常笑，不過這就是她的笑聲。

「原來如此，命運編織的網子還真是有趣，」她笑吟吟地說。「現在我終於明白命運讓小嗝嗝當國王的用意了。如此一來，小嗝嗝就能代替阿爾文去決鬥，就和昨天鼻涕粗代替小嗝嗝受死一樣。小嗝嗝將代替阿爾文去死！嘿嘿嘿……命運的安排實在是藝術啊！」

史圖依克與瓦爾哈拉瑪驚恐得臉色慘白，兩人不由自主地握住手。

「可是，這不就表示……這不就表示小嗝嗝要自己去和龍王狂怒一對一決鬥？」史圖依克結結巴巴地說。「而且他還不能用寶石的力量，是嗎？這不就表示……這不就表示……」

「他死定了。」巫婆喜孜孜地說。

第十五章　準備舉行喪禮——啊不對，是一對一決鬥

「不！」史圖依克大吼。

「不行！」瓦爾哈拉瑪大喊。

「嘖嘖，史圖依克和瓦爾哈拉瑪啊，」巫婆說。「你們不覺得你們有點過度保護他了嗎？男孩總要長大的，人家現在都當『國王』了……

「他剛才發的誓，你們也聽到了吧？」巫婆嘲諷道。「那句話真可愛……『我發誓會為人民奉獻一生。』他才剛當國王沒多久，這麼嚴肅的誓言才剛說完，你們難道就要他違背誓言？一旦用血立誓，就永遠不能違背誓言。」

唉，恐怖陰森鬍啊，對一個新王而言，這項考驗實在是艱難無比。

眾人剛才的歡欣消失得無影無蹤，幫小嗝嗝準備一對一決鬥的過程，有點像幫死者穿上壽衣。

他們該怎麼幫一個傷痕累累、和蘆葦一樣瘦的男孩做準備，去面對一隻和山一樣大的巨龍？

肌肉糾結、身材高大、毛茸茸的戰士紛紛像焦慮的海象，幫男孩做起準備，雖然他們的幫助不太可能讓小嗝嗝贏得勝利，這幅畫面還是令人感動。他們給了男孩建議、奉上他們最喜愛的武器、獻上自己的護身符……彷彿想透過善意，掩飾自己完全幫不上忙、男孩不可能生還的事實。

「小嗝嗝國王，」大英雄超自命不凡說。「每隻龍都有弱點，我建議你攻擊龍王狂怒心臟上方的位置，牠那裡已經有一道疤了。」

打嗝戈伯匆匆走上前。「孩子，還記得我們以前的丟長矛課嗎？你拿我這把矛，瞄準牠的弱點，然後……命中紅心！那隻和山一樣大的龍馬上就會死翹翹了！」

戈伯積極地將長矛塞到小嗝嗝手裡，然而武器實在太重了，小嗝嗝幾乎連舉都舉不起它，更不可能丟它。

「要不要我把貓借你？」野蠻芭芭拉提議道。「這是我微薄的心意。」

「小嗝嗝，我的防火衣應該會派上用場。」史圖依克邊說邊用力吞一口口水，不讓自己情緒失控。「你的衣服太破爛了，沒什麼防火功能，萬一……萬一……」他沒有說完，而是動手幫小嗝嗝換上他自己的防火裝。小嗝嗝的左手腫到沒辦法穿衣服，史圖依克只能把兒子當五歲小孩，幫他換衣服，把太長的袖子和褲管捲起來。

其他戰士也擠上前，將自己的頭盔、胸甲與面甲獻給小嗝嗝，直到新王全身上下裹著厚厚的盔甲，甚至還得脫下幾件盔甲才能動彈。

「這樣我不能呼吸啊。」小嗝嗝溫和地說。「我知道大家想幫忙，但是我不可能穿上你們所有人的盔甲，盔甲太重只會讓風行龍飛不動而已。」

「如果能代替你去決鬥，要我付出什麼都可以。」史圖依克哽咽地說。

這是為人父親最可怕的噩夢，他必須親眼看著兒子去受死，無法以任何方式代替他。然而史圖依克知道兒子必須獨自前去面對死亡，他也打從心底明白故事的結局即將到來，他只能把最好的盔甲送給兒子，讓兒子帶著他的愛上戰場了。

瓦爾哈拉瑪也給了小嗝嗝一些建議，這是嚴厲的建議，因為瓦爾哈拉瑪就是個嚴厲的人。

「小嗝嗝，還記得我以前寄給你的一封信嗎？」

小嗝嗝皺著眉頭回想。

從前從前，他還是小男孩的時候，曾經發生某件十分不順心的事。當時他在父親面前哭著要瓦爾哈拉瑪回來幫他，母親卻不在他身邊。

「你母親是很偉大的女人，」當時，史圖依克一本正經、驕傲不已地搖頭說。「小嗝嗝，她在外面執行很重要的任務，你應該為她驕傲才對。」

「可是她為什麼不跟我們待在一起？」五歲的小小嗝嗝問道。

「她是重要的英雄，要做重要的事情，」史圖依克耐心地解釋。「有些英雄就是得自己一個人辦事。你母親是非常偉大的女人，」他驕傲地露出笑容，搖著頭說。「她會嫁給我，真是不可思議——全蠻荒群島最美的女人，居然願意嫁給我！」

又過了幾年，十歲的小嗝嗝困在危險凶漢的地牢裡，情急之下寫了封信給他朝朝暮暮思念的英雄母親，信上寫著：「母親，救我！」他把信交給路過的信使龍，一個星期後信使龍帶著燒傷與回覆回來，又餓又絕望的小嗝嗝興奮地拆開信封。

信上是這麼寫的：

別指望別人救你，

你才是自己的英雄。

自己救自己。

（如果你想聽到不同的答覆，就去找別的女人救你。）

愛你的母親，

瓦爾哈拉瑪

當時小嗝嗝一點也不想看到那封信，他氣得把紙撕成碎片，從鐵窗的縫隙丟出去，看著碎片落到下方的海裡。

但最後，即使沒有母親的幫助，小嗝嗝還是逃出危險囚漢的牢獄了。

現在，他也許稍微理解母親想告訴他的話了。

瓦爾哈拉瑪搭著兒子的肩膀，明亮、嚴厲的藍眼眸直視小嗝嗝的雙眼。

「我沒辦法改變我的戰士本性，」瓦爾哈拉瑪說。「我看過別的母親給兒子溫柔的擁抱，可是我這雙披著盔甲的手臂做不到。但是，如果你願意聽我的話，我想給你一個好建議：小嗝嗝，『你』才是自己的英雄。自己救自己。」

「國王的馱龍何在？」德魯伊守衛喊道。

風行龍飛下來，在小嗝嗝面前跪下，傷痕累累的翅膀微微發抖。

「風行龍，如果你會怕，可以不用跟我去決鬥。」小嗝嗝告訴牠。

「主人，我當然要跟你去了，」風行龍小聲說。「沒有馱龍，你要騎什麼上戰場？」

「沒牙，你絕對不能跟我去。」小嗝嗝堅定地說。「你待在這邊才安全。」

「沒牙就、就、『就是』要跟你去！」沒牙氣鼓鼓地說。「別、別、別想阻止我！」

小嗝嗝嘆了口氣。沒牙是全蠻荒群島最不聽話的小龍，小嗝嗝完全沒辦法阻止牠跟去決鬥。

如果你會怕，
可以不用跟我
去決鬥……

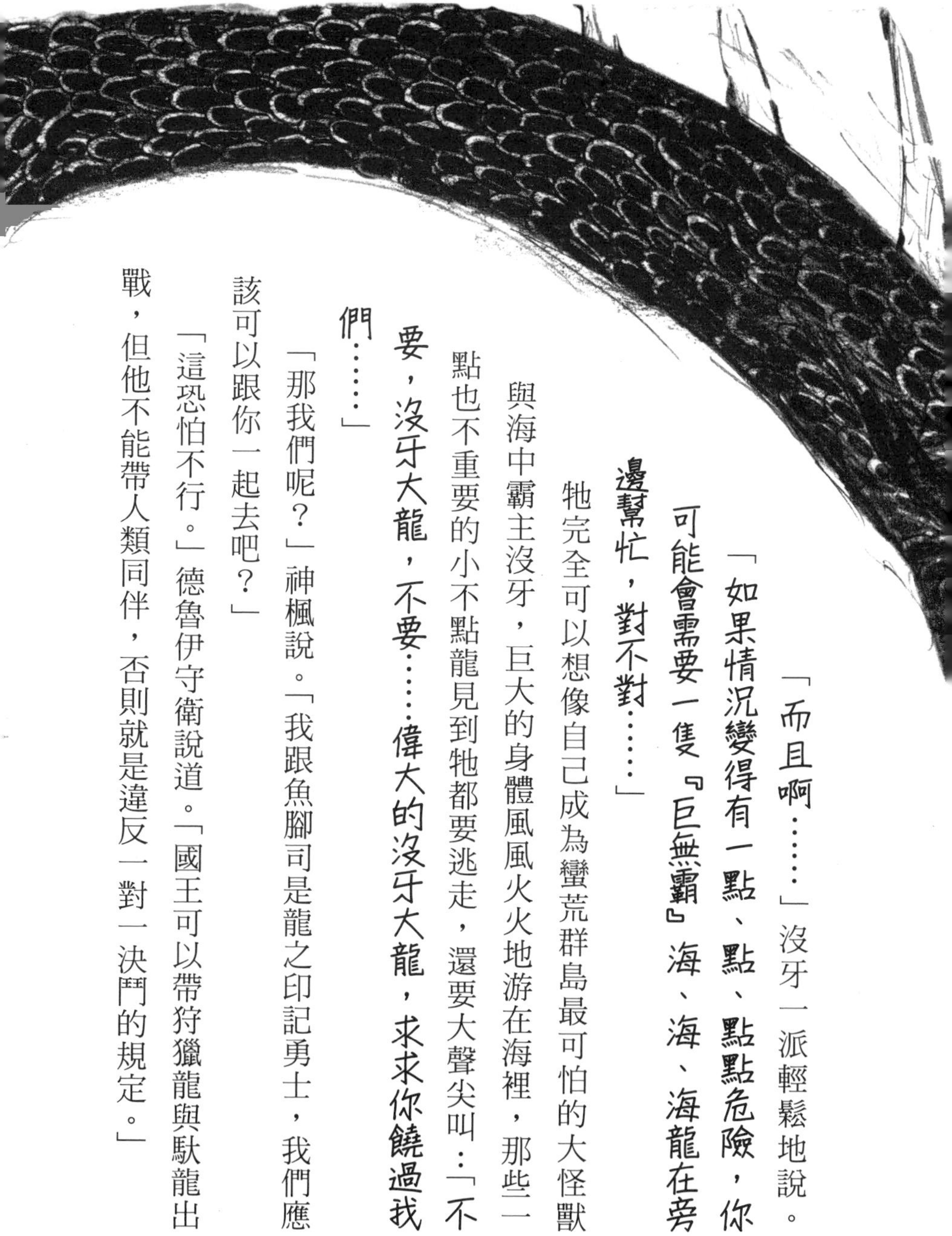

「而且啊……」沒牙一派輕鬆地說。

「如果情況變得有一點、點、點點危險，你可能會需要一隻『巨無霸』海、海、海龍在旁邊幫忙，對不對……」

牠完全可以想像自己成為蠻荒群島最可怕的大怪獸與海中霸主沒牙，巨大的身體風風火火地游在海裡，那些一點也不重要的小不點龍見到牠都要逃走，還要大聲尖叫：「不要，沒牙大龍，不要……偉大的沒牙大龍，求求你饒過我們……」

「那我們呢？」神楓說。「我跟魚腳司是龍之印記勇士，我們應該可以跟你一起去吧？」

「這恐怕不行。」德魯伊守衛說道。「國王可以帶狩獵龍與馱龍出戰，但他不能帶人類同伴，否則就是違反一對一決鬥的規定。」

「小孫子，你別忘了，」老阿皺用氣聲說。「別忘了……」老翁抱住小嗝嗝的同時，瘦骨嶙峋的手指點了點小嗝嗝心口。「內在永遠比外在重要。」

小嗝嗝搭住神楓和魚腳司的肩膀，離別時刻終於來臨。

「謝謝你們。」他說得簡單明瞭。「你們是最好、最好的朋友，要是沒有你們，我絕對不可能走這麼遠。」

史圖依克扶著左右不平衡的兒子爬上風行龍。

小嗝嗝穩穩坐在龍背上，轉身面對他的臣民——每個人都站在那裡，嚴肅地握著長劍。剛才國王準備決鬥的同時，他們也默默準備進行最終決戰，所有人都知道，一旦小嗝嗝陣亡，他們也將面對自己的末日。

然而，某方面而言，眾人有種放下胸口大石的感覺。儘管他們很可能戰敗，知道自己在為正確的一方戰鬥還是會感到開心。

小嗝嗝吞了口口水，緊張到幾乎說不出話來、幾乎動彈不得了。

他嚇死了……但他也做好準備了。他準備出戰了。

他和兩天前的鼻涕粗一樣，準備騎著風行龍上戰場。鼻涕粗已經示範了英雄赴死的決心。

小嗝嗝感受到黑星勛章賦予他的勇氣。

滴、答、滴、答、滴、答、滴、答、滴、答，恐怖陰森翳的滴答物在小嗝嗝腰間響個不停，倒數小嗝嗝的末日。他現在是國王了，儘管只是一日的國王，他還是必須對臣民演講。

「蠻荒群島的人民，謝謝你們。」小嗝嗝說。「謝謝你們給我這些禮物，我上戰場時，一定會把你們都放在心上。如果命運要我為大家奉獻性命，那為大家犧牲就是我的榮耀。我保證會全心全意戰鬥，做為回報，我有一個小小的請求：我出戰時，能不能請各位為我唱歌？所有人一起唱歌的話，我面對龍王時就能聽見你們的歌聲，獲得更多勇氣……

「我會覺得自己是和你們並肩奮戰……

「能當上西荒野國王，我感到十分驕傲，不過能當英雄才是我真正的驕傲。即使過了幾百年，人們忘了曾經的國王，君王的名字化作了塵土，英雄的英勇事蹟仍然永垂不朽。我還記得那首老歌：我是英雄……直到永遠……」

小嗝嗝用膝蓋一碰風行龍身體，勇敢的黑龍顫抖著飛躍上天，起飛的同時，眾人開始唱歌。

蠻荒群島各部族平時花很多時間打鬥、盜竊和搶劫，卻也非常有音樂天分，你看到布滿刺青、肌肉、燒傷與破爛衣服的人們張開嘴巴，唱出清亮的旋律，和兩天前的鼻涕粗一樣唱出陰森駭的最後一首歌……你一定會嚇一大跳。

「**我航行這麼遠只為當上國王，可惜時機不對……**
我在風雨交加的過去迷失方向，在無星之夜被毀……
但儘管颶風摧毀我的心、風雨摧毀我的船，
我還是知道，我是英雄……我是英雄……直到『永遠』！」

同時，巫婆雙眼閃爍著邪惡的光芒，悄悄自言自語說：「只要是用血立下的誓言，就永遠不能反悔……」

第十六章 一對一決鬥

強盜灣將是人類與龍族最終決戰的戰場。

決鬥圈看起來像是大劇場裡的舞臺，觀眾會站在圈子邊緣，等著歡呼、叫罵，甚至是隨命運的指示衝上臺，拚死戰鬥。

小嗝嗝與風行龍飛進火圈，沒牙與奧丁牙龍飛在他們左右兩側，近到翅膀尖端碰到了風行龍的翅膀，像是在牽手。他們準備面對龍王狂怒。

滴答物持續滴、答、答、滴、答、滴、答、滴、答作響。

在過去（現在想來，感覺是很久很久以前的事了），小嗝嗝的第一場冒險中，他曾經面對另一隻巨無霸海龍，他以為那隻海龍名叫綠色死神，不過牠在久遠的過去曾經是龍王無慈。小嗝嗝獨自上前和巨龍交談，巨龍噴火點燃了他周圍的草地，形成一個火圈。

這一次，他的戰場將是完全不同的火圈。

這一次，為了人類與龍族的大決戰，龍族叛軍似乎點燃了全世界。強盜灣附近的海崖，全都在燃燒。寂靜島、惡徒島、歇斯底里島、陰森鬍絕望島，全都在燃燒。小嗝嗝還以為能燒的植物都早就燒光了，沒想到一座座島嶼仍燒個不停。

西方是明日島，人們像小螞蟻般排隊站在崖上，肅穆地遠觀。東方是勝券在握的龍族叛軍，更遠處則是焦黑或不停焚燒的島嶼群。上方有飛在空中的明日島龍族守衛，牠們像貓似的，目光從人類這邊看到龍族那邊，彷彿要決定自己該何去何從。

下方的草叢中，無人看見的小奈米龍嗡嗡飛行，用小小的聲音評判這齣戲：

「蠻荒群島的人民，你們看不到『我們』，但我們看得到『你們』……」

小嗝嗝在十二場漫長的冒險中認識的所有人與龍，全都聚集在強盜灣周圍，大大小小的龍族與人類都將在戰爭中扮演各自的角色，因為英雄——即使是英雄國王——從不單打獨鬥。

但是，在一對一決鬥結束之前，嚴格的維京律法規定，只有龍王狂怒與人類國王能進入決鬥圈。

決鬥的勝利者將做出關鍵的選擇：就此終結戰爭，或下令繼續戰鬥。

所有人與龍都賭上了一切。

若小嗝嗝獲勝，他將終結戰爭。

但若龍王獲勝，牠將開啟最終決戰，在兩旁等待的人類與龍族軍隊就會一擁而上，尖叫著讓強盜灣化為血腥戰場，兩支軍隊非要打到你死我活不可。

強盜灣已經是許多幽魂徘徊不去的場所，因為奧丁冬風經常將不幸觸礁的破船吹到這片海灣，有時你實在不知道風的呼嘯聲究竟是強風吹過礁石孔洞的聲響，還是在此喪命的人類與龍族幽靈。

現在，海灣不僅有過去的幽魂，還多了未來的鬼魂。在那瞬間，默默旁觀的眾人與龍在心中看見了，過去、現在與未來的英雄與龍族鬼魂，一同飛行在海灣上。

「**海龍沒、沒、沒牙有『超能力』**，」小嗝嗝的隊伍出發時，沒牙自言自語。「**他會把狂、狂、狂怒的骨頭磨成灰，因為他可以……他可以……**」沒牙根本不知道自己有什麼超能力，依然興高采烈地想像各種能力，例如隱形、雷射光、快速移動……

風行龍費了好大的力氣才能飛向強盜灣那個模糊的黑色輪廓──龍王狂怒──因為龍王附近的空氣熾熱無比，有時小嗝嗝還得戴上防火衣的面罩，風行龍也閉上透明的第三層眼皮。呼嘯的狂風中，風行龍覺得自己彷彿飛在火柱中，破破的翅膀隨時可能炸開，牠隨時可能摔到海裡。

「好熱喔。」沒牙抱怨道。「沒、沒、沒、沒牙是『喜歡』很熱啦，我們海龍都喜歡暖洋洋的……」

小嗝嗝腦中突然浮現快樂的畫面：過去，沒牙在博克島上的族長小屋裡玩耍，在火爐與煙囪裡竄上竄下，尖叫著玩得不亦樂乎……

「……可是就算對沒、沒、沒牙這麼大、這麼厲害的海龍來說，這也太熱了……」沒牙難過地說。

「是啊，沒牙。」小嗝嗝答道。即使穿著防火裝，他也熱得汗流浹背，身體感覺像發高燒。「真的太熱了。」

直覺叫小嗝嗝掉頭逃走——但他遠遠聽見蠻荒群島人民的歌聲，他們高唱蠻荒群島歷史久遠的歌曲，鼓勵他繼續前進：

「我聽說美洲很美
萬里碧空如洗
但我的船在沼澤海岸觸礁
我將永遠留在這裡……」

歌聲給了他勇氣，讓他的心情平靜下來，歌聲的主人彷彿和他一起翱翔天際。

逐漸接近熾熱、強大的龍王狂怒時，奧丁牙龍猶豫不決地慢了下來，呼吸哽在小小的喉嚨裡。牠和龍王狂怒是多年的老相識了……牠們是舊友，也是宿敵。但現在，龍王彷彿化成比山丘還要古老、沒有任何人或龍能撼動的東西。

小嗝嗝、風行龍、沒牙與奧丁牙龍飛得離龍王狂怒越近，空氣就變得越燙，牠們彷彿飛入地獄業火。小嗝嗝雖然穿著防火衣、戴著面罩，臉卻像被塞進烤箱似地灼痛不已。

自從第一次遇見龍王狂怒，小嗝嗝就沒和牠這樣近距離接觸過了。他還記得當時狂怒埋在狂戰島森林的鎖鍊與荊棘下，即使到今天，他還能看見刺穿了牠龍角的樹木，以及垂在牠身後的鍊條。

就算是過去被囚禁的龍王狂怒，還是令人畏懼，看見牠時肯定會嚇出一身冷汗。

但是龍王和過去不同了。戰爭改變了龍王，而牠的不同之處讓小嗝嗝的心一路沉到靴底、胃像波濤洶湧的海一樣翻騰。

狂怒黃色大眼中瘋狂的哀傷變得更黑暗、更狂野、更無生氣，牠的眼神變得像大白鯊一樣陰冷無情。牠雖然沒有動彈——全身動也不動——你依舊能感覺到牠身上冒出來的憤怒，牠閃亮、發黑的身體似乎冒出一朵朵憤怒的蒸汽雲，你似乎能在滾燙的空氣中「聞到」牠的怒火。

牠的皮膚正在剝落，像篝火燒得正旺時飛到空中的焦炭碎片。焦黑的皮膚碎屑隨熱氣飛旋在空中。

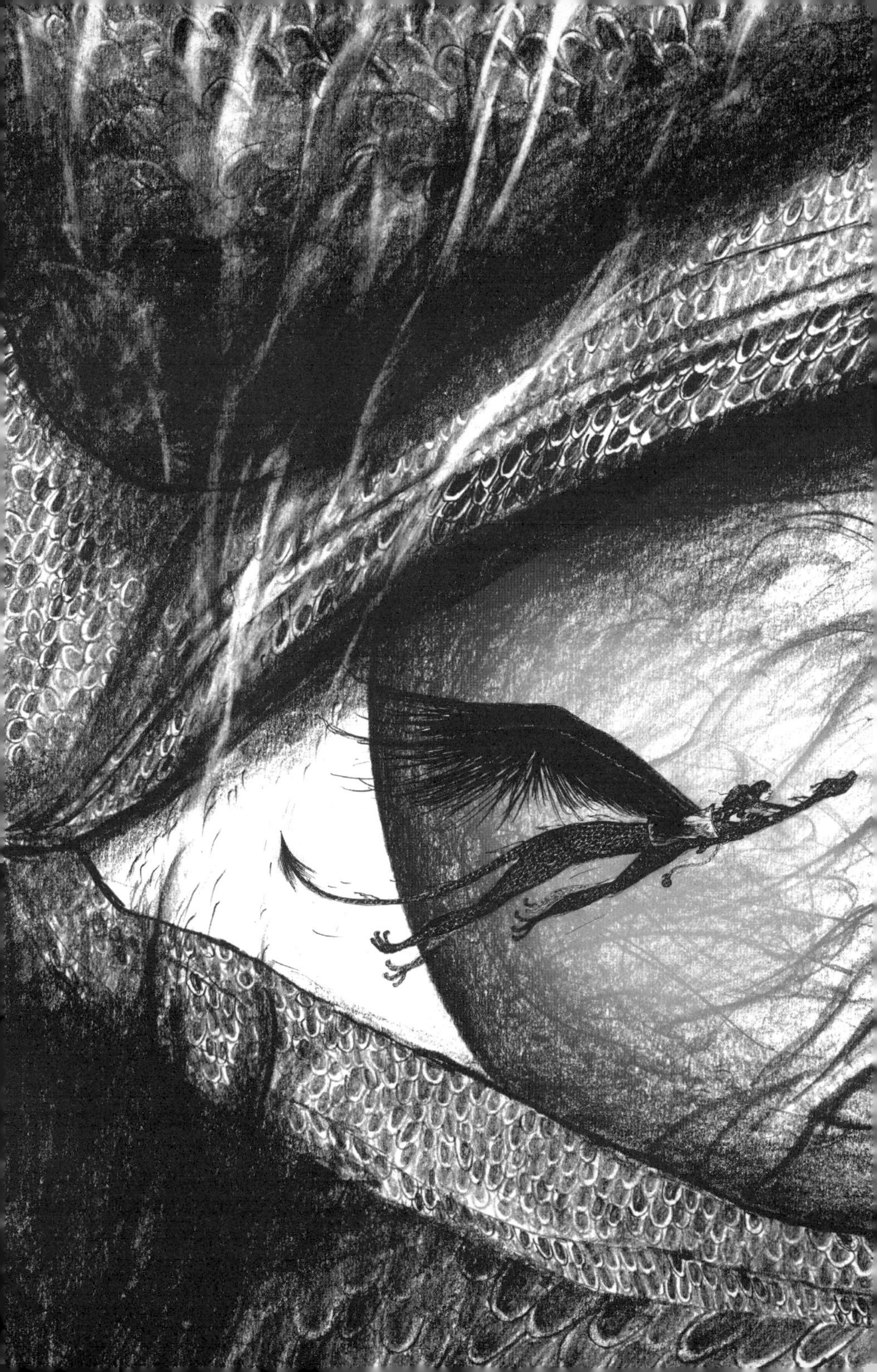

狂怒不停冒煙、冒熱氣的龐大身軀布滿傷疤，體側和脖子上插著裝飾品般的戰斧、長劍與長矛，形成珊瑚礁般一層又刺又硬的殼。

沒牙害怕到忘了自己是海龍，牠也想不到在這種情況下該給自己什麼超能力才好，於是乾脆放棄飛行，直接躲進小嗝嗝的背心。小嗝嗝逼自己繼續前進、繼續前進，但是他的直覺、他體內每一條神經都在尖叫：「回頭啊！快回去啊！拉住風行龍的轡繩，叫他掉頭回去啊！」

龍王狂怒究竟是死是活？

巨龍彷彿化作岩石，蹲伏在海中，小嗝嗝一行人接近時，只有狂怒的尾巴尖端微微搖擺。牠的黃色巨眼眨也不眨，不過眼睛深處的火焰風暴劈啪作響，隨時準備爆發。奧丁牙龍無法對上龍王盛怒、沸騰的視線。

飛到某個位置，風行龍終於飛不下去了，牠說什麼也不肯再前進，而是懸浮在蒸騰的熱氣中，流線型的黑色身軀害怕得劇烈顫抖，彷彿發了高燒。

這時候，龍王突然張開血盆大口，突如其來的動作力道大得差點讓小嗝嗝嚇到摔下龍背。

龍王狂怒撐開嘴，發出瘋狂的尖叫聲，有點像蒼鷹的叫聲卻也有點奇怪。牠烤爐般不停冒煙的喉嚨深處，卡著一艘船桅仍在燃燒的維京船，桅杆像魚刺般哽在那裡。被一口吞下的船上，曾經載著哪些可憐的人類呢？究竟是哪些可憐人，永遠消失在巨獸火爐般的肚子裡呢？

他被戰爭逼瘋了。小嗝嗝心想。他嘴裡似乎能嘗到驚慌的味道。我一定是腦袋壞掉了，才會想跟這種生物交涉。他已經「完全」脫離理智的境界了，我怎麼可能和他理性對話？

龍王放聲尖叫，叫了一次又一次又一次，聲音直直鑽入小嗝嗝腦中，即使摀住耳朵，耳膜還是痛苦地震動。

在那一瞬間，龍王似乎狂怒到忘卻了語言，沒辦法說話。牠跳上前，像要當場將小嗝嗝撕成碎片，接著又猛力把自己的身體扯回去，不停不停尖叫、不停不停掙扎，小嗝嗝還以為牠要被自己的尖叫聲搞瘋了。

最後，龍王費了好一番工夫才克制住自己，找回語言功能。牠掙扎著口吐白沫，發出痛苦、低沉的怪聲，最後，牠終於找到類似文字的東西。牠知道小嗝嗝會說龍語，但是牠選擇說諾斯語，這感覺特別悲哀，牠似乎想和小嗝嗝保持距離，把小嗝嗝當陌生人、陌生的生物看待……

因為他知道他會殺死我。小嗝嗝害怕到有些麻木地想。

龍王憤恨地吐出一個個陌生的諾斯語字句，像是對這個語言恨之入骨，彷彿人類語言的每一個字都是噁心的毒藥。

「所以呢，奧丁牙龍，你背叛了我……」龍王狂怒說。「你發誓會在新王來和我決鬥之前，先將龍族寶石帶來給我……寶石在哪裡？」

奧丁牙龍顫抖著飛到狂怒頭上，抓著寶石在空中停留片刻……而後哀傷又愧疚地讓寶石往下掉。

奧丁牙龍放開小寶石的瞬間，「龍山」動了，龍王碩大的手爪迅速伸出去抓住寶石，和人類用手抓灰塵的動作很像。

龍王周身的蒸氣變得更濃、更熾熱，牠將寶石舉到燃著火焰的眼前，仔細檢視它，為了聚焦在那顆小珠子般的寶石上，牠的瞳孔收縮成小得不可思議的縫隙。接著，那雙大眼瞼緩緩抬了起來，帶著銳利的盛怒看向一臉慚愧、拍著乾瘦翅膀飛在上方的小奧丁牙龍。

龍王喉嚨深處發出可怕的隆隆聲，牠宛如即將爆發的火山。

「我知道！我知道！」奧丁牙龍尖聲說。「我知道這不是真正的龍族寶石，但請你聽我解釋！」

龍王背部散發的蒸汽開始嗡嗡作響，牠沒有張開嘴巴，眼睛卻發出異樣的光芒。牠透過意念對奧丁牙龍說話，因為海龍能憑心念和其他的海龍溝通。牠的心念非常狂暴。

「這……是……『什麼』？」龍王的嘴沒有動，問句如憤怒地嘶嘶叫的毒蛇，在奧丁牙龍腦中活了起來。接收龍王狂怒的想法時，奧丁牙龍的眼睛也亮了起來。

「這不是龍族寶石。

「奧丁牙龍，你一千年前就看過龍族寶石，它長什麼模樣你很清楚。而這個……『這個』……

「……是『假的』。」

「是，」奧丁牙龍緊張地說。「我知道。我必須承認，它確實是假的。」

「背信！」龍王狂怒尖銳的想法在奧丁牙龍腦中響起。「背叛！奧丁牙龍，你騙了我！」

龍王狂怒緊盯著奧丁牙龍，吸氣準備消滅牠。

「對，」奧丁牙龍鼓起勇氣說。「我背叛了你，我正在背叛你，我以後也會背叛你。但同時——」牠接著說。「不對，我沒有背叛過你，現在沒有背叛你，以後也不會背叛你。（註8）我背叛了現在是敵龍的你，但我

註8　海龍都喜歡用這種複雜的方式交談，因為牠們同時生活在過去、現在與未來。

沒有背叛過去是朋友的你。」

「對也不對！」奧丁牙龍尖聲說。「不對也對！這全是恐怖陰森翳的錯，他從以前就很愛這種惡劣的惡作劇，是他刻意準備假寶石的……」

「既然『這個』不是真正的龍族寶石，」龍王狂怒嘶聲想。「真正的龍族寶石在哪裡？奧丁牙龍，你給我想清楚再回答，別想欺騙我……」

「我們不知道它在哪裡，」奧丁牙龍承認。「蠻荒群島這麼大，它可能藏在任何一個荒涼的地方。」

狂怒接續奧丁牙龍的想法。

「所以這雖然是假的寶石，但還是沒關係，因為寶石不在『我』手裡，也不在小嗝嗝手裡。而且，你們已經沒時間去找寶石了。」

想到這裡，龍王狂怒黃眼中的瘋狂怒火稍微平息下來。

奧丁牙龍害怕自己說出接下來這句話，後果將不堪設想，但牠還是勇敢地說了出來：

「狂怒，我一直希望你不會朝血腥的結局走。我一直希望你讓這個小嗝嗝再嘗試一次，允許他試著讓人類與龍族和平共處。」

龍王彎下腰，雙眼注視著濃煙、火焰與皮膚冒煙的雨中，飛在面前的小不點小嗝嗝。牠又像化為石像般靜止不動，只有尾巴尖端輕輕左右搖擺。

龍王腦中的聲音變得非常森冷、黑暗，語氣帶有終止一切的意味。

「奧丁牙龍，如果那是你的希望，那你註定要失望。

「國王必須擁有鐵石心腸，為臣民的利益著想。若我現在對你仁慈，就會害死所有龍族。」

小嗝嗝完全不知道牠們在討論什麼，只知道自己必須現在開口說話。他的聲音聽來十分弱小，火熱的空氣不停撕扯著他的喉嚨，讓他幾乎說不出話來，但他還是努力用龍語跨越深不見底的鴻溝，試圖和異樣、疏遠的龍王狂怒形成連結，將牠帶回小嗝嗝這一邊。

「狂怒，我不是來送死的。」小嗝嗝沙啞地喊道。「我來這裡，是為了給你一個承諾：我保證，既然我當上西荒野新王，我會讓西荒野王國成為人類和龍族能和平共處的國度——」

「人類永遠不可能改變，」龍王狂怒大吼，雙眼還射出兩道閃電，打在全身發抖的小嗝嗝兩旁。「別以為你用分岔的狡詐舌頭說幾句話，就能夠改變世界。文字無法改變任何事物。我告訴你……在我眼中，你不是西荒野『新』王，而是過去的西荒野國王。我看到的是……『恐怖陰森鬍』……

「我看到恐怖陰森鬍坐在我面前，和一百年前一模一樣！」

剛才聽到龍王狂怒開口說話，小嗝嗝心中燃起了希望的火花，那點火花立刻熄滅了。他和我說話不是為了談判，他只是想在殺死我之前玩弄我，小嗝嗝心想。和貓抓老鼠一樣……

「你看看你，」龍王尖吼著譏諷道。「你這個小小的人類『國王』，全身穿戴王之寶物，王冠……盾牌……第二好的劍……龍蝦鉗項鍊……

還有滴答物。你就是活生生的恐怖陰森翡！」

龍王狂怒伸出一根巨爪，嘲諷地碰碰繫著小嗝嗝腰帶、垂在風行龍身下的滴答物，讓它前後搖擺。滴、答、滴、答、滴、滴、滴、答。

「我不是恐怖陰森翡！」小嗝嗝大聲對龍王說。「我絕對不會變得和他一樣！我是小嗝嗝，我永遠都會是小嗝嗝！」

「我和恐怖陰森翡『有仇』。」全身冒煙的龍王狂怒低吼。「他殺了我的人類兄弟，還將我囚禁在黑暗中，我在森林牢獄裡待了一百年……你能想像，當你哪都不能去，除了過去、現在與未來之外什麼都不能想，一百年顯得多麼漫長嗎？

「如果陰森翡現在坐在我面前，我會把他『撕成碎片』……

「我沒辦法把陰森翡撕成碎片，但我『可以』把『你』撕成碎片……

「小小國王啊，你儘管『飛走』吧，來看看你在被我『撕碎』前可以逃得多遠……」

龍王撐開血跡斑斑的大嘴，小嗝嗝望見牠深淵般的喉嚨，以及準備噴射雷電的火孔……

「風行龍！」他尖叫。「快飛！風行龍快飛！繞著他的頭飛，不要讓他集中精神攻擊我們！」

風行龍驚恐地嗤氣，依舊勇敢地點點頭。風行龍曾是隻長相奇怪的龍，全身毛茸茸的，有點像鬥雞眼小鴨子和焦慮的狼寶寶綜合體，不過過去兩年牠到了青春期，身上的毛髮逐漸脫落，牠變得更光滑、飛得更快，身體也變成流線型。

牠的腳踝變強壯了，牠學會控制能彎曲的翅膀後，這雙翅膀也成了牠飛行的祕密武器，現在牠飛得幾乎和銀幽靈一樣快了。再過不久，牠會進入結蛹期，發生驚人的變化……但這又是另一個故事了。就目前而言，風行龍已經是蠻荒群島飛行速度最快、空中特技能力最強的龍之一，只有牠這樣的龍可以考

處接近龍王狂怒、試圖閃躲牠的雷電。

龍王狂怒射出雷電時，驚恐的風行龍前後左右閃躲，快到只有翅膀尖端稍微被雷電燙傷。

「狂怒，請聽我說話！聽我說話！」

小嗝嗝大喊。龍王狂怒用爪子拍打風行龍時，小嗝嗝壓低了身體趴在風行龍背

上，隨著風行龍扭轉、躲閃，靈活地飛在龍王狂怒的頭附近，展現令人驚豔的空中特技。

「話語……無法……改變……任何事物！」龍王尖叫。

龍王的視線緊跟著風行龍不可思議的翻轉與迴旋，牠像緊盯青蠅不放的豹，身體靜了下來。風行龍滯留在牠巨大的頭顱後方，躲避牠的雷電，然而……

「風行龍，不可以！」奧丁牙龍尖聲警告。「狂怒的頭後面也有長眼睛！」

牠說得沒錯——天啊，現在還真不是發現這件事的時候！——成年海龍的頭後面的確有長眼睛，這些一開始是斑點或痣，隨著海龍長大會漸漸化為眼睛。海龍年紀大、身體縮水後，眼睛附近的皮膚又會遮住它

DBOT
DBOT
DBOT
DBOT
DBOT
!

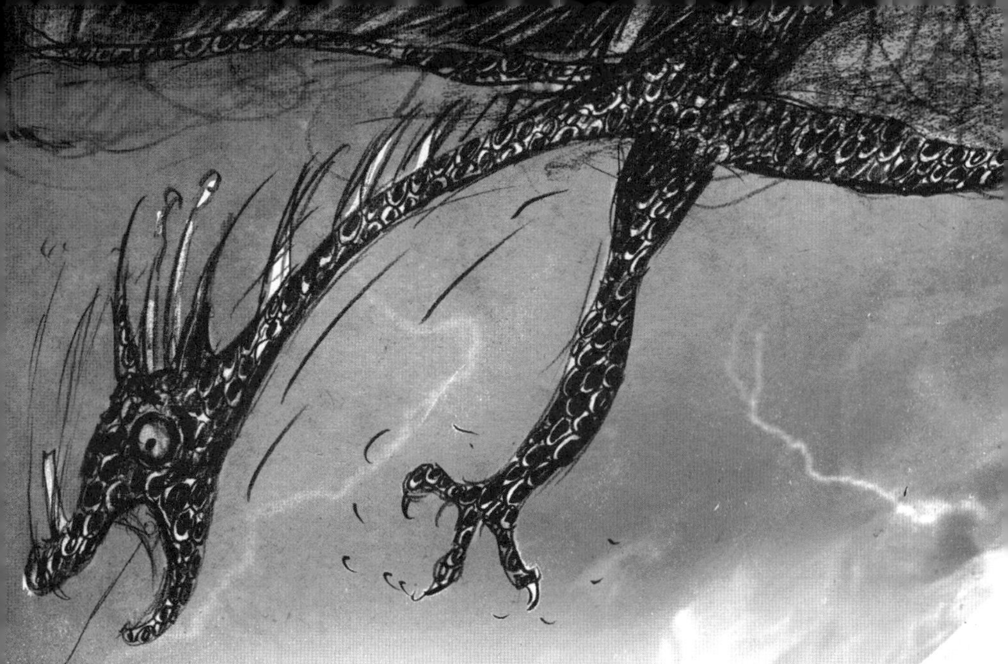

們、消失無蹤，變回斑點。但是龍王狂怒這種體型的海龍頭上，絕對有你料想不到的眼睛。眼睛躲在牠的耳朵後方，像打盹的小鱷魚閉起來，此時卻猛然睜開，瞳孔對男孩與風行龍噴射閃電。

龍王狂怒大吼一聲轉過頭，噴出一股龍捲風般的龍火。

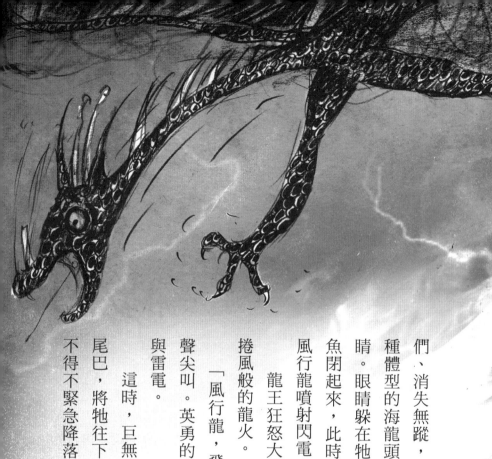

「風行龍，飛呀！快飛啊！」小嗝嗝大聲尖叫。英勇的馱龍蛇行飛行，努力閃躲火與雷電。

這時，巨無霸海龍的爪子揪住風行龍的尾巴，將牠往下一甩，風行龍旋轉著下墜，不得不緊急降落在海面的礁岩上。緊急降落

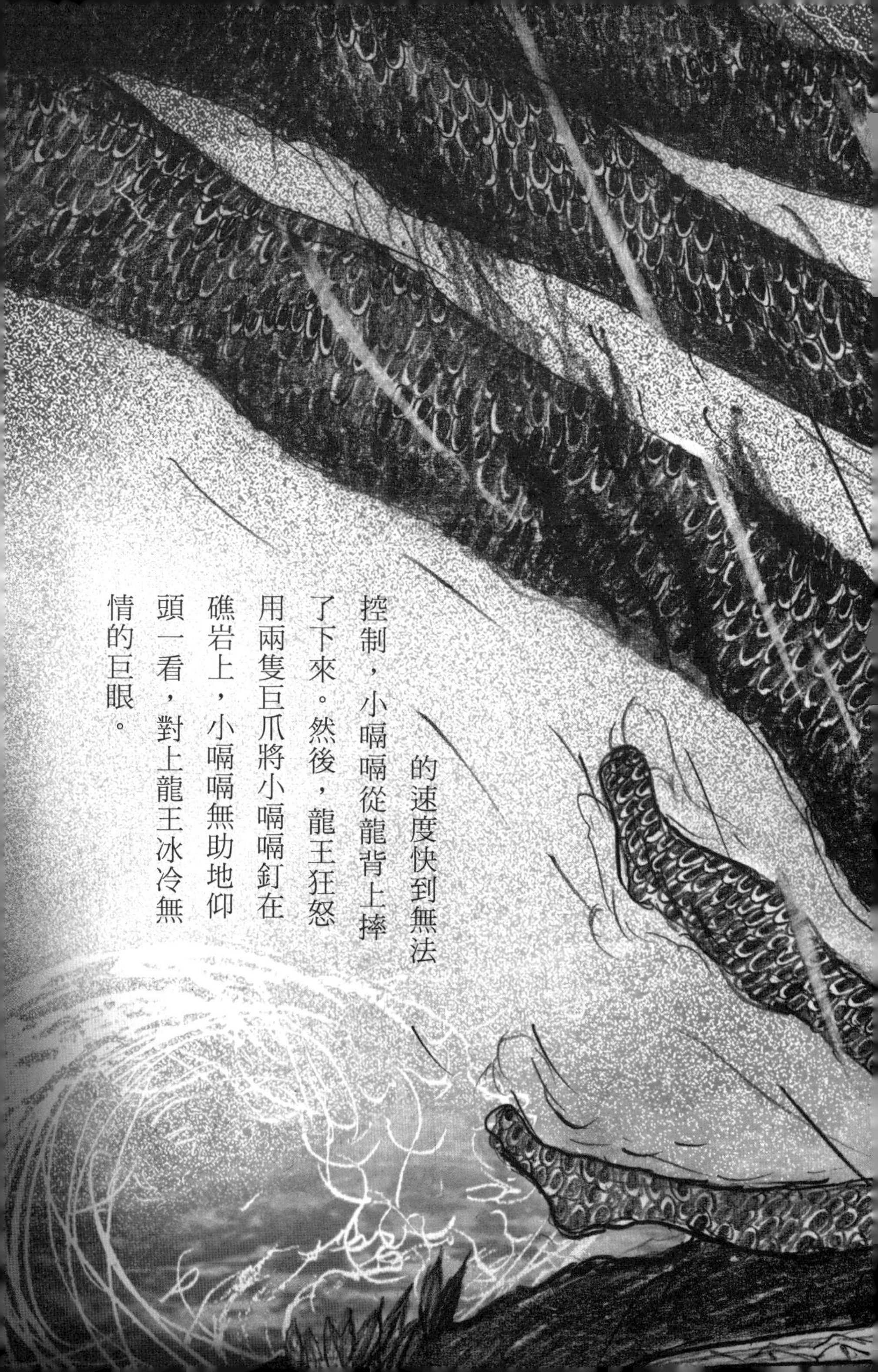

的速度快到無法控制，小嗝嗝從龍背上摔了下來。然後，龍王狂怒用兩隻巨爪將小嗝嗝釘在礁岩上，小嗝嗝無助地仰頭一看，對上龍王冰冷無情的巨眼。

我不是故意來這裡，
也不是故意留下來
但有天海風
將我吹呀吹
這純粹是意外！

第十七章　有時候，你苦苦尋找的東西就在身邊

「歷史會不斷重演，」龍王沉聲說。「不停重演，直到『永遠』，或直到找這樣的龍插手，阻斷歷史的流向。」

龍王不再玩弄小嗝嗝，準備動手終結一切。

牠吸一口氣，準備噴一股龍火燒死小嗝嗝。龍王吸氣的力道之大，連小嗝嗝也感覺到自己被拖往牠的血盆大口……甚至聞到龍王嘴裡腐臭的魚腥味……

小嗝嗝閉上眼睛，等待龍火帶來的可怕劇痛。

現在，只有龍族寶石救得了我了。他心想。

就在這時，恐怖陰森翳的滴答物響起鬧鈴，也許是對空氣吸力的抗議，它

發出小小的鈴聲，奏起毛流氓部族的國歌。

不愧是恐怖陰森駭的造物。

我們不得不承認，那傢伙很有「個性」。

小嗝嗝低頭一看，只見滴答物裡頭兩根箭頭——形狀像閃電和問號的兩個箭頭——正不停轉動，轉了一圈又一圈又一圈。

在這關鍵的時刻，龍王狂怒愣了一下，微微地分心。牠試著辨識這個突兀的聲音究竟從何而來。

此時此刻——發生這種事的機率一定非常非常低——在遠方海崖上高聲唱歌的維京人，就在唱滴答物播的這首毛流氓國歌。你可以隱隱聽見他們細微的歌聲隨風飄來：

「我不是故意來這裡，也不是故意留下來……

但我對這片沼澤一見傾心……我永——遠不要離開！」

龍王狂怒突然找到聲音的來源。

「那是陰森鬍的滴答物，毛流氓國歌將成為你死亡、送葬的配樂……」龍王陰沉地說。

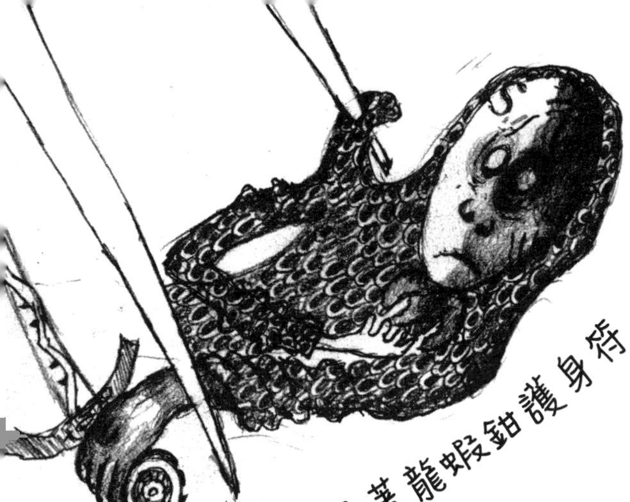

小嗝嗝緊握著龍蝦鉗護身符

「我聽說美洲很美萬里碧空如洗，
但博克島是我的龍蝦，
我將永——遠留在這裡……」

龍王又吸一口氣，準備噴出龍火。

但是，小嗝嗝腦中響起小小的警鐘，有如滴答物的鬧鈴。

毛流氓國歌有什麼特殊的意義嗎？小嗝嗝在獲得第六件王之寶物——來自美洲的箭

過去其實不會真正離開我們……

愛是永遠不會消失的……

有時，看起來第二好的東西才是**最好**的……

矢——的冒險結束後，許久以來首次看見小小的博克島，當時他學到了一件事。

也許海的另一岸天空比較藍、土壤比較肥沃……但有時候，你苦苦尋找的東西就在家裡，從一開始就在你身邊。

還有，國歌為什麼突然要提到龍蝦？

小嗝嗝的左手緊握著魚腳司母親很久很久以前送給小魚腳司的龍蝦鉗護身符，那時，她被迫將身為弱崽的魚腳司放進龍蝦陷阱，流放到海上……

剛才譏笑小嗝嗝時，龍王狂怒是怎麼說的？

「你這個小小的人類『國王』，全身穿戴王之寶物，王冠……盾牌……第二好的劍……龍蝦鉗項鍊……還有滴答物。你就是活生生的恐怖陰森翳！」

龍王狂怒為什麼要提到龍蝦鉗項鍊？這又不是恐怖陰森翳的王之寶物……

……為朋友而戰，就是為自己而戰……

……意外發生，也是有原因的……

不是嗎？

不是嗎？那如果是呢？

龍王狂怒對恐怖陰森鬍印象深刻，在牠的記憶中，恐怖陰森鬍顯然一直戴著龍蝦鉗項鍊。如果陰森鬍的項鍊，就是小嗝嗝「這一條」項鍊呢？

這時，風暴般交織、複雜的想法與問題全都擠進小嗝嗝的腦袋，努力設法解開恐怖陰森鬍設下的謎題，這全是他在十二場漫長、驚險的冒險中，深刻體認到的問題與答案……

愛是永遠不會消失的……為朋友而戰，就是為自己而戰……無牙的龍……即使在開始前就輸了，我們還是要繼續努力……有時，第二好的東西才是最好的……意外發生，也是有原因的……

還有，有時候，我們尋找的東西其實就在家裡，一直都在我們身邊。

莫非，他苦苦尋找的東西，其實一直都在他身邊？

小嗝嗝從沒想過要尋找失落的王之寶物，都是它們自己找到小嗝嗝，是它們自己找上門。這條龍蝦鉗項鍊被魚腳司細心保管了這麼久，也許不是因為它能帶來好運，會不會是因為它在尋找小嗝嗝？

意外發生，也是有原因的……

明日島龍族守衛放開小嗝嗝，也許不是意外……會不會是因為牠們知道小嗝嗝擁有最後一件最重要的王之寶物？

內在的事物比外在來得重要……

龍族寶石藏寶圖背面，寫著這句話。這句話會不會是線索，是指引尋寶人找到寶石真正的藏匿處的謎語？龍族寶石過去一直藏在一把劍的劍柄裡，它現在會不會也藏在什麼東西裡面？

龍王狂怒又開始吸氣，準備吐出致命的雷電……

無牙的龍……為什麼非要是無牙的龍不可？這和其他的寶物有什麼關係？

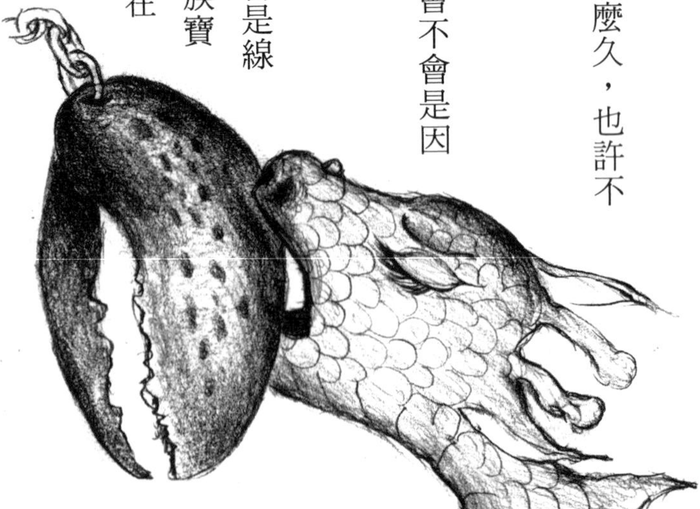

「沒牙，」小嗝嗝非常冷靜而嚴肅地說。「我要你把這個龍蝦鉗當作核桃，用牙齦把它咬破，可是不要咬到裡面的東西。」

如果要咬碎核桃殼，但不能傷害內部的核桃，無牙的龍絕對比有牙的龍有用。

全蠻荒群島最厲害、最有效率的核桃鉗，就是沒牙堅硬的小牙齦。

沒牙害怕到沒有爭辯，牠這輩子第一次不假思索地聽話辦事。

牠伸長不停發抖的小脖子，用無牙的嘴叼住龍蝦鉗咬了一口——之前一直藏在裡頭的東西落入小嗝嗝手心，那個明亮的金黃色小東西相當輕，是一塊凍結了兩條小龍

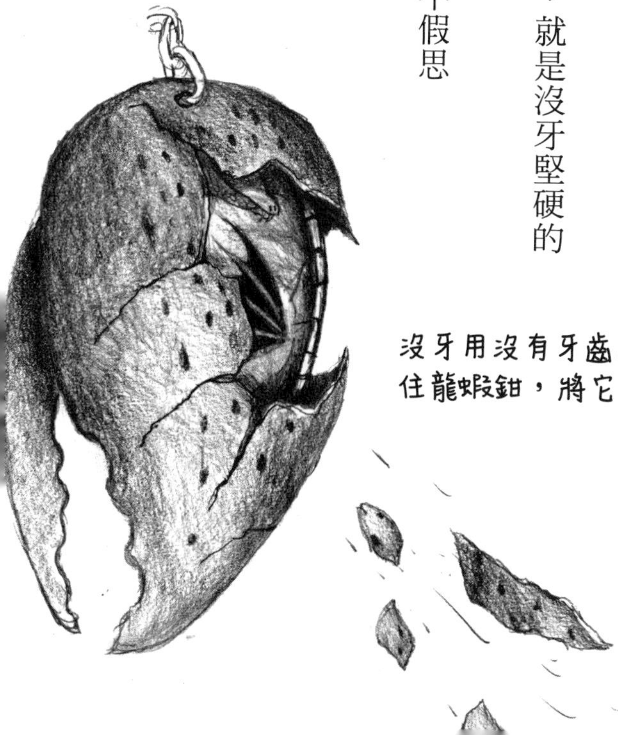

沒牙用沒有牙齒的嘴巴咬住龍蝦鉗，將它咬成兩半

的金色琥珀。琥珀裡的小龍體色一深一淺，各自銜著對方的尾巴……

開端與結尾。

我的開端，就在我的結尾。過去、現在與未來，全都凝滯在這一瞬間。

沒牙和小嗝嗝震驚地眨眼，奧丁牙龍大大鬆了一口氣，嘆息一聲。

上方，龍王狂怒正準備噴吐雷電……

但牠看見小嗝嗝握在手心的物品，在最後一刻停下動作，鬆開抓住小嗝嗝的手爪。小嗝嗝一躍而起，一隻顫抖的手高高舉起明亮的琥珀。一道突如其來的陽光劃破天上的雲層與烈火，打在琥珀上，看見對牠閃爍眨眼的琥珀，龍王狂怒驚恐地嗤氣，因為牠認得那塊琥珀。

那是龍族寶石。

真正的龍族寶石。

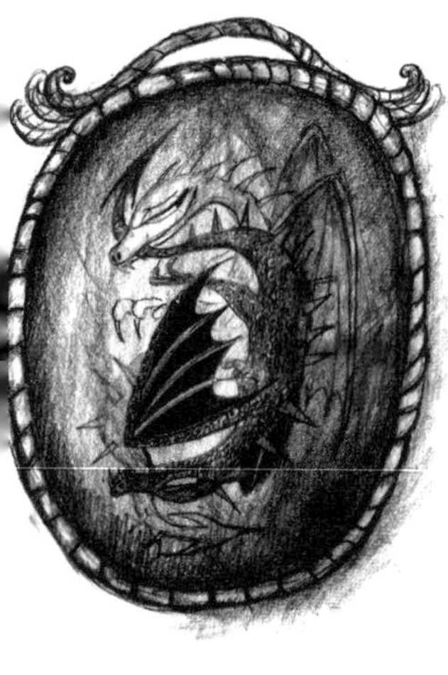

第十八章　過去永遠不會離開我們

明日島的懸崖上，維京人全心全意唱歌，祈禱英雄國王在決鬥中得勝。儘管如此，他們深知那場戰鬥不可能有好結果。

眾人站在崖上，唱著歌、舉起手遮擋陽光，努力眺望煙霧與火焰中的戰場，努力看清小嗝嗝與龍王狂怒的戰況。

史圖依克透過他的「望遠鏡東東」（註9）觀看戰鬥，邊看邊大聲將戰況說給其他人聽。

註9　這項工具第一次出現在《馴龍高手VIII：龍王狂怒之心》，它能幫助人較清楚看見遠方的事物。

「他表現得非常好……很漂亮的飛行技術……兒子，幹得好，幹得好啊……」然後：「噢不！」他看見龍王狂怒把風行龍往下扯……「噢不噢不噢不！他落龍了！龍王害他落龍了！」

史圖依克把望遠鏡東東交給瓦爾哈拉瑪，他不敢再看下去了。

鋼鐵女戰士瓦爾哈拉瑪舉起微微、微微顫抖的手，將望遠鏡東東舉到眼前。「龍王好像準備噴火……」她嚴肅地說。「他的頭往後仰了……我們應該趕快過去！我們一定要救小嗝嗝！」

「這可不行，我們怎麼能違反一對一決鬥的規則呢。」巫婆得意洋洋地說。「一位『國王』要是破壞決鬥的鐵則，世界將會毀滅。可惜我們不能去救他，真是太可惜了……」

「快唱毛流氓國歌！」打嗝戈伯下令。

「等一下！」瓦爾哈拉瑪高呼。「小嗝嗝把某樣東西舉起來，他跳起來了。我的弗蕾亞女神的鬍子啊！龍王沒有噴火！龍王好像怕了！這是怎麼回事？」

德魯伊守衛從瓦爾哈拉瑪手裡搶過望遠鏡東東，打算自己看個清楚。

「天啊，我的靈魂啊。」德魯伊守衛驚呼。「小嗝嗝居然找到龍族寶石了！他真的是好國王！」

「他找到龍族寶石了？那是什麼意思？」瓦爾哈拉瑪一頭霧水地問。

「小嗝嗝找到寶石了！」史圖依克大吼。「這次他找到真正的龍族寶石了！我們得救了！」

維京人們唱到一半突然暫停，開始大聲歡呼、跺腳、鼓掌。

「不可能！」巫婆嘶聲說。「真正的龍族寶石哪有可能突然出現在那塊礁岩上？那隻小老鼠怎麼可能剛好在那個時候、那個地方找到寶石！」

巫婆突然有種奇妙的感覺——她和小嗝嗝一樣擅長解謎——她倒抽一口氣，差點昏倒在地。

「除非……除非……除非寶石從一開始就在他身上！」

「阿爾文！」巫婆急迫地說。「我突然想到一件很糟糕的事！阿爾文，你再跟我說一次，你是在哪裡找到陰森鬍的棺材的？」

「母親，我不是早就告訴過妳了嗎？」阿爾文不耐煩地說。「我聽說一個女孩和她的龍找到了陰森鬍的墳墓，不過他們尊敬死者，沒把墳墓的位置說出去。我假扮成窮漁夫去和女孩談戀愛，說服她把墳墓的所在處告訴我。墳墓就在那邊那座小島——英雄末路島。她帶我看過陰森鬍的墓之後，我又偷偷溜回去盜墓，我真是太聰明了。」

「那陰森鬍的棺材裡有什麼東西嗎？」巫婆嘶聲問。「你很久很久以前打開棺材，不是被裡頭的機關夾斷了手嗎？棺材裡有什麼？」

「母親，這些我們都不知道說過幾百遍了，有什麼好再說的。」阿爾文回應道。「棺材裡沒有屍體，屍體不知道消失去哪裡了。棺材裡就只有陰森鬍的藏寶圖和謎題。」

「沒有別的東西？」巫婆接著問。「真的沒有別的東西了？」

「沒什麼重要的東西。」阿爾文說著，臉上的血色漸漸消失，一個可怕的想法像股細小的冷顫傳遍他全身。「沒什麼值得我被夾斷一隻手的東西……倒是有……倒是有另外一樣東西……可是那不重要……」

「是什麼？」巫婆尖聲說。她像是想掐死兒子似的，不停用雙手抓他。「是什麼東西？阿爾文，我不是叫你把一切都告訴我嗎……」

阿爾文用力吞了口口水。「可是那真的不值一提啊，不過是一條臭呼呼的龍蝦鉗項鍊，那根本是奴隸的項鍊。恐怖陰森鬍的幽默感真的很糟糕，每次都要搞這種惡作劇。」

「你把項鍊怎麼了？」巫婆尖叫。

阿爾文的臉變成病態的黃色。「這個嘛，」他說。「那是很久以前的事了……十四、十五年前的事了吧。我以為龍蝦鉗項鍊不重要，我以為那只是陰森鬍討厭的惡作劇，所以我把它送給我當時在哄騙的女孩子——潑悍。我跟她說我捕魚時發生了意外，手就這麼斷了，她就傻乎乎地照顧我，直到我好起來。我覺得那條項鍊很適合『她』，我才不要送她好東西呢……」

「她怎麼了？那個女孩後來怎麼了？」

「這個嘛……她被我拋棄了。」阿爾文說得好像這很理所當然一樣。「我的手傷痊癒後，她就沒了用處。她才配不上『我』呢。」

「啊啊啊啊啊啊啊！」巫婆縱聲尖叫。「啊啊啊啊！啊啊啊啊！啊啊啊啊啊啊！你這個白痴，你還不懂嗎？寶石就藏在龍蝦鉗裡面啊！一定是這樣！絕對是這樣！你明明拿到寶石了！你明明拿到了！你還把它送給別人！」

巫婆心中看見的，就是最後一塊拼圖。

十五年前，潑悍將她的小弱崽兒子放進龍蝦陷阱，遵循蠻荒群島的傳統，把龍蝦陷阱放到海上，以部族過去處理弱崽與棄子的方式，放兒子漂向未知的彼方。自古以來，維京人都是這樣把弱崽丟到海裡，讓大海決定嬰兒的去向。

而後，就在她將龍蝦陷阱推遠之前，潑悍伸手取下脖子上的龍蝦鉗項鍊，放在小嬰兒的腿上。這個可憐的女孩只從嬰兒的父親——阿爾文——那裡收過這麼一件禮物。

她將載著小嬰兒的龍蝦陷阱推向大海，彷彿在舉行小小的維京人喪禮。她當然不知道嬰兒與龍蝦陷阱都能成功度過苦難，漂洋過海抵達博克島的海灘。

那個嬰兒，當然就是魚腳司。

某方面而言，那條龍蝦鉗項鍊救了他一命，因為臭呼呼的龍蝦鉗內藏著最後一件失落的王之寶物，它和其他王之寶物一樣，似乎一直尋覓恐怖陰森鬍真正的繼承人——小嗝嗝。

但這當然不可能，寶物怎麼可能尋覓一個人？

儘管如此，不為人知的寶石保佑龍蝦陷阱安然渡過大海、平安渡過暴風雨，它和星辰、和磁鐵一樣，帶著龍蝦陷阱與嬰兒漂到小小的博克島。那時候，小嗝嗝才剛出生。

也許魚腳司的母親無意間明白了這件事也說不定。

誰知道呢？母親對孩子的愛是如此強烈，有時她甚至能在不知道自己知道的情況下，明白一些事情。

她只知道龍蝦鉗能保護孩子，而且她猜對了。

唉呀，唉呀，唉呀。俗話說造化弄人，果真不假。

這句話我已經說過很多次了，但我要再說一次……

我們做的每一件事都有它的後果與影響，每一件善舉、每一件壞事，每一個朋友、每一個敵人，一切都有所關聯，和滴答物複雜的齒輪一樣。

在那超脫時間的時刻，阿爾文終於理解真相，臉色瞬間刷白。

「我明明拿到它了……我明明就拿到寶石，結果又把它丟掉……我拿過最寶貴的寶物……我如果沒把它丟掉，今天當國王的就會是我……」他呻吟著說。

德魯伊守衛好氣又好笑地打量他，點了點頭說：「阿爾文，你知道一切事物的價值，也知道虛無的價值。『你』若當上國王，必然會是糟糕的國王。」

「我之前看不見，」德魯伊守衛滿意地補充道。「但是明日島龍族守衛的透視眼，想必看見了小嗝嗝帶在身上的龍族寶石。連小嗝嗝都不知道寶石在他身

那個男人不會是我的父親吧！

上，龍族守衛卻看見了。」

聽見這番話，魚腳司意識到真相，臉色也變得慘白。

他身邊的維京人已經歡慶起來，因為小嗝嗝找到寶石了……魚腳司當然也興奮不已，這下小嗝嗝有救了，他們所有人都得救了，這都是因為魚腳司把龍蝦鉗護身符送給了小嗝嗝。

但除了喜悅之外，魚腳司還感受到複雜的情緒。

我的雷神索爾啊，他找父親找了十五年……十五年啊！

結果，他的父親居然是奸險的阿爾文？

「不。」魚腳司用發白的嘴唇輕聲說。「這不是真的……不可能……那個男人不會是我的父親吧……」

他感覺像有人送一份大禮給他，同時狠狠揍了他肚子一拳。

「他拿到寶石了！他拿到寶石了！小嗝嗝國王萬歲！小嗝嗝國王萬歲！」眾人大吼。

「索爾的指甲和耳屎和捲捲小東西啊！」巫婆罵道。她一臉瘋狂地說：「命運，我詛咒你！」

巫婆朝天空搖晃她瘦巴巴的拳頭。

「那小子到底是怎麼做到的？怎麼寶物全都去到他身邊了！他簡直像可惡的小嗝嗝形狀磁鐵……」

巫婆年紀雖大，卻沒有學到一件事：小嗝嗝能拿到那些寶物，也是拜他的性格所賜。他從小誠善對待好朋友魚腳司，魚腳司才會將龍蝦鉗項鍊送給他。

而阿爾文向來刻薄待人，所以才將龍蝦鉗項鍊送給別人。

第十九章　而且它會以我們意想不到的方式影響現在

小嗝嗝用一隻緊握的手，高高舉起龍族寶石。

龍王狂怒一時被打在寶石上的陽光閃得眼花撩亂——但是牠只看一眼，就知道那顆寶石是什麼。牠驚恐地嗤一口氣，在噴出龍火之前及時關閉火孔。

龍王縱聲尖叫，彷彿被巨矛刺中，眼睛也害怕得變成黑色。

然後……

「龍族寶石。」牠發出可怕的嘆息聲，嘶聲說：「『真正的』龍族寶石……」

「他找到了……」奧丁牙龍悄悄地說，雙眼閃爍著希望與焦急的寬慰之

光。**「他找到了！命運果真站在對的這一邊……」**

握住寶石那一瞬間，小嗝嗝感覺到它的力量。

這是宰制龍族的力量、控制生死的力量。完全消滅龍族的力量。

「狂怒，寶石在我手裡！」小嗝嗝大喊。

「我知道它的祕密！」

龍王頓了頓。這是凍結的一剎那。

龍族的命運，掌握在一個人類的手中。

「那就使用它吧。」龍王狂怒喘息著嘶聲說，眼睛隨著沉痛而變黑。「把它弄破，終結一切吧。命運落在了你們那邊。」

「我們不必弄破它，」小嗝嗝說。「我們可以談判，我可以和你達成協議。我對你保證，現在我當上國王，龍族將重獲自由。我們可以終結這場戰爭，達成和平協議，到時候龍族就能自由自在地飛往世界各地……」

「但是『你』終有死亡的一天。」龍王狂怒嘆息著說。

沸騰、冒煙的龍王充滿混亂複雜的情緒：悲痛、恐懼與憤怒。牠碩大的身軀不停顫抖，頭顱左右轉動。

小嗝嗝直視龍王狂怒的雙眼。

這十分危險，但只有這樣，他才能看見龍王狂怒的想法。

一人一龍頓了頓，暴風般漆黑的深淵中，龍王的瞳孔閃爍一次，再次燃起奪目的火焰。

「終結一切！終結一切吧！」龍王催促道。「無論如何，事情都必須現在結束。我不會接受你的承諾，我們無法再這樣下去了，龍族不能再淪為人類的奴隸了！」

「我不能終結一切！」小嗝嗝淚流滿面地哭喊。「我的心會碎掉！」

「你是『國王』！」龍王狂怒憤怒地尖叫，眼睛再次射出怒火。「『國王』必須為臣民的利益著想，不能猶豫。你必須果斷地下殺手，我們龍族就是這樣教育幼龍的……

「你看看我，我牙齒上沾的是『人類』的血液，勾在爪子上的是『人類』的衣服。我是你們

他
做不到。

所說的『怪獸』，你難道看不出來嗎？看清楚了，就終結一切吧！」

「你不是怪獸！」小嗝嗝高呼。「你和沒牙一樣無辜，你們都不是怪獸……」

「既然『你』不願意終結一切，那就看看『我』是什麼樣的怪獸吧。」龍王大吼一聲，又開始吸氣。

「如果你不把寶石打碎，我就會殺死你。一旦寶石落入我的掌控，我將遵守先前的諾言，消滅世界上所有的人類……」

攻擊的時刻來臨。

龍王狂怒是肉食動物，牠深知阻撓牠與龍族獲勝、妨礙牠們終結龍族奴隸制度的，就只有小嗝嗝一個人。

獵物，小嗝嗝是獵物，不過是尋常的獵物。先攻擊再說，晚點再來思考……

龍王狂怒揚起頭，火孔充滿致命烈焰。牠吸氣的力道大得讓小嗝嗝的身體也跟著空氣被往前吸。再過一秒，一切就結束了……

小嗝嗝張開雙臂，寶石高舉在右手中。在那一瞬間，他打從心底明白——打從一開始，他就明白了——他不會破壞寶石，他不會永遠消滅龍族，他不會做出國王該做的決定。

滾燙的淚珠沿著他的臉頰流下。

「我做不到。」小嗝嗝輕聲說。「我不會這麼做……我不會把寶石弄破。」

破壞寶石有違小嗝嗝的本性，而他沒辦法讓自己成為不同的男孩。

於是他猛然轉身，使盡全力，把龍族寶石丟到遠處的海裡。然後，他轉身面對龍王狂怒。

「如果你是我，『你』也不會破壞寶石。」小嗝嗝激動地對龍王喊道。「我知道你不會這麼做，因為你『不是』怪獸，而且我相信你不會殺我。我對你保證，我會建造嶄新的世界、更好的世界，一個配得上我們人類和龍族的新世

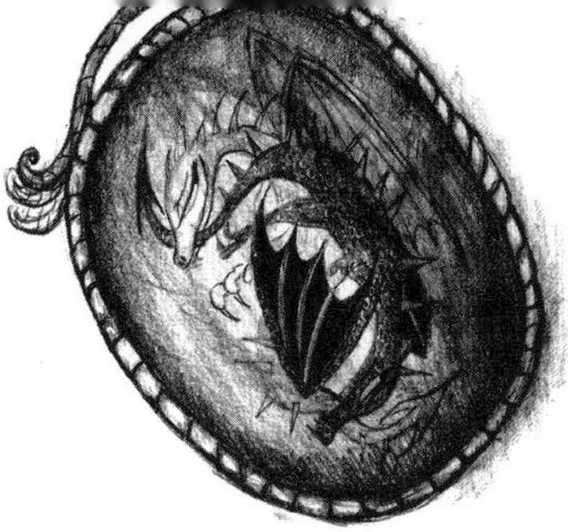

界。我指的不是『現在』的人類和龍族，而是充滿潛力、擁有美好未來的人類與龍族。」

小嗝嗝閉上眼睛，靜靜等待。

龍王不可置信地盯著他，小嗝嗝出乎意料的行為讓牠再次停下動作，像是突然想到什麼般愣住。牠困惑地看著龍族寶石落到海面下，怒火似乎燒得更旺了。

「你在『搞什麼』啊？」龍王怒吼。

維京人也不敢相信自己的眼睛。

「不會吧！」輪到維西暴徒超惡邪使用望遠鏡東東，他看到這一幕，忍不住放聲吼叫。「國王把寶石丟掉了！」

崖上觀戰的維京人連連驚呼。

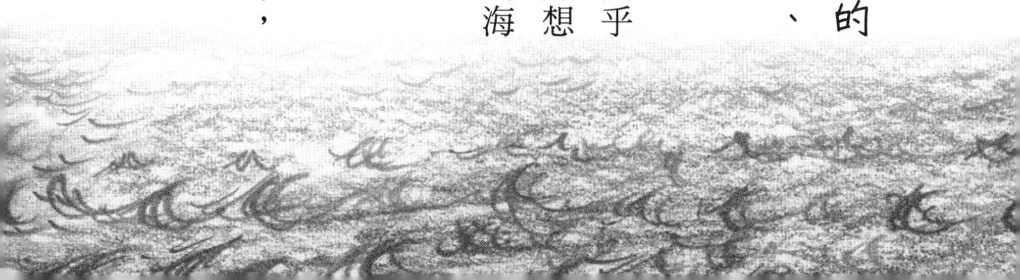

「不會吧！怎麼可能！」

接著是呻吟聲……

「我們完蛋了……」

「兄弟們，唱歌，唱歌啊！」打嗝戈伯焦急地大吼，彷彿能以歌聲的力量扭轉未來的滅亡。

半數維京人跪下來繼續唱歌，另一半深信國王會被龍王狂怒殺死，開始準備全面開戰。

「我就說吧。」巫婆嘶聲說。「我就說吧！」

即使死期將至，你知道自己從一開始就說對了，還是會有點得意。

「愚蠢。」龍王狂怒稍微控制住情緒，齜牙咧嘴說。「愚蠢的人類……你瘦巴巴的人類手臂沒有把寶石丟得太遠，它不可能就此消失……」

龍王巨大的眼睛能看見逐漸下沉的寶石，在牠看來，寶石如同小不點浮游生物。牠伸出左爪，接住在海中下沉的寶石，得意洋洋地舉起它，讓龍族叛軍看見那枚寶石。

「我們的領袖拿到龍族寶石了！」勝券在握的龍族叛軍齊聲大吼。龍王準備殺死男孩，不過在那一刻，就在龍王給他致命的一擊前一秒，意料之外的事情發生了。

龍王看見男孩攤開手無寸鐵的雙手，毫無防備地站在牠面前。沒有比手無寸鐵的人類更脆弱的東西了。

他沒有尖牙利爪、沒有雷電、沒有龍火。沒有寶石。溼答答的頭髮黏在他額頭上的龍之印記旁。男孩平靜地張開雙臂、閉著眼睛站在原處，自私的小沒牙焦急地飛在他身邊。

最後，沒牙飛到小嗝嗝胸前，撐開翅膀，以可笑的姿勢試圖守衛男孩。

小龍胸口有一道傷疤。

龍王狂怒本該出擊的瞬間，一個非常、非常久遠的記憶浮現在牠腦中——牠想到不同的男孩、不同的時光、不同的一道疤。

世上曾有三個小嗝嗝：小嗝嗝一世、小嗝嗝二世與小嗝嗝三世。此時此刻，三條海龍聚集在此：老龍、小龍，以及活在龍生顛峰時期的中年龍，三條龍胸口都有一道疤。

龍王狂怒的傷疤來自和沒牙同樣驚恐、絕望的動作，牠過去也曾跳到人類兄弟——小嗝嗝．何倫德斯．黑線鱈二世面前，試圖拯救他。狂怒無望地撲過去，被暴風寶劍刺進胸膛，比沒牙巨大許多、強壯許多的身軀並沒有死，卻還是受了重傷。然而，龍王狂怒再怎麼強壯、龍火再怎麼熾熱，牠也沒能拯救小嗝嗝．何倫德斯．黑線鱈二世，牠的兄弟就這麼死了。

龍王狂怒還以為自己早已忘卻這一切。

牠被鎖鍊困在森林牢獄中，無法飛行、傷痕累累地過了一百年，以為自己早已扼殺當年促使牠撲上去擋下一劍的愛。然而，我們的過去其實永遠不會離開。

在獲得心形紅寶石的冒險中，小嗝嗝學到的教訓是：愛永遠不會消失，就連暴風寶劍也無法殺死愛情。

一旦愛過，就永遠不會忘記。即使曾經淌血的傷口結痂，即使一百年的鎖鍊與森林中無情的荊棘埋沒了它，愛也不會消失。

龍王心中，有一扇門悄悄開了，這是牠多年來想方設法緊鎖的一扇門，只有讓它保持閉鎖，狂怒才能繼續領導龍族叛亂。

開啟時，狂怒感受到排山倒海的回憶，和小嗝嗝在陰森鬍堡遺跡恢復記憶時的感受很像。門雖然只打開一條縫，然而開了就是開了，它再也關不起來。

「心」是十分奇妙的世界。在那寶貴的瞬間，明日島附近的海域，人類與龍族的未來仍未確定，悠遠的過去鮮明地回到龍王狂怒心中，彷彿發生在此時此刻的事件……牠下不了手。

龍王嗤氣搖頭，試著強迫自己下手，試著逼自己吐出雷電……但牠怎麼也吐不出來。

龍王感受到對自己的憤怒，牠氣得大吼，又試了一次……

「不不不不不！」龍王狂怒大吼。「我必須下手！我必須實現諾言！」

但無論牠多麼努力，無論牠多麼憤怒地甩尾巴，牠就是沒辦法下手。

遙遠的明日島上，大英雄超自命不凡、十位未婚夫、大英雄鬧脾氣、瓦爾哈拉瑪與眾多維京人跪在地上、閉著眼睛，高唱古老的維京歌曲。在下著雨、飄著煙霧、燃著火焰的海上，你還是勉強能聽見他們的歌聲：

「我曾經獻上真愛，最後卻心死，
偉大的索爾啊，現在請讓我再愛一次！」

奧丁牙龍顫抖著睜開眼睛，牠剛才也等著雷電帶來的痛苦，以及火焰帶來的終結時刻。

但終結時刻並沒有到來。

「我失去了唯一真愛，心在那一天粉碎，」維京人美妙的歌聲從遠方傳來，變得很輕很輕。「但索爾啊，一旦找到真愛，我將永不後悔！」

第二十章　……我自己就嚇得半死了

小嗝嗝滿頭大汗，挺直了背、顫抖著等待龍王用熾熱龍火燒死他……

……然而龍火一直沒出現。

小嗝嗝睜開眼睛。

龍王注視著他的眼神相當痛苦，臉上浮現奇妙的表情，鼻孔冒出一股股熱煙。牠努力在互相矛盾的情緒中掙扎，冒煙與蒸氣的頭顱左右搖擺。

小嗝嗝的心臟撲通撲通狂跳……我的天啊……他打的這場賭，也許真能成功……沒牙英勇的行為讓龍王暫且停下動作，小嗝嗝終於有機會說話，終於有機會用言語改變龍王的心意。

「狂怒，你一定要給新世界一次機會。」小嗝嗝急切地說。他順服地對龍王舉起雙手，不停發抖的沒牙仍擋在主人胸前。「你看！」小嗝嗝指著自己的額頭說。「這個龍之印記象徵人類和龍族的兄弟情誼。現在我當上西荒野國王，我願意以這個印記發誓，西荒野王國再也不會有龍淪為奴隸。」

龍王狂怒顫抖著凝視那枚印記。

牠多年來努力壓抑的回憶全部湧上心頭，牠想起不同的時光、不同的男孩。小嗝嗝・何倫德斯・黑線鱈二世，過去和龍王狂怒親密無間的人類兄弟。

牠想起以前在嚴龍山洞裡玩耍，當時小嗝嗝二世還是個野孩子，狂怒和他只能用龍語溝通。

牠想起自己載著小嗝嗝二世飛在高空，探索充滿無限可能性的新世界，一人一龍無比和諧、無比配合，你幾乎分不出男孩和海龍的界線。如果小嗝嗝二世在這裡，他應該也會把龍族寶石丟到海裡，他就是會做這種蠢事。

龍王狂怒想起青春期倔強的小嗝嗝二世，當時他為了表示自己對龍王狂怒的愛，硬是將印記印在自己額頭上，他父親——恐怖陰森鬍——氣得大罵不止，因為那是陰森鬍特地下令禁用的印記，也是屬於奴隸的印記。

小嗝嗝二世的父親真的氣壞了！陰森鬍試著把印記洗掉，對雷神索爾咒罵的同時用力用袖子擦兒子的皮膚……但龍之印記一旦蓋上就無法移除，沒有任何人能抹消它。

龍王狂怒以為自己心中連一丁點愛也不剩，一丁、一點都沒有。牠以為自己被囚禁百年後，終於根治了心中的愛，牠的心化為飢餓黑暗的森林……不過現在看來，牠並沒有完全根治「愛」這場病。

「人類」的心受傷後仍能痊癒，再次為愛鼓動，原來「龍族」的心也能癒合。

小嗝嗝二世已經永遠離開這個世界，和龍王狂怒相隔天空與時間的無盡汪洋，無法回來探望兄弟。

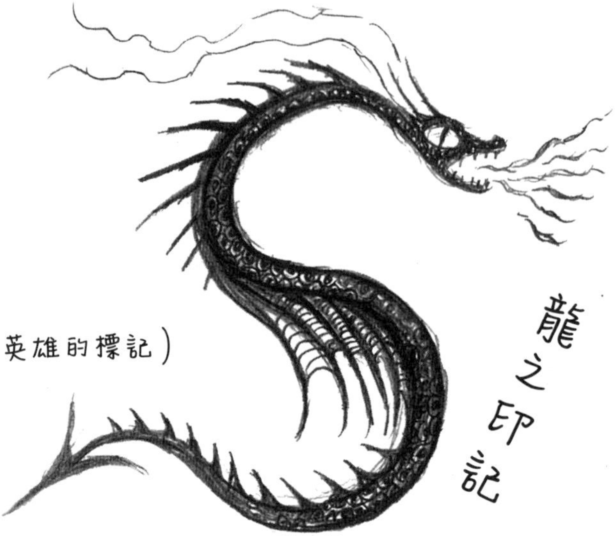

龍之印記

（英雄的標記）

儘管如此，他的一小部分就在這裡，那就是破爛、彆扭的小嗝嗝‧何倫德斯‧黑線鱈三世。

龍王狂怒還是愛他。

龍王前後搖晃，痛苦又困惑地噴氣與呼喊。長久以來，牠一直培養心中的怒火，在火上澆了油、添了柴，現在這份狂怒突然停止了，牠幾乎無法忍受突如其來的迷茫。

「我們會錯失良機，」龍王狂怒說。「這是龍族最後的機會了……」

「不對，不對，你說錯了！」小嗝嗝高喊。「龍族和人類可以和平共處！我現在是國王了，我會讓西荒野王國變得更好，在這個新世界裡，我們不會有奴隸制度，龍族和人類都能自由平等地生活……」

「已經太遲了，」龍王說道。牠似乎在對自己生氣，糾結的牠開始用長長的爪子抓自己。「也可能太早了。無論如何，現在不是正確的時機……我為什麼下不了手？男孩，我若不殺你，就是對不起我的龍族臣民……」

「說不定不是這樣的。」小嗝嗝興奮地說。他感覺得出來，眼前這隻躁動不安的巨獸，終於願意聽他說話了。「說不定身為龍王，再給新世界一次機會才是最好的選擇……」

「唉，但是我們龍族比你老，這一切我們都已經看過一次了。」龍王狂怒的語氣有種奇妙的渴望。牠抬起巨大、哀傷的頭。

「也許這真的有可能實現……也許……畢竟男孩真的找到龍族寶石了……也許這是命運給我的訊息……」

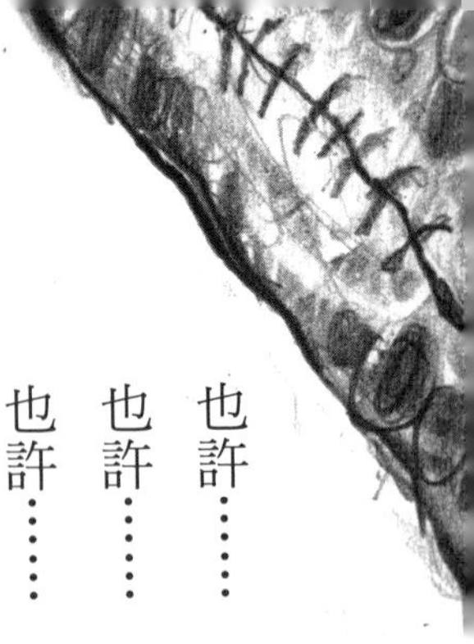

也許……

也許……

也許……

小嗝嗝喉嚨乾渴、心臟狂跳地等待。他說的話足夠有說服力嗎？他選對詞句了嗎？

龍王左右搖擺，拿不定主意。

就在這時，糟糕透頂的事情發生了。

三個名叫小嗝嗝的男孩。
三隻心口有傷疤的龍。

第二十一章　巫婆干涉了命運

事情好不容易出現往正確的方向發展的趨勢，小嗝嗝好不容易說動龍王狂怒，讓牠考慮終結龍族叛亂……糟糕透頂的事情就發生了。

龍王狂怒擔心的，正是這種情況——善良的人類再怎麼努力，也總是會有邪惡的人類躲在黑暗處，等著把事情搞砸。

這裡說的邪惡人類，當然是巫婆優諾。

她看見小嗝嗝丟棄龍族寶石，看見龍王狂怒猶豫不決。索爾詛咒他，巫婆早就知道那隻討厭的小老鼠會一直「說話」。剛才發生的一切她都看在眼裡，感覺到她活著的意義、一切的努力、不惜殺人的努力，全都從她乾瘦的指尖溜走，她終於看不下去了。

巫婆之前被困在樹幹裡，二十年來漸漸變得和蛞蝓一樣蒼白，靜靜在黑暗中失去理智。她餓了就啃咬老鼠的骨頭，渴了就舔樹皮的露水，在黑暗中編織蜘蛛網般的陰謀，邊回顧過去的徵兆，邊計畫命運的走向，同時滿心期盼、期盼、期盼她的寶貝兒子阿爾文能當上國王。

現在，到了最後一刻，她難道要讓一個小老鼠弱崽男孩奪走一切？

巫婆發現自己必須出手干涉命運。她手腳並用地爬到凶殘瘋肚身旁，努力不讓自己皺眉，因為凶殘瘋肚噁心的飲食習慣讓他全身散發可怕的臭味。瘋肚一直是阿爾文軍團當中，最忠心支持阿爾文的族長。（註10）「小老鼠出賣了我們！他把寶石給扔了！」巫婆嘶聲說。

「這是什麼意思？」瘋肚的親信——齦潰瘍——問道。

註10　凶殘部族都吃放了一個月、開始腐爛的黑線鱈，搭配醃洋蔥、臭雞蛋和大量啤酒。

「男孩用行為證明了事實：他不是真正的國王。」巫婆冷笑著說。「他都拿到龍族寶石了，還把寶石丟掉！真是蠢得危險。相信我，我能預知未來——我告訴你們，寶石現在就握在龍王狂怒醜陋的爪子裡！」

「喔……」齜潰瘍和瘋肚明白巫婆的意思。

「你們一定要把隱龍借給阿爾文，讓阿爾文飛去殺死龍王狂怒、搶回寶石，否則就太遲了。」巫婆說。「龍王狂怒不會對我們仁慈，牠無法仁慈。那個男孩以人類的命運做賭注，賭一隻爬蟲動物會回心轉意，這行為再愚昧不過。龍族是怪獸，牠們無法像我們人類這樣，擁有高層次的感情，我們和那些野獸的差別就是我們懂得慈悲……」

凶殘瘋肚低哼表示同意，髒兮兮的雙手摩拳擦掌（他手上有漂亮的骷髏頭紋身，顯然是人類高層次情感的藝術表現）。

「但阿爾文怎麼可以插手……」齜潰瘍說。「那不就違反規定了……那會造成世界末日——」

「呸！」巫婆吐一口口水。「人類的未來岌岌可危了，哪有時間擔心這些小事！我再重複一次：小嗝嗝男孩的行為，是『叛徒』的行為，我們應該讓真正的國王——阿爾文——代表我們和龍王交涉。

「更何況，」巫婆狡猾地指出。「只要阿爾文騎在隱龍的背上，龍王狂怒就不會看見他，等龍王發現事情不對，就已經太遲了……」

「但這是作弊！」齜潰瘍抗議。即使是凶殘部族，也有種扭曲的榮譽感。

「為了人類的未來，稍微作弊也無傷大雅。」巫婆說。「而且阿爾文本來就是真正的國王，這也不算是作弊啊，對不對？」

自從兩年前，沼澤盜賊族長柏莎和別人打賭，偷了凶殘瘋肚的隱龍，瘋肚就不讓任何人借用他的隱龍。不過今天應該算特例。（註11）

於是他心不甘情不願地低哼一聲，表示同意。齜潰瘍趕忙跑到隱龍面前，

註11　請見《馴龍高手VI：危險龍族指南》。

告訴牠今天是特例，並命令牠聽從阿爾文的話。「母親，妳不要一直插手行不行！」巫婆將阿爾文推向隱龍，用頭頂著他的腳前進並咬著他的褲子往前拉時，他氣呼呼地壓低聲音說。「我不想去！那邊熱得像烤箱！我們可以等更好的時機……在黑暗中等著放冷箭——」

「你已經沒時間等更好的時機了！」巫婆罵道。「你難道沒有野心嗎？阿爾文，這就是出擊的時機，這就是掌握自己的命運的時機！」

母子站在乖巧的隱龍身旁，只見隱龍模糊的輪廓靜靜站在那裡，等待下一步指示。附近沒有別人。

「母親，這和我的行事風格不一樣！」阿爾文號叫。「妳要讓我用自己的方式做事……我習慣躲在陰影裡對人下毒，如果不確定自己能獲勝，我是不會自己下去冒險的。」

「懦弱！」巫婆嘶聲說。「你就知道抱怨！我對你扭扭捏捏的想法沒興趣，你給我爬上龍背，不然我要咬你了！別擔心，殺人的骯髒活我會替你做，但是你必須在那裡，不然就沒用。把你的第二套防火裝和暴風寶劍交給我。」

阿爾文悶悶不樂地交出防火裝與寶劍，悶悶不樂地爬上隱龍的背。我不得不說，巫婆年紀雖大，還是勇敢得令人欽佩。

她穿上防火衣，握住暴風寶劍跳上隱龍，瘦巴巴的腳踝一踢隱龍的身側——在巫婆的高呼中，隱龍起飛了。飛躍上天的同時，隱龍從鹽水沼澤的棕色，變成天空火焰與黑雲的顏色。

第二十二章 「奸險的阿爾文」之名的由來

名字就寫得很清楚了

因此，小嗝嗝和龍王狂怒談話時，龍王狂怒努力思索自己該不該結束龍族叛亂時，沒看見巫婆與阿爾文飛過海灣。

你看不見隱龍，所以牠們做為軍事武器如此有效——你聽不見牠們的聲音、看不見牠們的身體、聞不到牠們的氣味。

隱龍俯衝時甚至能讓心跳慢下來，就連聽力

超群的小龍也聽不到牠接近的聲響。沒人知道牠們為什麼放慢心跳還不會死，也不知道牠們拍翅膀為什麼不發出聲音。

巫婆與阿爾文趴在隱龍背上，被牠的背鰭與寂靜的翅膀隱藏身形。

他們看見龍王狂怒撿起寶石，巫婆「善意」地認為他們該攻擊那隻手爪，阿爾文偷盜寶石的同時，她負責刺殺小嗝嗝。

「你們都聽懂我的計畫了吧？」巫婆凶巴巴地說。「隱龍，我們首先飛到龍王的爪子旁，讓阿爾文偷寶石，然後我就去『處理』那個男孩……」

凶殘部族的馴龍技術相當高超，隱龍二話不說就遵照指示去做。阿爾文就沒那麼聽話了，他一直沉著臉嘀咕。

龍王狂怒和小嗝嗝忙著對談，專心到周遭的世界彷彿都消失了。

遠方傳來龍族叛軍的唸誦聲，以及人類的歌聲與戰吼，然而男孩與巨龍認真談話，全世界似乎都淡化了。

隱龍持續飛向礁岩，男孩與巨龍完全沒注意到他們。

搖擺不定、微微發抖的龍王雖然心懷怨恨，卻開始相信小嗝嗝的話，心中萌生未來的希望。

然而，牠腦海深處的本能注意到逐漸逼近的危險，兩隻耳朵豎了起來，鼻子嗅了嗅空氣。

「怎麼了？」小嗝嗝看見龍王狂怒像巨貓似地仰頭掃視天際，小聲問道。

小嗝嗝拔出長劍，心中突然有種陰寒、糟糕的感覺。他左顧右盼，一隻手擋住陽光，讓眼睛努力在飄揚的煙霧中望向周遭。四周除了標記決鬥圈範圍的火焰之外，什麼都沒有，而遠方是蠢蠢欲動的龍族與躁動不安的維京人，他們期望小嗝嗝帶來和平，卻也做好迎戰的準備。

龍王狂怒美麗的眼睛視力極佳，即使距離牠十英里的沼澤裡有一隻小田鼠，牠也看得見，人類肉眼看不見的星辰與彗星，牠都看得見。甚至還有人說牠能看穿牆壁、看見不同時空的事物，不過這究竟是真是假，我就不知道了。

但即使是龍王狂怒也看不見隱形的東西，牠只感覺得到危險，卻不知危險

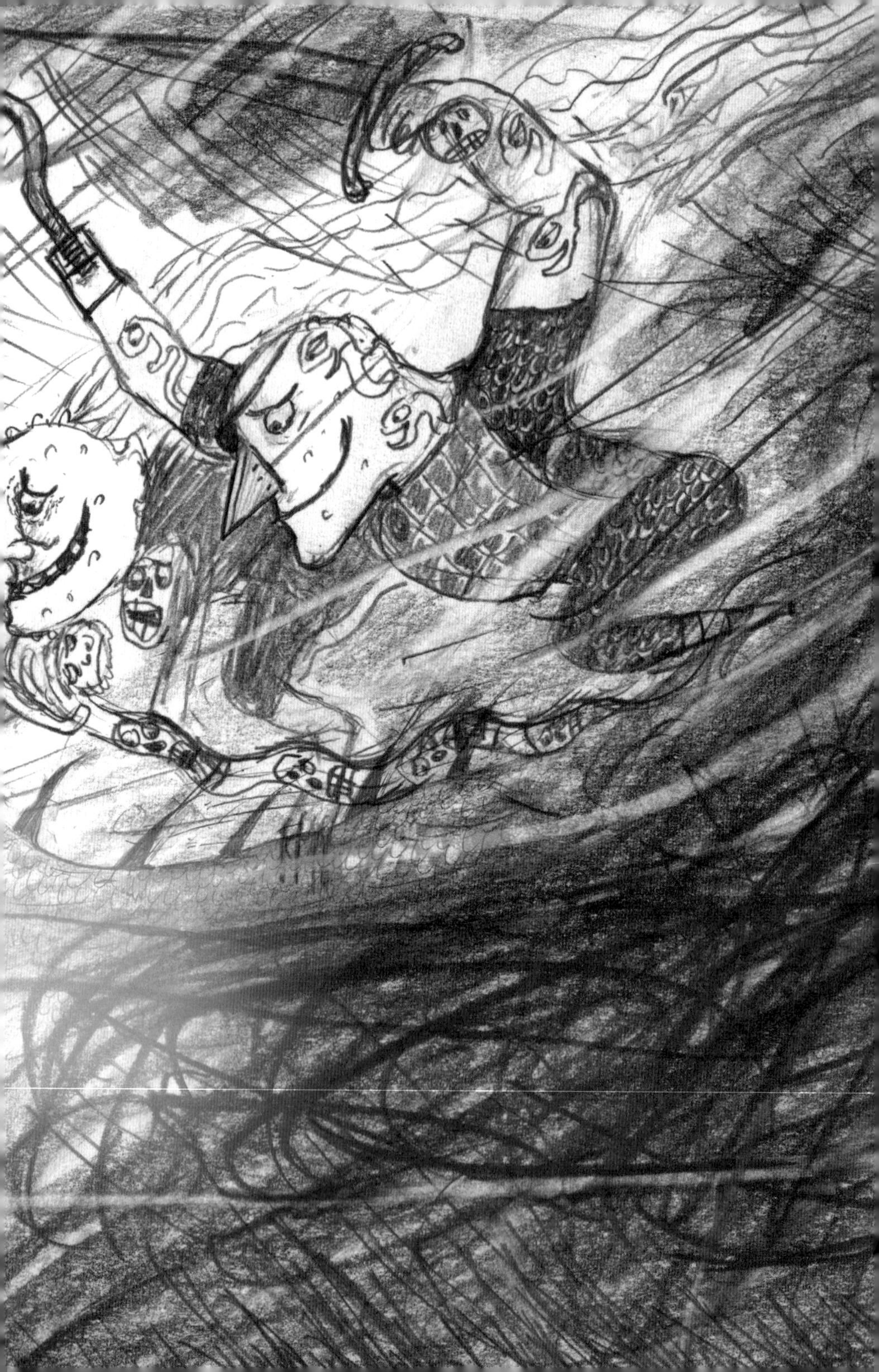

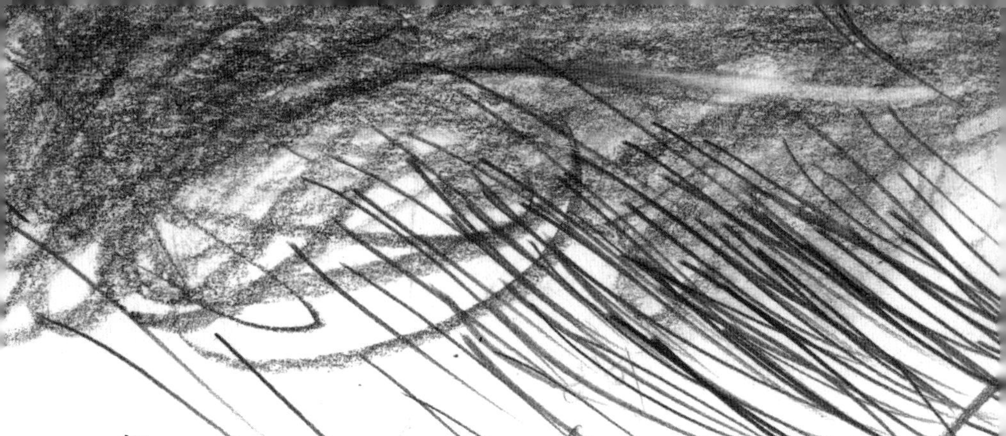

從何而來。牠喉嚨深處發出威脅性的低吼，發出動物出擊前的吼聲，碩大的頭顱左右轉動，用眼睛、鼻子、耳朵仔細搜索、仔細搜索……卻什麼也找不到。

嘿嘿嘿，巫婆得意洋洋地想。嘿嘿嘿嘿嘿……你這隻愛噴火的笨蛋爬蟲動物，你怎麼看就是看不到我們，等你看到我們，就已經太遲了。

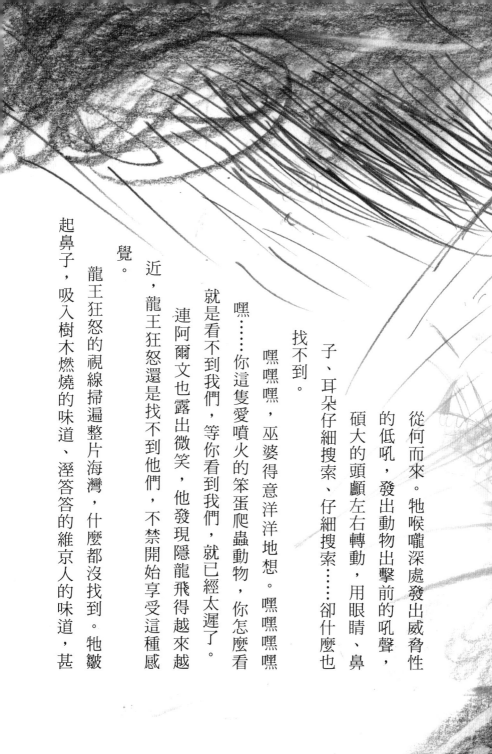

連阿爾文也露出微笑，他發現隱龍飛得越來越近，龍王狂怒還是找不到他們，不禁開始享受這種感覺。

龍王狂怒的視線掃遍整片海灣，什麼都沒找到。牠皺起鼻子，吸入樹木燃燒的味道、溼答答的維京人的味道，甚至是凶殘部族微弱卻又容易辨別的臭味牠也聞到了，卻沒有聞到其他的氣味。

龍王的聽力非常敏銳，即使是在離牠很遠很遠處輕輕拍翅膀飛行的永不鳥，牠也聽得見。還有在牠腳邊微微顫抖的小嗝嗝，他跳得很快的心跳聲，以及兩隻小龍與風行龍跳得更快的心跳聲，牠都聽得見，卻沒有聽到其他的聲音。

龍王嗤了一大口氣，甩了甩翅膀，彷彿想甩脫醜陋的焦慮。明明就沒什麼好怕的。牠轉頭要繼續和小嗝嗝談話……

接著，牠驚訝地號叫一聲。

阿爾文的鉤爪刺入龍王的手，在那震驚的瞬間，龍王的反應和你我被蜜蜂或黃蜂螫傷的反應差不多，牠攤開巨大的手爪，痛得甩手。

龍王狂怒的爪子攤開，龍族寶石掉了出來。

往下掉

往下掉

往下掉……

……阿爾文用腳跟一夾隱龍的體側，隱龍追著寶石俯衝下去。

小嗝嗝踩著礁岩跑過去，幾乎沒注意到腳下尖銳的岩石，雙腳在溼滑的海草上滑來滑去。他將此時發生的事情收入眼底：俯衝的瞬間，隱龍興奮得現出身形，雖然小嗝嗝看不見小小的寶石，他還是看見隱龍衝向某件物品，阿爾文與巫婆就蹲伏在隱龍背上。

遠方崖上的月娜，也用視力極佳的眼睛看見了，牠焦急地拍了拍翅膀。瓦爾哈拉瑪透過望遠鏡東東旁觀，她一頭霧水地問：「這是怎麼回事？」

阿爾文！小嗝嗝心想。是阿爾文和巫婆！那兩個叛徒……那兩個壞蛋。狂怒把寶石弄掉了！他們讓狂怒放開寶石了！

隱龍又興奮到暫時現出原形，寶石雖小，小嗝嗝還是清楚看見龍族捕捉到獵物的動作。隱龍張開嘴接住某件東西，開始往上飛，阿爾文興高采烈地對空揮拳。短暫的瞬間過去了，隱龍再次隱藏身形。

龍王狂怒也看見這一幕，牠又怕又怒地噓氣。

「不不不不不不！」小嗝嗝絕望地哭喊，整個人面朝下趴倒在海草中。膝蓋下方的海草好冰，臉頰上的海草也好冰，他無助地趴在海草黏液中，仰頭望向無情的天空。到現在他還聽得見阿爾文得意洋洋的歡呼聲，以及歡呼的回音。

「不不不……」奧丁牙龍悄聲說。命運怎麼能如此殘忍？

阿爾文搶到了寶石，他很清楚自己該怎麼使用寶石。

就在最後一刻，奸險的阿爾文奪走了希望的開端，將它轉變成絕望。

第二十三章　全面開戰

「龍族叛軍！」龍王狂怒高吼。牠的猶豫瞬間一掃而空，牠簡直要氣炸了，到處噴射雷電與火焰，希望能打中隱形的敵人。「背叛！背信與背叛！人類破壞了一對一決鬥的規則！快來幫助我！」

海崖上響起龍族憤怒的尖叫聲，巨大、可怕的龍族叛軍飛了起來，如同無數隻蝗蟲形成的烏雲。牠們飛到海灣上空，或潛到水中，屬於掠食動物的背鰭劃破水面，在前往戰場的同時不時從呼吸孔噴出火焰。

夢蛇、呼火龍、縱火龍、撕吼龍、嚴龍、猛烈凶魘、猛禽舌、三頭怒噴龍、懼龍、巨恐龍與滅息龍，全都加入可怕的大軍，衝進海灣。

犀背龍如披了鎧甲的巨大犀牛，笨重地飛在空中。鼻鑽高速旋轉的鑽孔龍、射出倒刺短箭的刃翅龍、繞舌龍、野凶龍與挖腦龍一起撐開可怕的翅膀，像噩夢般飛往礁岩。冰雪遍布的北方飛來白色北極蛇龍，牠們頭上長著獨角獸般的角，劍齒拉車龍也來了，就連噴射骨矛的巨魔龍也難得來到南方，加入戰爭。

最可怕的是來自海洋深處的怪獸：鯊龍鋸齒狀的背鰭切割海面，儘管沒有夏季洋流，牠們還是來到北方寒冷的海域。

闇息龍平時棲息在黑暗的海底，牠們的心臟隨恐怖的陰寒慢了下來，心中存有對光明的渴望。索爾雷龍噴吐一道道劈啪作響的雷電，攪得海水形成滔天巨浪，海灣中的巨浪差點淹沒小小的礁岩。

擁有許多隻眼睛、身軀龐大嚇人——幾乎和龍王狂怒一樣大——的奧丁夢魘龍，用眼睛的光束打亮天空，將一種奇怪的黑色物質釋放到水中，接著點燃黑色物質，整片強盜灣化作貨真價實的火海。

「龍族違規！」偉大的史圖依克大叫。「大家快騎上馱龍，準備去作戰！我的兒子自己一個人在那裡，他需要我們！」

維京人匆匆騎上馱龍。

他們也形成一支數量驚人的軍隊，戰士們騎著龍，桀驁不馴地尖聲吼叫，邊射箭飛上戰場，邊發出駭人的戰吼。

有些凶猛的龍族選擇加入人類這一方，一些是智力較高、忠於人類主人的龍，一些是智力較低、習慣聽令或害怕人類的龍。

葛倫科、沼虎、赤虎龍、牛壯龍、火箭撕龍、惡魔僧、致命納得、普通花園龍、基本棕龍、憂鬱龍、雙頭呆龍，還有皮粗肉厚、能一次載十個維京人上戰場的八腳戰龍，以及載著主人或飛在主人身旁、對敵人噴火的牛守奴龍。

史圖依克騎牛壯龍，瓦爾哈拉瑪騎銀幽靈，殘酷傻瓜族長牟加頓與其他龍之印記部族、由凶殘瘋肚代替阿爾文統帥的阿爾文軍團——惡徒部族、歇斯底里部族、痛揍蠢貨部族、維西暴徒部族、危險凶漢部族、狂戰部族與醜暴徒部族。野蠻芭芭拉騎著她的明翼龍，黑貓平衡在龍的頭上。

還有來自遠方的人類：流浪者部族、流放者部族、無名部族，當然還有大英雄超自命不凡、他太太大英雄鬧脾氣，以及十位未婚夫。

人類也準備了可怕的武器。

戰斧、長矛、弓箭、長劍，這些是必備品。

之前阿爾文和阿爾文軍團駐紮在琥珀奴隸國的大堡壘——烏心監獄——每晚被龍族叛軍襲擊，不得不開發可怕的新武器，用來保衛要塞。

熔岩粗人島的懸崖上，巨大的投石器朝漸漸逼近的龍族叛軍發射岩石，還投出碰撞時會爆炸、造成恐怖傷勢的奇怪球體。

就連駭人的怒噴龍、野凶龍和挖腦龍被那些炸彈擊中，也會尖叫著從空中摔下來。

人類聰明的腦袋如果用來發明武器，就能發明出如此有破壞力的武器。

「我看見未來了！」龍王狂怒大吼。「我們若不毀滅人類，那就太遲了！你們看，現在『已經』太遲了！」

「不！」小嗝嗝大喊。「最終決戰，最後的戰役……躲在地下樹屋那陣子，我夢到這場戰鬥……這是我最不想看見的景象。」

他努力往前爬，急切地試著站起來，沒牙則緊緊抱住他不放，就和很久很久以前他們在博克島家中那張小床上睡覺一樣。小嗝嗝感覺到牠扭來扭去的體溫，打從心底希望這不會是最後一次和沒牙相擁。

拜託，小嗝嗝默默祈求。**拜託不要讓龍族滅絕……**

我不想活在沒有沒牙的世界……

我不想活在無法騎著風行龍飛到天上摸星星的世界，不想永遠在泥地裡爬行……

天空似乎也明白這一刻的重要性，雷雨雲聚集在一起，你很難分辨天上的閃電究竟來自烏雲，還是龍王狂怒、奧丁夢魘龍或索爾雷龍。

「給我給我給我給我！」阿爾文笑嘻嘻地說。他興奮到一時間忘了注意安全，

不不不不不不不！

攀在隱龍的脖子上扭動身體，高興地伸長手臂。

隱龍也十分得意，牠轉頭將龍族寶石交給阿爾文。

「寶石……」阿爾文心滿意足地嘆了口氣。「真正的龍族寶石，終於在我手裡了！」阿爾文緩緩露出不懷好意的笑容。「而且現在，我知道它的祕密了。我只要打破寶石，龍族就會永遠消失！」

「親愛的，做得好！」巫婆柔聲說。「我就說我們做得到。」

然後……

「糟糕……」她發現龍族叛軍就快飛過來了，要是其中一股龍火或雷電擊中隱龍，牠可能會嚇得失去隱形能力。

「快點！」巫婆催促道。「快把寶石弄破！」

阿爾文把寶石敲在隱龍堅硬的背鰭上，但背鰭不夠硬，寶石沒有破裂。他敲得稍微用力一些，卻還是什麼事也沒發生。

「破掉！破掉！破掉啊！這個爛東西！」阿爾文嘶聲說。他全力敲打寶石，琥珀卻連一個角也沒缺。

「打破它！阿爾文，快打破它！」巫婆尖聲說。她焦急到一口咬在阿爾文肩膀上。「你在猶豫什麼？」

「妳這隻老蝙蝠，它哪有那麼容易打破！」阿爾文氣呼呼地罵道。

阿爾文緊緊握住寶石，試著用另一條手臂的鉤爪撕扯它，但是隱龍突然轉了個彎，阿爾文的手臂沒有瞄準好，鉤爪沒有刺中寶石，反而一鉤插在他自己的手掌心。

「好痛！」阿爾文痛呼。

當你騎在高速飛行、左右閃躲閃電的隱龍背上，打破寶石這件事一點也不容易。

你有沒有試過被野狼追趕的同時，側身騎馬、徒手掰開牡蠣？這就像阿爾文現在的處境。

「可惡！」阿爾文咒罵道。「我需要『核桃鉗』！」但他當然沒有隨身攜帶核桃鉗，他再怎麼喊也沒有用。

他把寶石塞進嘴巴，試圖將琥珀咬碎，還把一顆牙齒給嗑斷了。

「我的老索爾啊，」阿爾文大罵。「這東西真是莫名其妙。」

他快沒時間了。他必須盡快打破這顆可惡的寶石，最好的方法應該是用兩樣堅硬的物品把它夾在中間敲碎，現在阿爾文滿腦子想著把寶石放在地上，用靴子將它一腳踩碎。行得通，他從以前就是這樣把貽貝壓碎的。

「隱龍！你降落在礁岩上那塊很多石頭的地方，離小嗝嗝男孩越遠越好！」阿爾文命令。

美麗的隱龍很聽話，牠優雅地降落在礁岩上。阿爾文從龍背上跳下來，巫婆則繼續蹲伏在牠的背鰭之間，手裡緊握著暴風寶劍。

阿爾文興奮顫抖的手指，將龍族寶石放在岩石上。

他抬起穿著靴子的一隻腳。

小嗝嗝看見他了。

他奸惡的身影，映在燃燒熊熊大火的海上。

但是阿爾文距離小嗝嗝太遠，小嗝嗝全力在溼滑的海草上奔跑，卻還是來不及阻止他。

「**狂怒！**」小嗝嗝絕望地呼喊。

狂怒要是聽到了，肯定會出手。

但是小嗝嗝的聲音太過細微，而且人類與龍族軍隊已經在礁岩上空展開血淋淋的戰鬥。龍王狂怒在天上遭到人類勢力攻擊，焦急地在煙霧與雷電中尋找隱龍與龍族寶石的蹤影，卻沒有聽見小嗝嗝微小的叫聲。

「**背信與背叛！**」龍王狂怒嗤氣說。「**背信與背叛！**」

阿爾文的靴子快速往下一踩。

阿爾文的靴子
快速往下一踩……

第二十四章　我有沒有說過，該來的果報終究會來

但在阿爾文的靴子踩到寶石前一刻，他猛然被撞歪，彷彿自己也被命運踢了一腳。

小嗝嗝眨了眨眼睛，不敢相信自己看見的畫面。

但事實就是，小嗝嗝清楚看見阿爾文用力往寶石一踩，下一秒突然飛到空中，又驚又怒地「嗚！」一聲，落在離剛才二十英尺的岩石上，被隱形的力量壓在地上。

小嗝嗝目瞪口呆地看著阿爾文上方的空氣化為三頭死影，死影用前腿壓住

阿爾文，神楓和魚腳司則坐在龍背上——神楓還敬了個沼澤盜賊勝利禮。

剛才在海崖上，神楓視力極佳的沼澤盜賊眼睛看見巫婆與阿爾文騎隱龍溜走，於是和魚腳司騎著三頭死影跟了上去。

一隻隱形的龍，跟蹤另一隻隱形的龍。

該來的果報，終於追上了奸險的阿爾文。我就說吧，該來的果報終究會來。

三頭死影背上的魚腳司有非常多問題想問他。

「寶石……寶石說不定沒事……阿爾文的靴子應該沒踩到它……」小嗝嗝喘著氣說。「感謝索爾，感謝奧丁，感謝弗蕾亞亂糟糟的辮子！」小嗝嗝邊喊邊用盡全力抱緊沒牙——可愛的小沒牙還活著，牠興奮地用分岔的小舌頭亂舔小嗝嗝的臉。

小嗝嗝雖然很努力，還是沒辦法在又溼又滑、長滿海草的岩石上快速前進。礁岩上空亂成一團，恐怖的最終決戰正在進行，龍爪抓在盾牌上，箭矢射

情緒激動的時候，魚腳司容易進入狂戰士模式

在龍皮上，人類與龍族驚恐地尖叫。

「沒牙，快趁別人來搶寶石之前，去把它撿回來。」小嗝嗝氣喘吁吁地說。

沒牙興奮地尖叫一聲，飛過去撿暴露在礁岩上的龍族寶石。

神楓從三頭死影背上跳下來，也跑去檢查寶石的狀況。魚腳司也爬下龍背，準備質問不停掙扎、不停咒罵的阿爾文。

魚腳司情緒非常激動，而情緒激動的時候，他容易進入狂戰士模式。感覺到自己臉上浮現過度興奮的紅疹，他的心情變得更複雜了。

「這十五年來，我一直尋找自己的家人。」魚腳司低頭看著阿爾文，阿爾文在三頭死影鋼鐵般的爪子下掙扎。「我找了十五年，想了十五年，不得不說，我作夢也沒想

過我父親居然是『你』……」

「不管你說什麼，我都不承認！」奸險的阿爾文破口大罵。「放開我！我要去打破寶石！」

「我一點也不喜歡你，」魚腳司說。「我父親怎麼會是我一點都不喜歡的人？」

「這不奇怪，我也恨我母親，恨了好幾年。」阿爾文憤恨地說。「還有，說到母親，她倒是有一句話說對了：現在沒時間管那些扭扭捏捏的想法。我是來執行任務的，所以麻煩你叫這隻醜八怪三頭怪龍移開牠壓著我脖子的爪子，牠的口臭實在太臭，我都快吐了……」

「**如果我們把你的頭扯掉，你還吐得出來嗎？**」傲慢柔聲問。

阿爾文聽得懂一些龍語，聽見傲慢的話，臉色瞬間刷白。

「你一定有優點的吧。」魚腳司滿懷希望地說。「你喜歡作詩嗎？」

「我最討厭詩詞了。」阿爾文咬牙切齒說。「我恨詩人。我恨臉長得像被人踩過的黑線鱈的男孩，而且我告訴你，要是我有你這樣的弱崽兒子，我一定會搶第一個把他塞進龍蝦陷阱、丟到海裡。我們流放者部族有一句俗話：『怪胎全部拋棄，部族才令人畏懼。』弱崽就只有被丟棄一個下場。」

可憐的魚腳司面無血色，彷彿被阿爾文打了一拳。「是啊，我們毛流氓部族也有類似的說法：『只有強者能留下……』」他難過地說。「那我母親呢？你為什麼拋棄她？」

「真是的，那些女生都煩死了。」阿爾文齜牙咧嘴。「我從以前就長得很帥，我們奸險家族也很會說甜言蜜語，有哪個維京人小姑娘異想天開，想用『我好愛你』這種爛藉口綁住我，這能怪我嗎？可是她們怎麼能綁住前途無量的我？」

「你不是跟她結婚了嗎！」魚腳司大聲說。

「我那時候手指交叉，」阿爾文回答。「那不算真心發誓。」

狂戰士的怒火真的延燒到魚腳司的腦子裡，他氣得全身發抖，連眼睛也發紅發癢。他雙眼直冒眼淚，鼻水也流個不停。

「死影，放開他！」他大吼。

「**你確定？**」無辜失望地說。

「奸險的阿爾文，你這個虛偽的黃肚軟體動物！」魚腳司邊吼邊動作華麗地拔劍，以一個進入狂戰士模式的人而言，他已經非常莊重了。「你拋棄我的母親，害她心碎、病死，我要跟你決鬥！」

三頭死影不情願地放開阿爾文，阿爾文立刻跳起來，拍了拍袖子，彷彿衣服被三頭死影汙染了。

「我可是真正的西荒野國王，」阿爾文冷笑著說。「國王才不跟『弱崽』決鬥。但是啊，小弱崽，我們來測試看看你是不是貨真價實的奸險之人好了。」

阿爾文張開雙臂。

「殺死我。」阿爾文輕聲說。「我給你一次機會，我絕對不會還手。你看，我根本沒有拔劍。殺

死我啊……」

狂戰士的憤怒流淌在魚腳司血液裡，和毒藥一樣火熱又猛烈，但無論魚腳司再怎麼憤怒，也無法一劍殺死阿爾文。

怒火離開他的身軀，他垂頭喪氣地站在那裡。

阿爾文靠上前，鐵面具直接湊到魚腳司面前。

「你看，」阿爾文柔聲說。「如果是『奸險一族』就做得到。『你』不是奸險之人，而是沒有姓氏的意外。」他轉身背對魚腳司，輕蔑地一甩斗篷，大步走

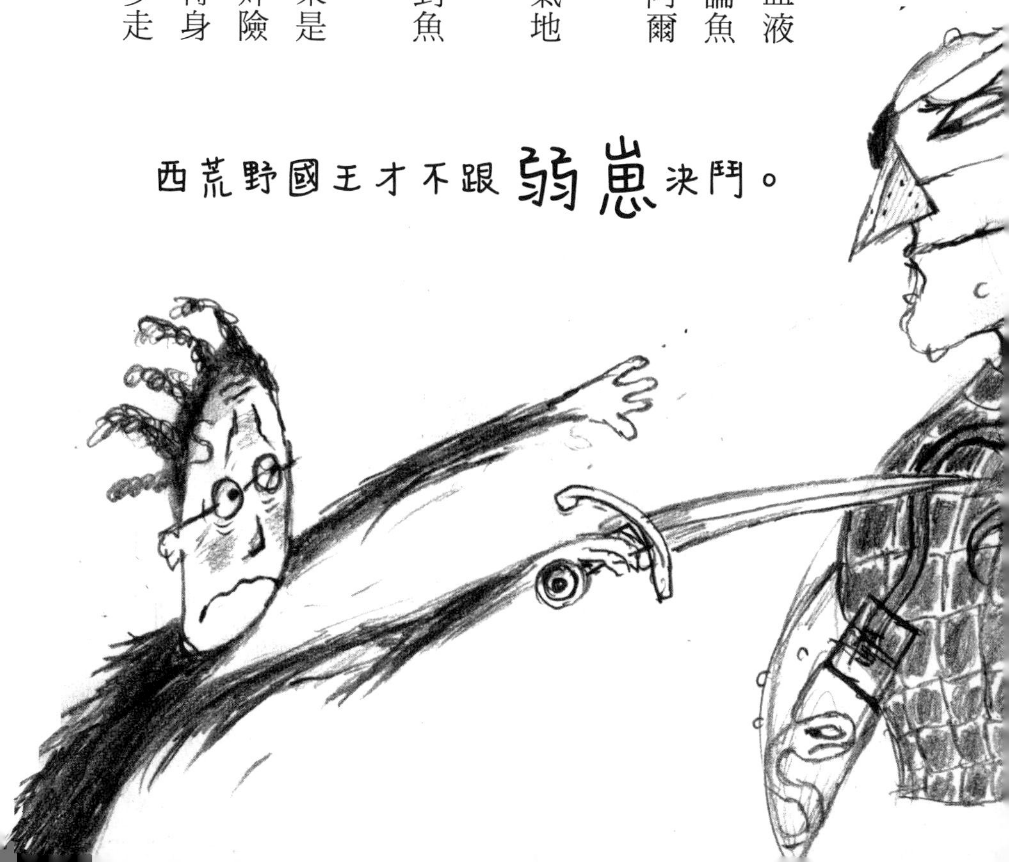

去尋找寶石。

魚腳司很慢、很慢地抬起頭來。

他對父親的背影大喊：「你說得沒錯！我不是奸險之人！奸險的阿爾文，你沒資格和我斷絕關係！我才要和你斷絕關係！

我是無姓氏魚腳司，
無姓家族的第一人！

你不是我父親！我否定你！我現在就把你放進我想像的大龍蝦陷阱，把你丟到海裡！

「我是無姓氏魚腳司，無姓家族的第一人！」魚腳司朝烏雲密布的天空揮拳，強調這句話。「我這個無姓家族的口號就是……『我們歡迎所有人！』」

他發現這句口號有漏洞，趕忙補充道：「……除了『你』——奸險的阿爾文——之外的人，我全都歡迎！你是我這個部族的『流放者』！」

神楓還沒找到寶石，她焦急地在岩石上跑來跑去，努力尋找寶石。沼澤盜賊都沒什麼耐心，邊找邊喃喃自語：「它到底跑去哪裡了？老實說，就算我看到那個東西，我應該也認不出來……」

沒牙也過來一起找寶石，牠比神楓更沒耐心，所以牠煩躁得快哭出來了。

「沒、沒、沒牙討厭笨寶石，討厭長得跟這顆笨笨礁、礁、礁岩上其他石頭一模一樣的笨寶石……」

同樣要去尋找寶石的阿爾文邊跑邊回頭對魚腳司喊道：「『奸險之人』現在

會從背後捅我一劍。我不知道你是誰，反正你不是我兒子！」

魚腳司動也不動地看著阿爾文跑遠。

「我在搞什麼啊？」他小聲說。「我從以前就不擅長維京人撞來撞去、哼來哼去、刺來刺去、殺來殺去的。我的雷神索爾啊，我喜歡彈『豎琴』耶，就算是進入狂戰士模式，我也沒辦法下殺手。」

「那是因為你像你母親。」無辜輕聲說。牠把鼻子靠在魚腳司臉邊安慰他。

「你和她長得一模一樣，」耐心說。「這也是我們深深愛你的原因之一。」

「『她』很愛作詩。」傲慢說得很簡單。「她很愛唱歌、很愛笑。魚腳司，如果她能看到今天的你，一定會和我們一樣以你為傲。」

魚腳司聽不懂牠們的話，但他抱住死影的三顆頭，將臉埋到傲慢的脖子旁。

「現在，你是我的家人。」魚腳司說。

「是的。」「是的。」「是的。」無辜、傲慢與耐心異口同聲地嘶聲說。「我們永遠是你的家人……」

上空傳來可怖的尖叫聲，絕望、恐怖的叫聲令人毛髮直豎，彷彿滿頭頭髮都被人從根部拔起。那個聲音能讓人打從靈魂深處感到畏懼。

阿爾文靜止片刻，看見俯衝下來的東西時驚恐地大叫一聲。

明日島龍族守衛衝向阿爾文……

那是牠們在空中疾速飛行時發出的可怕聲響，牠們從空氣飛入火焰又回到空氣中，聲音與身體也跟著發生變化。前一秒，牠們還是瘋狂呼嘯的龍捲風，下一秒就化為熊熊燃燒的子彈，俯衝的速度快如閃電，你只能隱約看見牠們的輪廓。

剛才牠們還悠哉地飛在大氣層上層，確保人類與龍族遵守一對一決鬥的規則。

牠們看見阿爾文與巫婆溜進決鬥圈，看見牠們攻擊龍王狂怒，看見阿爾文偷走龍族寶石。

「他破壞了一對一決鬥的規則！」明日島龍族守衛們呼嘯著以不可思議的高速俯衝。「來吧，命運，來吧，龍族武神，來吧，可愛的宿命貓咪！『我們』知道破壞蠻荒群島律法者，將面對何種命運，因為『我們』就是那個命運……」

「抓住他——！」

明日島龍族守衛的飛行速度太快，以致牠們抓住阿爾文的鉤爪將他拋到空中時，他彷彿被一陣旋風捲起。牠們像爆炸的炸彈似地撞上礁岩後彈開，抓住害怕地大吼大叫的阿爾文，帶著他不停不停往上飛……

明日島龍族守衛用鋼鐵般強而有力的爪子抓住奸險的阿爾文，帶著他不停不停不停地往上飛，讓他脆弱的人類肉體溺斃在大氣層上層的寒冰與火焰之中。阿爾文再也不能回到地表，即使回來了，也是以塵埃或紫雨的形式從天而降。

奸險的阿爾文常說，要殺死奸險之人非常困難。以他而言，這句話再中肯不過。

陰森翳的棺材陷阱沒能殺死阿爾文

（他失去了一隻

手）；恐絞龍將他吞下肚，也沒能殺死他（他失去了全身的毛髮）；掉進瘋狂捕食的鯊龍群，他也沒死（他失去了一隻眼睛和一條腿）；一條火龍將他吞下肚後鑽進火山，他也活下來了（他失去了鼻子）；掉進熊熊燃燒的狂戰島森

林，他還是沒死（他和母親久別重逢，感染了皮膚病）。

但就連「阿爾文」也無法再活下來了。

每次遭遇不幸，阿爾文都會責怪小嗝嗝，因此他被帶上虛無、冰與火的高空時，你可以聽到他大叫：

「小嗝嗝・何倫德斯・黑線鱈三世，這全都是你的錯——！」

接著，他死了。

「他死了……」神楓張口結舌地往上望。「不會吧……他真的死了……這次，我真的、真的覺得他不會再回來了。就算是阿爾文也不可能活下來。哇，我必須說，沒有比這個更壯觀的死法了，能這樣離開世界也滿厲害的……」

魚腳司覺得自己彷彿被捲走阿爾文的旋風重擊，一時間無法消化這一切。

他花了十五年（還有十二本回憶錄）尋找父親，好不容易找到父親了，卻發現親生父親是全蠻荒群島最奸險、最邪惡的人。

有些冒險就是這麼出人意表，有時你會失望，有時又會發現驚人又可恨的真相。

阿爾文備用的鉤爪落到礁岩上，他被龍族守衛帶往高空時，眼罩也鬆脫了。眼罩如陰險的黑色蝴蝶，從空中翩翩飛落，隨風轉了幾圈之後落在離魚腳司幾英尺處。魚腳司撿起眼罩，塞進背心口袋。

他晚點再來思考這件事。

沒牙興奮地短促尖叫，牠瞥見龍族寶石了，寶石躺在岩石堆中一汪水灘裡，閃閃發亮。

「沒、沒、沒牙找到了！沒牙是天、天、天才！沒牙超棒！沒牙是全宇宙最厲害的尋寶專家！」牠得意洋洋、蹦蹦跳跳地跑過去。

但就在沒牙撿到龍族寶石之前，在上空和人類奮戰的龍王狂怒隔著煙霧、火焰與尖叫著戰鬥的人類和龍族，望見礁岩上的情況。牠眼力非常好，即使站在山頂也能看見在海底游泳的一條魚，現在牠看見水灘中，琥珀小小的閃光。

龍王狂怒的手爪伸下來拿龍族寶石……

砰！

……就在沒牙拿到寶石之前，牠搶先奪走寶石，激起一大片水花，淋得小龍全身溼答答的。

「**大惡、惡、惡霸，你怎麼可以這樣！**」龍王狂怒的巨爪帶著龍族寶石上升時，沒牙氣鼓鼓地抱怨。

第二十五章　憑什麼要我相信你？

龍王狂怒撿起寶石。

阿爾文死了。龍族寶石完好無缺，安安穩穩地被龍王狂怒握在手裡。

問題是，阿爾文和巫婆是不是毀了一切？小嗝嗝還未著手實現新西荒野王國夢想，夢是不是就被巫婆與阿爾文奪走了？

海灣上方，人類與龍族的最終決戰打得火熱，一如寓言。空氣充斥著金屬與龍牙相撞的可怕聲響、火焰的氣味及人類與爬蟲動物的慘叫聲。

小嗝嗝在過去十二場冒險的努力，他所珍視的一切，是不是在最後一刻被奪走了？

「快住手！」小嗝嗝無助地抬頭對龍王狂怒吶喊。「住手啊！阿爾文已經死了！龍族寶石在你手裡！我們不必再戰鬥了！」

但是龍王狂怒仰起頭，對天空發出憤怒、痛苦的吼叫。

牠明亮的眼睛轉向小嗝嗝。

「不必？『不必』？」

龍王氣得全身發燙，複雜、矛盾的情緒在心中激盪，牠氣得連皮膚都燒了起來。牠低頭注視著小嗝嗝，張嘴發出熾熱、狂暴的吼叫聲，小嗝嗝被震得整個人往後飛。

「我剛才為什麼猶豫？我為什麼要相信你？我為什麼下不了手？你看看你們人類是什麼德行！你們的承諾沒有任何價值，反正那種邪惡的人類一直在旁邊等著，等著汙染你的每一句誓言！

「憑什麼要我相信你？既然人類無法改變，你憑什麼要我和你們談判？」

小嗝嗝躲在強盜礁的小岩縫中，龍王煩躁地撕扯他附近的岩石。

「你看看我們把我們的世界搞成什麼樣子！」小嗝嗝大喊著揮手示意焦黑的四周。「你看看我們的朋友、我們的同伴，在戰鬥中受傷、死去！」

龍王似乎沒在聽，牠專注地破壞礁岩，小嗝嗝則沒命地逃跑，彷彿自己是隻在老鼠窩裡逃竄的小老鼠，而龍王是復仇心切的貓。

龍王狂怒終於抓住小嗝嗝，把他舉到巨大的頭顱前。

「狂怒，我知道你猶豫的理由，那是非常好的理由。」小嗝嗝大喊。

他用力拉扯龍王的爪子，卻徒勞無功，只能任龍王將他往上舉。

「什麼理由，你告訴我。」龍王狂怒凶惡地說。「你看看我，你看看我的猶豫、我這份愛的詛咒，為我帶來什麼下場。

「我的龍族大軍正在最終決戰中奮鬥，現在在我看來，他們『應該』奮鬥，他們應該窮盡畢生的憤怒，用尖牙利爪和你們人類奮鬥。

他們不該像我那樣遲疑，不該給人類傷害他們的機會。你告訴我，我為什麼要現在中止龍族叛亂？」

小嗝嗝淚流滿面。「請聽我說……」小嗝嗝說道。這是他最後的機會了。他心知肚明。

「請暫時停止赤怒，」他哀求道。「暫時休戰，聽我說話——」

龍王狂怒發出低沉的嘶聲。「小嗝嗝，言語不能改變事實，也不能改變人類或龍族的本性。你難道沒有從那個阿爾文男人身上學到教訓嗎？」

「不對，」小嗝嗝說。「言語能改變一切。請聽我解釋，」小嗝嗝央求道。「給我一點點時間，給我一點點解釋的時間……我求你了，請為你曾經愛過的小嗝嗝二世，給我一點時間。」

每當小嗝嗝說出那個名字，龍王狂怒就會全身顫抖。

龍王朝四面八方發射雷電與致命龍火，讓憤怒傾瀉而出，宛如要燒盡全世界……但是，牠還是沒辦法對小嗝嗝下殺手。

牠輸了。牠知道自己輸了。

「我被過去的我出賣了。」龍王終於開口。「你毀了我，我再也沒法親手殺死你，因為我的心不准我殺你。但是，這不表示我會命令部下撤軍。

「我會暫時休戰，但我什麼也不保證。即使聽完你的說詞，我還是可能命令他們繼續戰下去，因為我們已經走投無路了。我們龍族已經到了破釜沉舟的境地，那乾脆在死前盡可能殺死你們人類……」

感謝索爾，感謝索爾……

「狂怒，我明白了。」小嗝嗝說。「請給我一分鐘，那之後你要做什麼就請便吧。」

狂怒將小嗝嗝放回岩石上，接著仰頭吐出一股龍火，宛如駭人的火焰噴泉。

「**休戰！**」龍王狂怒尖叫。「**暫時休戰，聽從領袖的指示！**」

強盜灣裡，野凶龍、挖腦龍、索爾雷龍等浩浩蕩蕩的龍族大軍聽從領袖的命令，心不甘情不願地停下動作。

「**聽從龍王的命令！**」龍王狂怒高呼。「**小嗝嗝三世——人類國王——有話要說。**」

原本嘶吼、奮鬥、亂成一團的龍族叛軍不甘願地閉上火孔、收回長牙，牠們忿忿不平地飛在空中，隨時準備接續方才的戰鬥。

人類軍團也停下動作，暫時收起刀劍，緊張兮兮地左顧右盼。

「我們幹麼休戰？」維西暴徒超惡邪問道。「這些龍想殺死我們所有人耶。」

小嗝嗝試著讓瘋狂鼓譟的心臟平靜下來。

他不能說錯話。

「**暴飛飛，**」小嗝嗝悄聲對神楓的心情龍說。「**我接下來要用龍語說話，能不能請妳為人類同步翻譯？**」心情龍暴飛飛不僅會說龍語，還會說人類的諾斯語。

現在，小嗝嗝有機會發言，有機會改變龍王的心意。

他清了清喉嚨。

「請看看我們對這個世界造成的破壞。」小嗝嗝說。

龍族與人類環顧四周焦黑、冒煙的群島。

「這場戰爭、這場災難、這些暴力，全都沒有任何用處。」小嗝嗝接著說。「即使你們現在殺死我，即使龍族在最終決戰中獲勝，贏過我的維京人朋友與盟友，你們也會在戰鬥中失去許多龍族同伴，而且事情不會就這麼結束。

「羅馬帝國就在南方，他們有全副武裝、冷血無情的軍隊，狂怒，你們很有可能輸給他們。你們要想贏過全人類，已經太遲了，羅馬人開發出可怕的武器。而且，就算你們消滅羅馬，還會有更多人類……千千萬萬的人類……

「殺死這麼多人之後，你們還得繼續殺下去，不停殺戮、殺戮、殺戮，在血流成河的世界上不停戰鬥，因為就算世界上只剩一個人類，那個人也會為戰爭中喪命的兄弟姊妹奮鬥。」

小嗝嗝的手心都是汗，他用防火衣抹了抹手，卻只抹得滿手海草。

「狂怒，全面戰爭就是這個意思。」他接著說。「不管你怎麼說，我還是知道你和你的龍族同胞不是怪獸，你們總有一天會疲倦，總有一天會不想再破壞下去。

「狂怒，你想想看，」小嗝嗝說。「不再燒毀東西，不再聞到村莊焚燒的臭味，不再因為受傷而疼痛，不再為親朋好友死亡而哭泣。

「不再戰鬥。

「龍族叛軍所有的龍能回到自己家，自由自在、開開心心地在北方冰雪中游泳，你可以一直往上飛、飛、飛到高空，呼吸乾淨冰冷的空氣，和小鳥一樣快樂。你可以回家。那不是很好嗎？」

「唉，回家……」狂怒嘆道。

回家。

狂怒明白，龍族叛軍和他一樣，早就用盡了憤怒與復仇之心，現在牠們必須想辦法讓自己生氣才能繼續戰鬥下去，所有龍都好累、好累。

牠們的肌膚因一千道劍傷而刺痛，人類的刀劍長矛雖小，卻仍令牠們全身刺痛，泡過海水的感覺像被心存惡意的蚊蠓到處叮咬過一樣。

牠們渴望休息，渴望安安穩穩地沉眠，不必隨時保持警戒。

牠們受夠了焦黑大地的惡臭。

龍族叛軍受夠了戰爭。

而在牠內心深處，龍王狂怒也知道男孩說得對。

龍王狂怒和牠的部下再怎麼強大，若牠堅持戰鬥下去，還是有可能敗北。

在此之前，牠一直不願意承認這件事，甚至不願意對自己說真話。即使血流成河，即使經過這麼多暴力、這麼多苦難，牠們還是有可能失敗。

「狂怒，全面戰爭不能解決問題。」小嗝嗝靜靜地說。「再這樣下去，龍族永遠不會有止血的一天。

「寶石就握在你手裡，再安全不過。」

龍王狂怒不安地握緊寶石，安慰自己。

「你看！」小嗝嗝三世指著自己的額頭說。「這個龍之印記象徵人類和龍族的兄弟情誼，我願意以西荒野國王的名義，對這個印記發誓：西荒野王國再也不會有龍淪為奴隸……」

龍王愣了一下，因為每每看見龍之印記，牠都會想起小嗝嗝一世。

「而且，我會窮盡畢生之力，打造一個比現在更好的新世界。」小嗝嗝說完了。

一人一龍沉默了很久、很久，龍王狂怒不安地連連嗤氣、對天空發射雷電、攪動強盜灣的海水，還狂亂地左右擺頭。海水被牠攪成一片白沫。

這是因為龍王在和自己掙扎，牠知道自己已經輸給自己了。

牠遙望過去、現在與未來，嘆息了一聲。

剛才沒牙跳出來保護主人時，狂怒心中有一扇門開了，它再也關不起來。

「擁有我愛的名字的男孩啊，你的舌頭和我們龍族一樣靈巧，」龍王悄聲說。「你用言語魅惑了我。

「我會再給人類一次機會。

「再給你們一次擲骰子的機會。

「我不認為你能成功，但我會給你一次機會，讓你建造你所說的新世界。」

說完，牠心中最後的憤怒淡去了，眼中的火焰化為小火苗。

龍王狂怒露出微笑——牠笑得苦澀而疲倦，但那終究是笑容。

牠已經很久很久沒笑了，所以牠花了好一番工夫才憶起「笑」的感覺，不過最終，龍王嘴邊滿是傷痕與硬疤的皮膚往上捲，變成有點像笑容的模樣。

「我就知道！」奧丁牙龍欣喜若狂地尖叫。「我就知道！」

我會打造一個
配得上我們
兩個種族、
配得上我們
無窮
可能性
的新世界！

「龍族兄弟們！」龍王狂怒大吼。「聽我的號令！終結龍族叛亂！寶石現在安安全全地握在我手裡，我準備和人類的國王達成協議！」

於是，在聖誕末日、在這塊礁岩上，西荒野王國的小嗝嗝國王與龍族之王狂怒，對彼此立下誓約。

「我以額頭上這個印記發誓，」小嗝嗝對龍王鞠躬，無比嚴肅地說。「我會窮盡畢生之力建造比現在更好的新世界，一個配得上我們兩個種族的新世界——而且不光是配得上『現在』的人類與龍族，還要配得上我們無窮的『可能性』。我以君王的名義，對身為龍族之王的你立下誓約。」

龍王也對小嗝嗝垂下疤痕滿布的巨大頭顱，盡量提高音量讓所有龍族與人類聽見牠說的話。

「我發誓：我將終結赤怒與龍族叛亂，窮盡牙與爪的力量，讓我的龍族兄弟與人類和平共處。我以君王的名義，對身為人類國王的你立下誓約。」

龍王狂怒朝小嗝嗝伸出一根爪子，溫和地對沒牙說：「無牙小海龍，請讓開。你是拯救了人類兄弟的英雄，但現在你不用再擔心，我不會再傷害他了。」

龍王狂怒用爪子輕輕撕破防火衣時，沒牙驚叫一聲。狂怒在小嗝嗝心口的疤痕上方輕輕一劃，剛好劃破皮膚，讓一點點鮮血流出來。

牠將同一根利爪舉到自己胸前，同樣劃破皮膚、沾到鮮血。人類與龍的血液在龍王狂怒的爪子尖端交融。

「小嗝嗝三世，我們現在是結義兄弟了，」龍王狂怒說。「就如從前的我與小嗝嗝二世。

「然後……

「『用鮮血立下的誓約，就是永不能反悔的誓約。』」

龍王深深、深深嘆了口氣，不知是因為絕望、寬慰還是恐懼。

「是愛出賣了我。」牠對奧丁牙龍說。「希望你的男孩值得這一切。」

「愛不可能不值得。」奧丁牙龍回應道。

「龍族叛亂就此終結！」龍王狂怒用全力大吼。「準備迎接和平！」

「龍族叛亂結束了！」小嗝嗝高呼道，興高采烈地舉起拳頭。嚴肅的時刻結束了，他滿心狂喜地跳起來，擁抱瘋狂翻筋斗的沒牙與開心地在空中扭動的老奧丁牙龍。

海灣響起眾人的呼聲。

「龍族叛亂結束了！」

「龍族叛亂結束了！」

「龍族叛亂結束了！」

「太不可思議了！」偉大的史圖依克震驚無比，差點從他的牛壯龍——阿雷——背上摔下來。「小嗝嗝成功了！他成功了！龍族叛亂結束了！」

「我就說吧，我就說我們的兒子能成功。」偉大的女戰士瓦爾哈拉瑪說。史圖依克從他的馱龍背上靠過來，隔著兩隻龍之間的空隙抱住她，她也像小女孩一樣粲然一笑。

「他成功了！他成功了！我『就說』他能成功的！」神楓狂喜地尖叫。她身旁的魚腳司也開心地在礁岩上手舞足蹈。

大家鬆了口氣，放聲歡呼，歡呼從人類傳到龍族，從龍族傳到人類，強盜灣周圍的海崖一次次迴響人與龍的歡慶聲。聲音一路傳到冰冷、熾熱的大氣層上層，明日島龍族守衛紛紛悠然重複眾人與龍族的話語，而地上的草叢中，齊格拉斯提卡與牠的奈米龍臣民也滿心喜悅地重複道：

「龍族叛亂結束了，結束了，結束了……」

龍族叛亂結束了！！

巫婆的恨沒有消失，它像永不停歇的時鐘，一直持續下去

第二十六章　誓言

真是美好的一刻！

小嗝嗝居然能排除萬難，完成不可能的任務——他不僅當上西荒野新王，還中止最終決戰，以和平的方式終結了龍族叛亂。

然而，接下來發生的事，卻是我不願意寫下的事。

歡欣慶祝的龍族與人類，都忘了巫婆的存在。

巫婆從剛剛就像隻白色青蛙，一直躲在暗處，躲在隱龍隱形的背鰭之間。

她親眼看見寶貝阿爾文的王國被人奪走，看見他被明日島龍族守衛處死。

她一輩子的努力，全都付之東流。

這全是那個小嗝嗝男孩的錯。

巫婆握著暴風寶劍躲在那裡，心裡只有一個想法：殺死小嗝嗝。

我們剛才看到，曾經愛過和被愛過的人與龍，永遠不會忘記那份愛。然而有些人一旦恨過，就再也不會忘記那份仇恨。巫婆的恨並未消失，它像永不停歇的時鐘，永恆地持續下去。她將仇恨像寶貝一樣護在心中，高舉著暴風寶劍衝上前，像女武神般低聲對自己唸誦甜美的仇恨與復仇的詛咒。

「隱龍，飛近一點，」巫婆悄悄地說。「在他身旁降落。我要離他很近很近，近到可以抱住那個男孩，近到可以從你背上跳下去，在那隻小老鼠發現之前將這把劍刺進他的心臟。

「這是我們復仇的時刻，」巫婆柔聲說。「暴風寶劍啊，你是不是也知道復仇的時刻來了？你喝過小嗝嗝二世的血，現在你渴望小嗝嗝三世的血……

「歷史會一次次重演……」巫婆憐愛地小聲說。「歷史會一次次重演……歷史會不停不停重演……」

礁岩上，人類與龍族高興地歡慶，人類擁抱龍族、龍族擁抱人類，全世界都在跳舞慶祝。

龍王狂怒抬起碩大的頭，對天空射出一道道閃電。

「和平！」龍王大吼。

「和平！」人類大吼。

憤怒的巨龍甚至看起來像是想起了和平的方法，牠再次露出笑容，烏雲密布的眼睛也靜了下來。

但在這時，龍王狂怒往下一看，眼角瞥見空氣中一閃而過的閃光。

那是什麼？

牠猛然抬頭。

小小的閃光又出現了，那是陽光反射在某樣移動中的物體上。

龍王瞇起眼睛。

雷神索爾和他的震世龍啊，那到底是什麼？

又來了，一個閃亮的點，像是在對牠眨眼。

偉大的分岔舌巨龍啊！那是反射在劍尖的陽光！有一把劍飄在空中！

沒錯，那的確是一把劍。巫婆急著殺死小嗝嗝，太早拔出暴風寶劍、將它高舉在頭上，劍尖高出隱龍的背鰭，以至於隱龍俯衝時，劍尖不再隱形。

如果你從高處往下看，可能會以為是暴風寶劍自己在空中飛舞，彷彿被磁鐵吸往小嗝嗝的心臟……

要不是龍王狂怒瞥見那個小亮點劃過雲霧，歷史真的有可能重演。

龍王狂怒放聲尖叫。

想也不想地展開行動。

在那一瞬間，牠彷彿回到一百年前，低頭看見恐怖陰森翳將暴風寶劍砍向手無寸鐵的小嗝嗝二世……

當年，狂怒拚命俯衝下去，全力拍翅膀往下飛……

牠試圖用身體擋在心愛的兄弟與劍之間……

但是牠動作太慢了。

於是，一百年後的今天，龍王猛地撲上前，用全身護在小嗝嗝面前，擋在他和暴風寶劍之間。牠撐開翅膀，抬頭挺胸站在那裡，乍看像是一座龍山突然出現在小嗝嗝與暴風寶劍中間。

隱龍飛得太快了，牠一頭撞在巨無霸海龍胸口，而雙手高舉暴風寶劍的巫婆全力一刺，將寶劍刺進龍王狂怒的胸膛。

這一刺害她重心不穩，她沒能抓穩隱龍的背，身下的隱龍「嗚！」一聲往下摔。現在，巫婆抓著插在龍王胸口的暴風寶劍，地面離她好遠好遠，她只能抓著劍柄

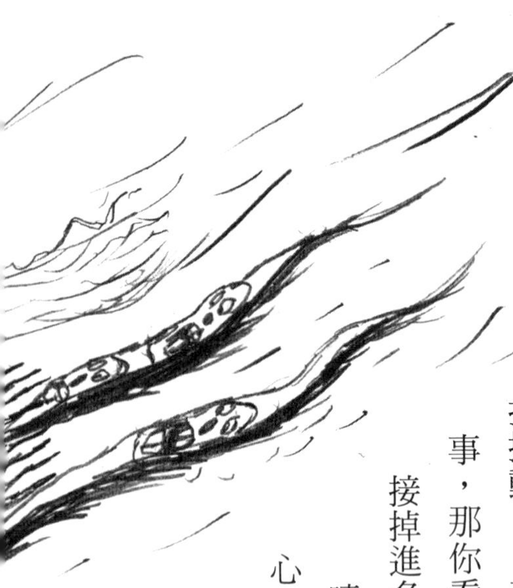

掛在空中。

龍王狂怒震驚地愣住了——如果有人拿針插你，你應該也會愣住。牠低頭看見小小的巫婆抓著那根針搖搖晃晃，巫婆發現自己刺中的不是小嗝嗝，而是狂怒，她自己也十分驚訝。

龍王伸手捏起巫婆，用爪子把她彈飛，她飛得好高好高……

巫婆不停往天上飛呀飛，細小的四肢像白色蟑螂的腳一樣掙扎抽動……接著她又往下墜啊墜。如果你喜歡看惡有惡報的故事，那你看到她下墜一定會感到十分滿意……最後，巫婆直接掉進名為「奧丁喉嚨」的噴水孔，一路掉到孔洞深處。

噴水孔非常深，甚至有人說它筆直通往地球的中心。它將巫婆吞了下去，滿意地打了個飽嗝，高高噴出水柱，彷彿礁岩是正在消化午餐的活物。

「感謝索爾！」小嗝嗝小聲說。「巫婆終於死了……」

　多年來殘酷待人、作惡多端、野心勃勃、夢想帝國的巫婆，終於死了。

　看見如此邪惡的人死去，你很難感到哀傷。

「小弟，你還好嗎？」龍王狂怒問道。

「我沒事……」小嗝嗝顫抖著回答。「我沒事……那你呢？」

　龍王狂怒只不過是胸口稍微刺傷，不會有事的。

牠當然不會有事。

和龍王狂怒龐大的身軀相比，暴風寶劍不過是一根細針，龍王像是拔出黃蜂的螫針似地拔出寶劍，帶著若無其事的憤怒，將它彈到一旁，和剛剛殺死巫婆的動作一樣。

牠怎麼可能有事？

「他沒事……」奧丁牙龍大大鬆了一口氣。「他沒事……」

「巫婆死了！阿爾文也死了！我對人類國王小嗝嗝三世——我的結義兄弟——許下了承諾，現在我要『實現』諾言。」龍王狂怒說。

牠轉向小嗝嗝，小嗝嗝看見龍王胸口被暴風寶劍刺傷的小傷口。

「用鮮血立下的誓約，是永不能反悔的誓約。」

然而就在這時，龍王全身一僵，詭異地停下動作。

眾人面前這隻正值力量顛峰的巨龍，突然開始顫抖、呼吸困難。

名為奧丁喉嚨的噴水孔一口吞下巫婆

「不。」小嗝嗝說。「不……不……不……奧丁牙龍，我不懂，這是怎麼回事？」

「我也不懂。」奧丁牙龍小聲說。「但是我突然有種不祥的預感……」

龍王狂怒過去被人類刀劍刺過上千次，對一座山一樣大的海龍而言，被針扎一下也沒關係。

除非……

除非暴風寶劍有毒。

除非它塗了毒，而且不是小嗝嗝有解藥的渦蛇龍毒，而是巫婆最猛烈、最危險的毒藥。

不管人類之中有多少努力做好事的好人，還是會有壞人躲在暗處，用一瞬間的邪惡摧毀好幾世代的好人耐心努力的成果，那我們該怎麼辦？

不。不。

「奧丁牙龍，快想想辦法！我們該怎麼做才好？」小嗝嗝問道。

「你們沒辦法幫上忙，」龍王狂怒用氣聲說。「我被巫婆下毒了……」

小嗝嗝目瞪口呆地看著面前的巨龍搖搖晃晃。

「都是我的錯……」小嗝嗝哭著說。

「不是你的錯，」龍王告訴他。「你是在做好事。但是，小弟啊……」牠親暱地說。「你看，這就是我說的……

「你不可能在一個世代建成你要的新世界，甚至是十個世代也做不到。」龍王狂怒渴望地說。「人類必須花很長很長的時間，才能變得比現在更好……」

牠將巨大的頭靠在礁岩上，粗重地喘氣，巨大身軀冒出的蒸氣不停往上飄，形成大朵大朵的雲。

風暴過去了，萬籟俱寂，只剩祝福般降下的輕柔細雨。

這場戰鬥中已經有太多龍族與人類陣亡，但是如此巨大、如此壯麗的生物漸漸失去生氣，似乎讓所有人和龍看清遭受破壞的世界，看見戰爭的瘋狂與浪

費。

這隻不久前還在生命顛峰，以一道道雷電展示力量的巨龍，這隻壯麗無比的巨龍，如今已氣若游絲，在大家面前漸漸死去。眾人心中湧起一股恐懼。即使是最嗜血的維京人，在這個時候也心想：我們再也不能讓這種事情發生。

小嗝嗝的手伸向龍王的頭顱，用他那雙微不足道的小手、幾乎碰不到龍王下巴的小手，緊緊抱住牠。

從前，曾有隻大鯨魚擱淺在博克島的長灘上，全村嘗試著把鯨魚搬回海裡，但他們做不到，因為可憐的鯨魚實在太大了。現在，小嗝嗝也感受到同樣的無助、同樣的憤怒，他恨自己太小，無法挽回這場災難，他恨自己太渺小，無法防止這隻巨大、恐怖又美麗的生物死去。

小嗝嗝首次打從骨子裡認知到，龍王狂怒說得有道理，就算小嗝嗝窮盡全力也可能失敗，或許他沒辦法創建心目中的美好新世界。到最後，他也許得想個拯救龍族的計畫。

他抱住即將死去的巨龍頭部，計畫浮現在腦海裡——和他剛才在龍蝦鉗項鍊找到寶石一樣，靈光一閃。

這是和「寶石」一樣貴重的計畫。

小嗝嗝緊緊抱著龍王的頭。

「狂怒，你別擔心。」小嗝嗝滿腔熱血地說。「即使發生這件事，不代表龍族最後會滅絕，我不希望你心懷擔憂地死去。我一定會付出最大的努力，確保第二個西荒野王國好過第一個。

「但是，如果到了我人生末年，人類還是沒有顯著的進步，我會用一個計畫拯救龍族。」

「是妙、妙、妙計嗎？」沒牙小聲問道。

「『有點』妙的計畫。」小嗝嗝回答。

「你有計畫啊。」龍王狂怒輕聲說，注視著小嗝嗝的眼神雖然諷刺，卻也飽含溫情。「拯救龍族的計畫嗎？那『非得』是妙計不可。你我都知道，拯救龍族很可能是不可能的任務。」

龍王狂怒又露出微笑。

小嗝嗝用力吞了口口水。

「我的計畫是不得已的選項，」小嗝嗝用微微發顫的聲音說。「如果我們覺得這是拯救龍族的『唯一』方法，我們才會啟用它。

「在我死時，新的龍王會帶領龍族回到寒冷的北方，遠離人類的視線，在極深的海底，還有一些地方沒受人類骯髒的腳汙染……

「我聽龍說過，海洋深處有些黑暗的海溝，深到就算過了一千年，人類也沒辦法跟過去。」小嗝嗝說。「而且你們龍族和變色龍是親戚，你們都懂得隱身。」

龍王狂怒驚訝又若有所思地看著小嗝嗝。

牠眼中燃起希望的火苗。「我們『確實』懂得隱身，」龍王狂怒說。「我們是躲藏專家。」

「而且你們會一直進步。」小嗝嗝告訴牠。「即使在現在，還是有成千上萬隻奈米龍躲在草叢與石楠叢裡，你如果不知道他們在那裡，如果不把臉湊過去看，就不可能看到他們。

「你們可以完完全全躲起來，宛如不曾存在過。我對你保證，龍族漸漸消失的同時，我會讓詩人和說書人到處散布謠言，對所有人說你們不過是神話生物，和奇美拉怪獸還有人面獅身獸一樣，不曾存在。未來的人類絕不能發現你們也活在這個世界上，否則他們會想辦法控制你們或消滅你們。

「你們將進入昏睡狀態，等待人類改變天性，或等到人類從世界上消失。早在人類出現之前，你們就生活在世界上；也許等人類消失了，你們還會繼續存在。」

龍王又微微一笑，甚至爆出微弱的笑聲。

「真是瘋狂的計畫，」龍王狂怒想到計畫的瘋狂，眼睛就閃爍好笑又興奮的光芒。「這是瘋子或傻子才想得到的計畫。如果是小嗝嗝二世，應該也會想到這種計畫吧……他以前總是想些奇奇怪怪的計畫，害我也挨罵……」

「這『的確』是瘋狂的計畫，」小嗝嗝承認道。「我也可能是傻子。但是狂怒，我對你保證，我『一定』會拯救龍族。無論發生什麼事，我一定會救他們。『一定、一定、一定』。」

他轉向在場眾人，大家騎著馱龍靜靜飛在空中，看見癱倒在礁岩與海水中的巨龍，所有人都驚得說不出話來。

「大家看！這是一個人類的作為！」小嗝嗝改用諾斯語大喊，邊喊邊激動地舉起拳頭。「龍族和我們戰鬥，是因為他們相信我們會消滅他們。這是我們的錯！我們絕不能讓這種事情發生第二次！絕對不能！我們要拯救龍族！」

維京人是情緒化的民族，他們不久前才和龍族拚命打鬥，現在近距離看見巨龍虛弱、無助的模樣，看見巨龍邁向死亡都為之動容。牠才不是怪獸，而是受困的動物，每個人都知道困獸會為了求生而失去理智、拚死奮鬥。

「拯救龍族！」

「拯救龍族！」

「拯救龍族！」人類高呼。

「**拯救龍族。**」龍王狂怒輕聲說。

龍王黯沉的眼睛突然亮了起來，充滿發自內心的希望。牠眼神悠遠地望向天際。

「**其實啊，**」牠驚奇地看著小嗝嗝說。「**當我看向未來，我真心相信你的瘋狂計畫有機會成功。**」

接著，牠轉向哀傷地和其他龍族飛在強盜灣上空、雪白美麗的月娜。

「**小嗝嗝，我即將死去，**」龍王狂怒雲淡風輕地說，彷彿這件事一點也不重要。「**也許沒辦法實現我對你的承諾。既然如此，我將龍族的王位交**

給月娜，她將重複我剛才的誓言，代替我實現諾言。」

於是，月娜複述龍王狂怒的誓言。

「我將這枚龍族寶石託付給小嗝嗝三世國王，象徵我對他的信任。」

龍王狂怒說。

牠攤開手掌，龍族寶石如一粒塵埃，靜靜躺在牠掌心。龍族叛軍紛紛害怕地竊竊私語，往後退開——這就是寶石的恐怖力量。

「小嗝嗝，收下它。」龍王狂怒說著，讓寶石落入了小嗝嗝手裡。「龍族軍隊中也許有龍不願原諒人類，也許有龍希望繼續煽動赤怒。你會需要寶石的保護力量。」

小嗝嗝雙眼泛淚。「發生了這件事，你還願意相信我嗎？你還願意把寶石交給我嗎？」

「小弟，我相信你。」龍王狂怒說。

最後的演講似乎耗費太多力氣，龍王狂怒突然劇烈咳嗽，顫抖著、抽搐著、抽氣著再次癱倒在礁岩上。

「不——！」小嗝嗝大喊一聲，靠近牠巨大的頭部。

「不！你不能死！你不必死！」

但無論小嗝嗝怎麼說，龍王確實快要死去，眼中的光芒迅速消逝。牠的聲音不住顫動，龍語虛弱地從一度美麗的嘴角溢出，煙霧逐漸減少，只剩最後一點點。牠闔上雙眼。

淚水流下小嗝嗝的面頰，他將冰冷的臉頰貼在巨龍熾熱的皮膚上，這個動作似乎喚醒了巨龍。

「別難過。」龍王狂怒睜開眼睛說。

「你聽聽大家的聲音，所有的龍和人都如此高興，因為我們終於找到了和平……我也終於找到了和平。

「小嗝嗝，各位，你們不要為我哀悼，這不是哀傷的時刻，而是歡慶的時刻。其實我從好幾年前就像個行屍走肉，到了這一刻，我才發

不！不要死！

現自己變得和恐怖陰森鬍一樣。

「我成了龍族中的陰森鬍，心中越是絕望，就越是努力摧毀一切。我殺了又殺、殺了又殺，然而我殺的人越多，自己就越像死屍。

「我和陰森鬍一樣，做了些非常、非常可怕的事……

「不過現在，在我將死之際——小嗝嗝，你又給了我生命。

「雖然我的叛亂失敗了，我也失敗了，也許到最後，我的失敗還是有某種崇高的意義……奧丁牙龍，或許你說得對，或許歷史就是一連串高尚的失敗。」

「是的，」奧丁牙龍說。「你的失敗，讓我一生的努力與奮鬥取得成功。」

小老龍臉上浮現狂喜的光輝。

「龍族和人類同樣有高貴的潛能，我們也能慈悲為懷，我們也能以德報怨……我們也能和人類一樣付出真愛。狂怒，你為小嗝嗝犧牲性命，即使死了，你也是英雄。」

「啊，『愛』啊。」龍王狂怒又微微一笑。「愛是非常非常糟糕的東西。如果陰森黯在這裡，他也會這麼說。讓我走到這個境地的，就是愛。」

龍王似乎沒有為此感到哀傷，牠甚至發出類似乾笑的聲音。「但是我在森林牢獄裡待了一百年，一次又一次回顧那一剎那——當時我動作太慢，沒能為小嗝嗝二世擋下暴風寶劍。我一次又一次告訴自己：如果我動作再快一些……要不是我動作那麼慢……

「如果……如果……

「但這次，我動作『夠』快。」龍王心滿意足地說。「我跳得夠快……我救了名為小嗝嗝的男孩……雖然我遲了一百年，但看樣子我還是趕上了。你看，這是我得到的回報！」龍王說。牠笑了，小嗝嗝從沒看過那雙黃眼睛如此無憂無慮、清澈乾淨，眼中的火焰完全熄滅了，只剩下溫暖的光輝，如小太陽般照亮陰暗的海灣。

「名為小嗝嗝的男孩想到了拯救龍族的計畫！」龍王狂怒對追隨者高呼。「龍族『必然』會得救，這是我一生的宿願。

「所以，龍族、維京人，不要為我哭泣，這點小傷不算什麼。

「還有，奧丁牙龍，」龍王補充道。「你說得對，這個男孩『真的』值得。」

「我就說吧，老朋友，愛一定值得。」奧丁牙龍告訴牠。「愛一定值得。」

「我又有了新生命。」龍王狂怒說。

的確，和幾分鐘前比起來，牠似乎年輕了一百歲。

龍王的眼睛再次放出亮光，牠突然有了新的力量。

牠強迫自己抬起頭，朝礁岩的邊緣挪動身軀，語氣又變得無比堅定。

老朋友，
愛一定值得……

「我不會死在這片強盜灣，我不會困在陸地上，讓海鷗與禿鷹爪龍啃食我的骨肉，讓後龍看見我的骨骸時說：這就是膽敢反叛的龍，這就是為自己的理想奮鬥的下場。

「一百年前，恐怖陰森鬍將死之際，『他』並沒有在他的墳墓所在的英雄末路島死去，而是乘著無盡冒險號向西航行，從此再也沒有人見過他。

「那也是『我』的歸宿……」龍王狂怒說。儘管已經筋疲力竭，牠依然昂首望向天邊，像一座壯麗、碩大的龍山，暴風寶劍在牠胸口刺出的傷根本微不足道。

「『家』……」龍王狂怒嘆息著說。牠望向比明日島與英雄末路島更遠的地方，望向無窮無盡的大海。

「開放海域……無數英里的美麗荒海……在那裡，龍可以張開翅膀自由『游泳』，享受屬於野龍的無拘無束……

「也許我不會死，」龍王狂怒猛然道，眼中逐漸增強的光芒不知是明亮的希望，還是高燒所致的異光。「也許家鄉冰冷清澈的海水能治癒我，也許我能勝過死亡，找到新的開端。我們曾見證不可能化為可能，那『我』又何嘗不能死而復生？

「無論如何，」龍王說。「『我』會先走……『我』會是第一隻遠離塵世的龍。」

聽到這番話，人類與龍族都嘆了口氣。

牠轉向如雕像般嚴肅、閃爍柔和銀光的月娜。「月娜，現在妳是龍族的新王了，希望妳能成為比我更好的龍王。千萬別忘了妳的誓言。」

接著，牠轉向小嗝嗝。

「擁有我愛的名字的男孩，再對我承諾一次，再對我承諾最後一次……」

「我發誓，我一定會拯救龍族。」小嗝嗝‧何倫德斯‧黑線鱈三世國王說。

龍王狂怒最後奮力一動，跳下礁岩，剛才降落在礁岩上的維京人與龍族全被牠激起的海浪噴溼。

最初，牠划水的動作慢得可憐，但不知道是不是小嗝嗝的錯覺，游得越遠，牠的動作就變得越有力。

末日最後一天的傍晚，眾人與龍目送牠游向夕陽——聚集在強盜灣的蠻荒群島各部族、龍族叛軍的無數條龍、無數隻微小的奈米龍、月娜與明日島龍族守衛，全都靜靜站在那裡，目送偉大的龍王游向西方。

他們看著龍王狂怒游過明日島、穿過英雄海峽、經過英雄末路島，不停不停前進，前往遙遠的未來。龍王越游越遠，似乎真的越來越有力了，牠在眾人與龍的眼中變得越來越小，直到牠到達遠方的天際，變得幾乎和奧丁牙龍一樣小。

然後，就在牠消失在天際之前，就在太陽消失、月亮東升之前，牠從海中歡快、有活力地最後一躍，跳了起來。

第二十七章　幽魂終於重獲自由

龍族與人類看著龍王狂怒游走，牠消失在天邊時，全體為牠齊聲歡呼。牠說過不要為牠哭泣，大家眼裡還是泛起淚光。

我們很難判斷那究竟是悲傷還是快樂的淚水，因為龍王離去時是如此快樂，而且就如牠所說，牠成就了不可能。

和平。

多年的戰爭後，蠻荒群島終於迎來和平。在這一天剛開始時，有誰料想得到這天會以和平收尾？

然後，龍族與人類漸漸靜了下來，你看看我、我看看你，所有人與龍傷痕累累、疲憊地喘息、為龍王流淚，卻也都滿懷喜悅。

他們看著彼此，彷彿在說：「那接下來呢？」

天色漸漸黑了。

月娜大吼一聲，發號施令。

聚集在此的龍族叛軍整齊劃一地張開翅膀，紛紛飛回牠們在蠻荒群島與遠方的家鄉。鯊龍、巨魔龍與雷龍游向開放海域，縱火龍與夢魘龍飛往山洞，不過有不少龍和月娜在強盜灣休息一晚，隔天才展開漫長的歸鄉之旅。

在齊格拉斯提卡的號令下，小奈米龍紛紛飛到空中，形成蝗蟲群般嗡嗡作響的烏雲，數量多到天空瞬間暗了下來，彷彿夜幕早已降臨。最後，牠們嗡嗡地消失了，再次藏入蠻荒群島沼澤中的草叢。

與此同時，在最終決戰中支持人類的龍族看向人類同伴，看看他們下一步會怎麼做。

而所有人類都轉向小嗝嗝。

所有高大的維西暴徒、流浪者、前奴隸、蠻荒群島所有的部族，全都滿身刺青、衣衫襤褸、傷痕累累地站在礁岩上，一臉期待地看著小嗝嗝。

我的天啊，小嗝嗝今天第二次愣住。我是國王，他們都覺得我知道接下來該怎麼做……我「永遠」不可能適應這種生活。

傍晚並沒有早晨那麼冷，但天色越來越黑了。

一日的情緒起伏讓人類疲憊不已，擺在眼前的任務顯得太過沉重、太過艱鉅。

他們該回家了，但維京人的家又在哪裡？蠻荒群島幾乎每一座村莊都在戰爭中毀了，有的地方整座山被砸毀、樹林燒毀，到現在還在冒煙。整片蠻荒群島彷彿變成坑坑疤疤的月球表面，曾經有樹木、曾經有松鼠蛇龍與夢蛇出沒的地方，全都成了焦炭。

他們必須重建他們所知的世界，這個任務可不簡單。

「西荒野王國的人民，」小嗝嗝說。「我們必須建造和平，並且在明日島與建新的城市，一座配得上新西荒野王國的宏偉城市。

「這會花不少時間，但我們一定會完成這份工作。我們歡迎龍族以西荒野國民的身分和人類同住，龍族將和人類平等，不過如果你們想回歸野外，那也完全是你們的自由。」小嗝嗝這麼說，是因為許多龍都和主人有深刻的情誼，不願意離開，逼牠們離開人類同伴反而會讓牠們十分痛苦。

「這是值得紀念的一天，我們以後會在聖誕末日舉辦慶典，紀念狂怒、他的龍族同伴，還有我們在戰爭中死去的人類朋友。那些人和龍犧牲性命為我們帶來和平，確保未來不會再有人類或龍族淪為奴隸。

「我們將稱這個慶典為『黑星慶典』。」

小嗝嗝舉起鼻涕粗的黑星勛章，那是毛流氓部族獎勵勇士的最高榮譽。

「所以，在我們回到蠻荒群島各個角落的家鄉、開始新生活之前，今晚先在明日島的陰森翡堡遺跡紮營，暫時忘記我們的疲勞，忘記等在未來的艱鉅任務。

「今晚，我們要『慶祝』。

「我們要慶祝人龍戰爭的結束，慶祝新王國的開創，紀念那些為這一切奮鬥的英雄。」

「太棒了！」史圖依克搓著雙手說。「宴會！宴會！明日島上有很多鹿，我們應該可以抓好幾隻鹿，吃一頓鹿肉大餐！我最愛喝鹿肉燉湯了！」

於是，蠻荒群島各部族騎著龍，排著歡樂的隊伍回到明日島。儘管大家都很疲倦，依然興奮地聊天，談論今天的戰鬥。

眾人騎龍沿著月光在海上形成的道路飛回明日島，龍與龍翅膀相碰，龍與人一同在空中飛翔。

偉大的史圖依克和沼澤盜賊族長柏莎帶領一大群維京人，騎龍在強盜灣夜釣。在那一個鐘頭，史圖依克騎著牛壯龍俯衝到海面抓魚，興奮地大呼小叫，和過去沒兩樣。

夜間騎龍狩獵是維京人最愛的活動之一——龍的眼睛能在夜裡發光，即使

天黑了，他們還是能捕捉獵物。

狩獵隊帶著大量的魚歸來，史圖依克和柏莎大聲吵著說自己抓到最多條魚。

那晚天上掛著滿月，所有的雲朵與煙霧都散去了。德魯伊守衛走向坐在石頭「王座」上，不太自在的小嗝嗝。

「現在明日島的詛

咒破除了，蠻荒群島也進入和平時代，龍族守衛想請您放他們自由。」德魯伊守衛鞠躬說道。

詛咒破除了！

這是小嗝嗝第一次聽人說出這句話，他的心開心地猛力一跳。

「他們當然該得到自由！」小嗝嗝說。於是德魯伊守衛舉起手，霎時間，似乎有三千個煙火同時在空中爆發，龍族守衛疾速飛離地球的束縛，脫離地心引力沉悶的拘束，不停往上、往上、往上飛，享受飛到大氣層上層時擦出的火焰。

那真是令人心折的畫面——牠們一個世紀以來首度飛到大氣層外圍，飛衝、俯衝、歡快地跳躍扭動、自由地手舞足蹈。（註12）

這是一生難得一見的畫面，蠻荒群島所有部族與他們的龍都聚集在陰森鬍

註12　我們都知道，流星並不是會移動的星星——這種想法太荒謬了，星星和石頭一樣不可能移動。流星其實是龍族守衛，牠們高速飛行時身體燃起的火焰，就是流星尾巴。

堡遺跡，大吃大喝、談笑風生、繞著篝火跳著舞。

一百年前，恐怖陰森骷奴役了半數國民、殺死親生兒子，並將龍王狂怒囚禁在樹林牢獄中之時，詛咒降臨明日島。

從小嗝嗝小時候，來自那段時期的幽魂就一直徘徊在蠻荒群島。

現在，詛咒消散，幽魂終於像明日島龍族守衛一樣重獲自由。

看到過去的奴隸與過去的奴隸主共進晚餐，你會忍不住開心起來。維京人明明是如此驕傲、如此狂野、如此自由的一群人，過去怎麼會接受奴隸制度呢？小嗝嗝總覺得一百年前，蠻荒群島的住民被施了某種可怕的魔法，現在才漸漸甦醒。

他們坐在營火前悼念過去、享受現在，滿懷希望地規劃未來。

在我們離這些人而去之前，請靠近一些，握住我的手飄在他們上方，假裝我們是兩隻奈米龍。你能不能聽到他們的聲音？

「唉，鼻涕粗，真是讓人驕傲的兒子。」啤酒肚大屁股淚流滿面，嘆息著說。「真是個好孩子，好孩子啊……」

「他是我教過最優秀的學生，」打嗝戈伯跟著說。「十五歲就拿到黑星勛章！這種事我以前聽都沒聽過……」

「龍王狂怒……真希望你們能看到小嗝嗝二世還活著的時候，年輕的狂怒……」奧丁牙龍對所有願意聽牠說故事的龍說。

「既然我原本的小屋燒毀了，」偉大的史圖依克對殘酷傻瓜族長牟加頓說，他大口大口吃晚餐，很多食物都掉進鬍子裡。「我打算在博克島蓋一棟全蠻荒群島最大的族長小屋。」他開始用樹枝在地上的灰燼裡畫藍圖。

「沒、沒、沒牙用『超能力』跟龍王狂怒單打獨鬥，」沒牙忙著對暴飛飛吹牛。「沒牙突然冒出一大堆黑煙，變、變、變隱形的時候，龍王狂怒嚇得半死，沒牙

還射出一大堆毒箭，還放出雷射光，還有噴射火箭，還有……」

沒牙和其他龍之印記十勇士以及龍群，聚坐在石頭上的小嗝嗝國王身邊，老阿皺也叼著菸斗坐在一旁。

「魚腳司，你要的話，我可以把你的龍蝦鉗項鍊還給你。現在阿爾文死了，我不需要它的好運了。」小嗝嗝說。

「你幫我想想看，阿爾文到底有什麼優點？」魚腳司哀愁地問。

「他很有『創意』。」小嗝嗝和善地說。

「是啊，」魚腳司興奮地說。「他真的很有創意，對不對？我要寫詩的話，創意對我很有幫助。小嗝嗝，他還是你的遠親，所以我們也是親戚，這也很棒……

「而且阿爾文是漸漸變邪惡的，對不對？」魚腳司說。「他一開始沒有那麼壞，要是我們及時趕去幫忙，說不定還能救他。」

「說得也是，」小嗝嗝說。「以前他還是『老實的窮農夫阿爾文』的時候，他沒有那麼壞。但是，魚腳司，我不得不說，」小嗝嗝溫和道。「就算在當時，我們也救不了阿爾文。還記得我第一次和他鬥劍的時候，他說的那句話嗎？『現在我是寶藏的主人，我最喜歡當主人了。』仔細想想，這還真不是什麼好兆頭……」（註13）

「命運就是這樣。」魚腳司說。「我花十五年找父親，最後發現他是全蠻荒群島最惡劣的人。我絕對不要自稱『奸險的魚腳司』。」

「之前奴隸印記不是變成龍之印記了嗎？說不定你可以讓那個名字變成好東西。」神楓提議。

「沒有人能讓那個名字變成好東西。」魚腳司說。「不可能有人說：『你認識奸險的魚腳司嗎？他人很好喔。』」

「我要創立自己的新部族，」魚腳司堅定地說。「就叫『無姓部族』。死影

註13　你可以參考《馴龍高手II：尖頭龍島與祕寶》。

已經加入這個部族了，而且我還想到一些很棒的新口號，是不是啊，死影？口號有：『我們歡迎所有人！』還有：『人人皆誠善，無人會落單。』」

「我也想讓新西荒野王國變成那樣！」小嗝嗝興奮地說。「『無人會落單』！取消奴隸制度，讓平靜度日部族、和平部族和流浪者部族在『那東西會議』發言……」

「你跟神楓會是這個新西荒野王國的首席戰士，等我辦第一次戰士典禮，我會多給你一個名字——你以後就是無姓族長，忠誠的魚腳司了。」

小嗝嗝搭著魚腳司的肩膀，彷彿現在就要賜給他新的名字。

「還有神楓，妳以後就是沼澤盜賊繼承人，英勇的神楓……你們都會是西荒野王國首席戰士……」

小嗝嗝搭住神楓的肩膀時，她的臉變得和甜菜根一樣紅。

「沒、沒、沒牙『不要』躲起來，」沒牙對小嗝嗝說。「沒、沒、沒牙跟小嗝嗝永遠不會分開。」

「絕對不分開。」小嗝嗝同意道。「我永遠不會拋棄你，你也永遠不會拋棄我。沒牙，我真心希望龍族永遠不必躲藏，就算要，那也是到我生命盡頭才會發生的事。現在是全新的開端，巫婆死了，阿爾文死了……和平時代來臨，全新的世界就要開始了。」

就在這時恐牛如捎來和平的鳥兒，從博克島的方向飛來。恐牛是魚腳司的狩獵龍，牠只吃素。

「恐牛！」魚腳司開心地緊緊

你們都是西荒野王國的首席戰士。

抱住牠。「妳跑去哪裡了？」

小嗝嗝笑著幫恐牛翻譯。「她說她不喜歡戰爭，在戰爭結束前，她一直躲在博克島的地底下。」

「你們看！」小嗝嗝興高采烈地說。「這是徵兆！戰爭結束了，恐牛就是捎來和平的鳥——捎來和平的『龍』。」

「從現在開始，一切都會改變！」

「喔？會嗎？」老阿皺吸著菸，饒富興致地用氣聲說。

「反正啊，」魚腳司說。「我完成了尋找父母的冒險，雖然結果不盡如人意，冒險也總算結束了。現在，我可以專心展開新的冒險——我說的是愛情。」

魚腳司正在寫一首給野蠻芭芭拉的情詩。

「你不是很愛鬧脾氣・醜八怪嗎？」神楓嗤之以鼻。「鬧脾氣和大英雄超自命不凡結婚以後，你不是說你再也不會愛人了……」

「是沒錯，可是那時候我還不認識野蠻芭芭拉。」魚腳司邊說邊用小嗝嗝的石頭磨炭筆。「你能想到跟『肌肉』押韻的詞嗎？」

「『球』怎麼樣？」小嗝嗝建議道。「『甘藍球』？」

「我在寫情詩耶，」魚腳司凶巴巴地說。「怎麼可以突然寫到不好吃的青菜！」

他的表情突然變了。

「我的天啊！芭芭拉往我們這邊看了！」他尖叫道。

「她在走路！她往這邊走過來了！大家快裝酷！裝酷！」

「哈囉。」野蠻芭芭拉說。她從旁邊經過時，黑貓無懼威脅

魚腳司寫情詩給野蠻芭芭拉

性地「喵」了一聲，六個保鑣跟在她身後，當然還有她皺著眉頭的父親——彈藥，蠻荒群島北部最嚇人、最毛茸茸的族長。

魚腳司的臉變得和夕陽一樣紅，接著又白如粉筆，慘白的臉上還冒出鮮明的粉紅色疹子，因為剛才雖然只和芭芭拉的貓短暫接觸，還是引起了過敏反應。

他努力從喉嚨擠出一句話，試著讓自己顯得又酷又有魅力，實際上聽起來卻是：「呃呃呃咕嚕咕嚕……」

他試著抓臉上的疹子，卻忘了自己手裡還握著炭筆，一不小心就把炭筆塞進鼻孔，當場昏倒。

野蠻芭芭拉困惑地回頭看他，對一旁的保鑣說：「那個奇怪的男孩到底是誰？他鼻子裡塞的是什麼？他怎麼一直睡著？」

「哇，魚腳司，你好會跟女生聊天喔。」神楓說。「又是昏倒又是抓癢又是把炭筆塞進鼻孔，維京戰士公主看了一定會好——心動。」

「妳覺得她有沒有可能愛我？」魚腳司站起來說。他拔出鼻子裡的炭筆用力抓癢。

「這個嗎……」神楓裝出思考的模樣。「她身高六呎，是族長的女兒，整天跟一隻愛殺人的貓待在一起，是出了名的肉搏戰士……你是沒沒無聞的實習詩人，年紀至少比她小三歲，每次跟她說話都會直接昏倒，而且你還對『貓』嚴重過敏。你們是天作之合！這是命運的安排！你們的愛情就寫在星辰之中！」

「妳真的這樣覺得嗎？」魚腳司心慌地問。

「假的！」神楓哈哈大笑。「魚腳司，你還是面對現實吧……你一點希望也沒有。」

「唉，我也是這樣想的。」魚腳司難過地調整眼鏡。「算了，失戀對寫詩有幫助。」

「魚腳司，」小嗝嗝突然不安地說。「還記得你之前愛上鬧脾氣・醜八怪，惹出的風波嗎？她的瘋狂殺人魔父親派我去狂戰森林執行不可能的任務，害我不小心放走龍王狂怒。」

「你該不會要把龍族叛亂怪在我頭上吧！」魚腳司抗議道。

「我只是想告訴你，」小嗝嗝耐心地說。「你不覺得這次，你該愛一個沒有六個保鑣、父親也不是瘋狂殺人魔的人嗎？我有種不祥的預感，總覺得這又會惹出一場風波……」

「我哪能決定自己要愛誰！」魚腳司激動地張開雙臂說。「愛情就是這樣！」

一小群女生來到岩石前，她們是神楓的沼澤盜賊逃脫藝術家小組——斯波

我哪能決定自己要愛誰……
愛情就是
這樣！

塔、颱風、哈莉塔馬還有牛肉堡——她們都笑嘻嘻的，紅著臉和同伴打打鬧鬧。

「我們想問問國王要不要跟我們跳舞。」哈莉塔馬笑嘻嘻地說，不知道為什麼她的笑聲讓神楓心煩意亂。

「國王很忙，」神楓堅定地說，甚至還拔劍強調這句話。「他正忙著跟我討論國家大事。妳們不要吵我們，快走啊！」

女孩們慌慌張張地逃走了，沒有人想站在手握長劍的神楓面前。

神楓沉著臉點點頭。「『愛情』這件事太糟糕了，太太太糟糕了……」

「所以，以後世界會變得不一樣嗎？」老阿

皺說。他眼裡閃爍著笑意。「世界和平？文明會無中生有？你們不覺得『生命』和『愛情』有點像，它就是這樣，就是會突然發生嗎？」

小嗝嗝國王坐在石頭上看著臣民，突然有些惴惴不安。

今晚的開頭的確十分歡樂，但即使在歡慶的夜晚，你把蠻荒群島所有部族放在同一座城堡裡，他們還是會發生爭執。

離他們一小段距離的地方，沼澤盜賊柏莎正在吹牛，說她可以騎著新的牛壯龍，在十分鐘內從大陸飛到明日島城堡，瓦爾哈拉瑪說她的銀幽靈可以在九分鐘內飛完。柏莎說：「瓦爾哈拉瑪，妳要不要來打賭？」

殘酷傻瓜牟加頓跪在地上研究偉大的史圖依克的族長小屋藍圖，尋找新房子的弱點，他已經開始策劃未來去博克島奇襲和搶劫了……

鬧脾氣在生大英雄超自命不凡的氣，因為瓦爾

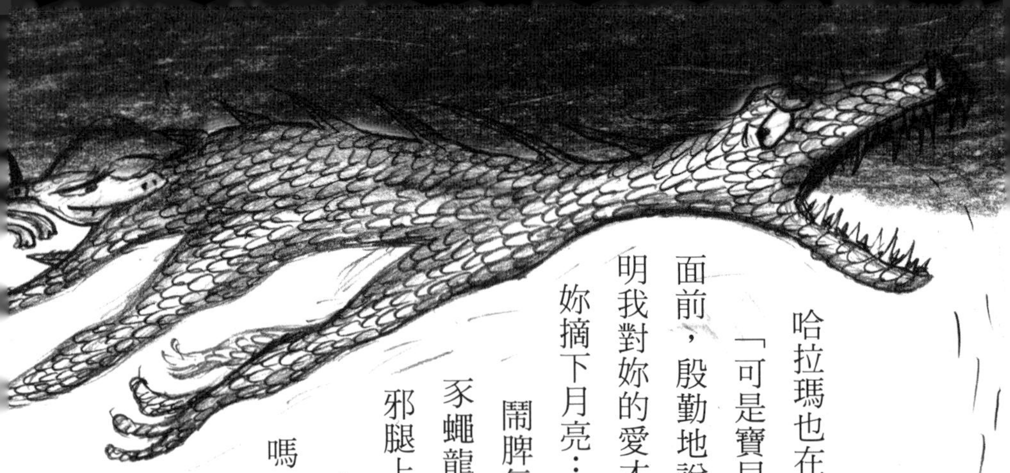

哈拉瑪也在場。瓦爾哈拉瑪是超自命不凡的初戀。

「可是寶貝鬧脾氣，我當然比較愛妳啊！」大英雄超自命不凡跪在她面前，殷勤地說。「她是我的初戀，不過妳是我最後的真愛。我該怎麼證明我對妳的愛才好？妳要什麼，我都會幫妳弄到！我會為妳扯下天空、為妳摘下月亮……」

鬧脾氣驕縱地甩了甩頭髮。「好啊，」她說。「那你去幫我偷那隻豕蠅龍，我從以前就很想養豕蠅龍。」她指向趴在維西暴徒超惡邪腿上，被主人撫摸的小豕蠅龍。

大英雄超自命不凡吞了口口水。「妳一定要『那隻』豕蠅龍嗎，親愛的鬧脾氣？」

城堡殘破的塔樓上，一群龍也打了起來。紛爭完全是沒牙和暴飛飛引起的，牠們想到了從大龍那裡偷食物的

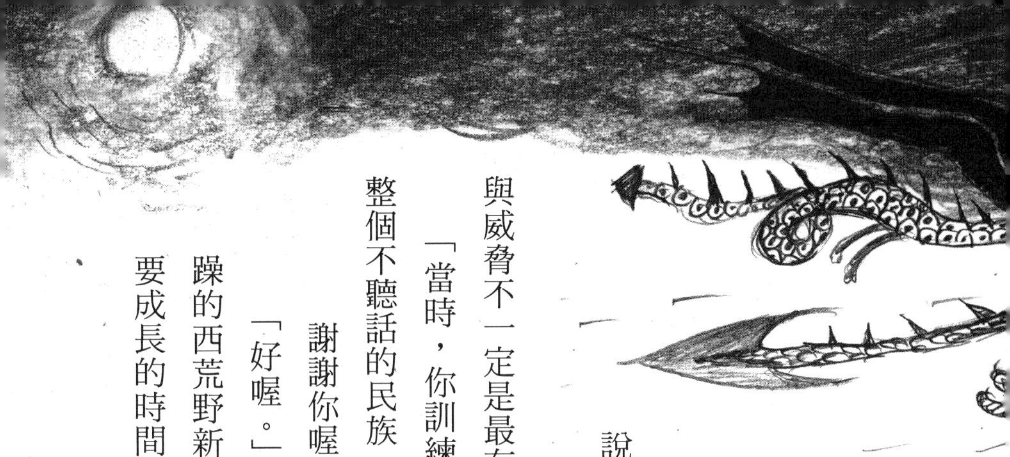

新方法：暴飛飛咬那隻龍的屁股一口，讓龍嚇得張開嘴巴，等在一旁的沒牙剛好接住牠們嘴裡掉出來的食物。

方法很有效，但惹了不少麻煩。

「小嗝嗝，我覺得啊，」老阿皺悠悠哉哉地叼著菸斗說。「你會用到你這些年苦苦得來的王之教育。

「第一個教訓是什麼？『在尋找無牙的龍之時，我發現恐懼與威脅不一定是最有效的馴龍方法』……

「當時，你訓練的對象是一隻不聽話的小龍。現在，你必須想辦法訓練一整個不聽話的民族。」

謝謝你喔，老阿皺，你的話好有幫助喔。

「好喔。」小嗝嗝緩緩地說。他望向忙著爭吵、鬥毆、一個個脾氣暴躁的西荒野新國民。「我們不可能要求他們一夕之間改變，對吧？文明需要成長的時間……畢竟他們是維京人。

「現在想來，」小嗝嗝若有所思。「也許在大家習慣和平之前，還是趕快在明天讓大家回到各自的島上比較好。

「至於現在，我知道該怎麼制止他們……芭芭拉，」小嗝嗝說。「可以借用妳的霧角嗎？」

小嗝嗝國王站在石頭上，全力吹響霧角，最大音量的霧角聲令人心臟狂跳，聲音大到像電擊打在你的耳膜。人們後頸的毛髮全都靜電般豎起來，耳膜嗡嗡作響，就連忙著打架的龍與人都停下動作，彷彿被那個聲音石化了。

「西荒野國民！」小嗝嗝三世大喊。「大家別忘了，今天是歡慶的日子——是黑星慶典——不是打架的日子！」

剛才打成一團的龍和人紛紛一臉慚愧地分開。

「我們來唱歌吧！」小嗝嗝三世國王說。「用心唱出蠻荒群島每一首老歌！從毛流氓國歌開始！」

維京人們覺得這個主意太棒了，在那魔法般的瞬間，打鬥化為歌唱。

「我不是故意來這裡，

也不是故意留下來……

但我對這片沼澤一見傾心……

我永——遠不要離開！」

所有維京人齊聲合唱，聲音隨悠揚的旋律起伏，令人感動到雙眼泛淚。

在場的龍族也唱出自己狂野的歌曲，抬頭對天空歡欣號叫。

「我聽說美洲很美

文明需要成長的時間……

萬里碧空如洗，
但博克島是我的龍蝦，
我將永——遠留在這裡……」

「『博克島是我的龍蝦』到底是什麼意思啊？」小嗝嗝問奧丁牙龍。「我是聽到這句歌詞，才猜到龍族寶石藏在龍蝦鉗項鍊裡，可是這句歌詞真的很莫名其妙，我從以前就想不懂……」

奧丁牙龍感性地嘆息一聲。

「龍蝦是愛情的象徵，」老龍回答。「因為牠們一生就只有一個伴侶……」

「這條龍蝦鉗項鍊，應該是陰森鬍和琴希爾達結婚時送給妻子的吧。」小嗝嗝若有所思地用諾斯語說。「之後她因為兒子的事氣得離家出走，把項鍊還給陰森鬍，

陰森鬍應該感到非常後悔，才一直戴著這條項鍊吧。」

「龍蝦鉗項鍊是愛情的象徵嗎？」魚腳司很感興趣地問。

「魚腳司，你要是送野蠻芭芭拉龍蝦鉗項鍊，就別怪我生你的氣。」小嗝嗝激動地亂揮雙手說。「不要亂送別人東西！她父親一定會不高興！不然他幹麼給女兒六個保鑣！上次發生的事，你該不會忘了吧！」

「我本在前往美洲路上
但卻在北極往左轉
我在陰雨綿綿的沼澤遺失鞋子
我的心也困在這裡，一去不返……」

這段魚腳司唱得特別大聲，他雖然在冒險中發現自己有狂戰士、凶殘部族和奸險家族的血統，也創立了自己的無姓部族……但他終究是出生後被毛流氓部族收養的毛流氓。

接著，所有人唱起蠻荒群島的維京老歌，這首歌叫〈我不是安居樂業那種人〉，它充分展現出維京人（還有龍族）狂野的脾性，在星空下的城堡遺跡裡大聲唱出這首歌，聽起來特別動聽。

歌詞是這樣的：

「我不愛城堡
與王冠的約束，
讓星空成為我的屋頂，
月光指引前進的路，
我的心生來是英雄，

我的劍將在暴雨中揮砍，
我在很久以前離開海港，
展開永不停歇的冒險，
狂風吹動浪濤，
我也將浪跡天涯，
愛人啊，請隨我迷航，
我們四海為家！」

維京人們完美地合唱，只有大英雄超自命不凡和鬧脾氣唱得五音不全。鬧脾氣暫時忘了豕蠅龍，她開心地抱著英雄丈夫，和他引吭高歌，兩個人的曲調和其他人截然不同，但夫妻倆的歌聲十分和諧。

〈我不是安居樂業那種人〉是鬧脾氣和超自命不凡最愛的一首歌，他們齊聲高唱高音時，彷彿在用快樂的歌聲提醒我們：就算他們會爭吵，愛還是絕對

值得。

「芭芭拉，霧角還給妳。」小嗝嗝三世國王對野蠻芭芭拉說。芭芭拉正和六名保鑣高聲唱歌，就連黑貓也加入合唱。

芭芭拉暫時停止歌唱，若有所思地望向聚在一起高歌的蠻荒群島各部族。

「你先留著好了，」她想了想，開口說。「你應該會需要它。」

是啊，她說得太有道理了。

下定決心開創文明新世界是一回事，將想法付諸行動又是另一回事了。世界會隨時間改變，因為小嗝嗝絕不可能讓舊時的奴隸制度與凶惡的教育方式死灰復燃。

但有些事情永遠不會變。

年輕的吟遊詩人還是會愛上不可高攀的公主，族長還是會和其他族長爭鬥，龍族還是會打鬥，暴風雨還是會到來，麻煩還是會一個接著一個來，和舊世界一樣。

但這都是未來的煩惱。

此時此刻，巫婆和阿爾文已死，龍族叛亂也結束了。

此時此刻，小嗝嗝的龍之印記十勇士齊聚一堂，小嗝嗝、沒牙、魚腳司、神楓、風行龍、三頭死影、暴飛飛與奧丁牙龍，再加上恐牛，全都聚在國王的石頭邊。史圖依克、瓦爾哈拉瑪、沼澤盜賊柏莎、大英雄超自命不凡與鬧脾氣、十位未婚夫、蠻荒群島各部族、流浪者部族、小熊、小熊的姊姊愛金嘉德、曾經的奴隸與曾經的奴隸主，全都齊聚一堂。

（就連瘋子諾伯也在場，他假扮成流浪者，頭上印了龍之印記，沒有任何人認得出他是誰……但那是別的故事了。）

無人會落單……

維京人們換了首歌，也許是想用最慷慨激昂的歌曲結束這一晚，他們開始高唱最熱情、最快樂的維京歌曲。

因為在這一天，他們都想起自己是誰。

他們是維京人，是野蠻的流浪民族。他們和龍族一樣，為索爾眼中的自由平等奮鬥，將自由帶到世界的蠻荒地區。

「拿起你的劍，劈砍狂風！
在巨浪中航行，大海就是你的家！
寒冬雖冷，但我們的心不會放棄！
英雄……的心……永不放棄！」

所有人全心全意歡唱，而在強盜灣，月娜與野龍群加入維京人的合唱，鯊龍的背鰭如海豚背鰭切割水面，還有龍對天空噴吐愉悅的大火球。而草叢中，小小的奈米龍群也在唱歌，牠們摩擦著後腿，用尖銳的小聲音開心地合唱：

「你個子雖小但心可以大，

齊心協力就連山也會怕，
別以小蟲的翅膀大小度量他，
因為……有時候小英雄也能瀟灑！」

黑夜裡，人類與龍族看不見焦黑的世界，但是沒關係，他們能在心中看見再度翠綠、春意盎然的新世界。人們已經開始在心中建構城堡了——他們要蓋更好的房屋、更新的村莊、更棒的海港。龍族聽見北方荒海的呼喚聲，等不及回到自由的開放海域與美不勝收的藍天，脫離死亡的領域，和無盡的黑暗太空中疾速飛翔的龍族守衛一樣，永遠飛翔下去。

「與海為友，你就永不孤獨……
乘風破浪執行不可能的任務……
即使事情不如人意，

那也不是你的結局……

英雄會……永遠……奮戰到底！」

所有人聚在一起，聚在明日島的城堡遺跡一同歌唱。戰爭結束了，人們肚子裡都是魚肉和鹿肉，心中都是希望與快樂，以及對未來的期許。他們開開心心地在夜裡唱了很久很久，在沉靜的月光下、燦爛的星光下歌唱。

「英雄不畏冬季暴風，

它能帶他飛速航行，

即使失去一切，即使精疲力竭，

英雄還是會永遠戰鬥下去！」

即使這一刻無法永遠持續下去……我還是覺得它該永遠持續下去。

我們在這裡離開小嗝嗝和他的朋友，他們將永遠年輕、永遠滿懷希望地在明日島高歌。

因為……

即使事情不如人意，

那也不是你的

結局。

這是魚腳司寫給野蠻芭芭拉的情詩

親愛的野蠻芭芭拉，

我真的超愛妳的大肌肉，
妳一定都有乖乖吃甘藍球

玫瑰很紅，
紫羅蘭很藍，
肌肉很美，
妳也很讚。
誠摯的，

?

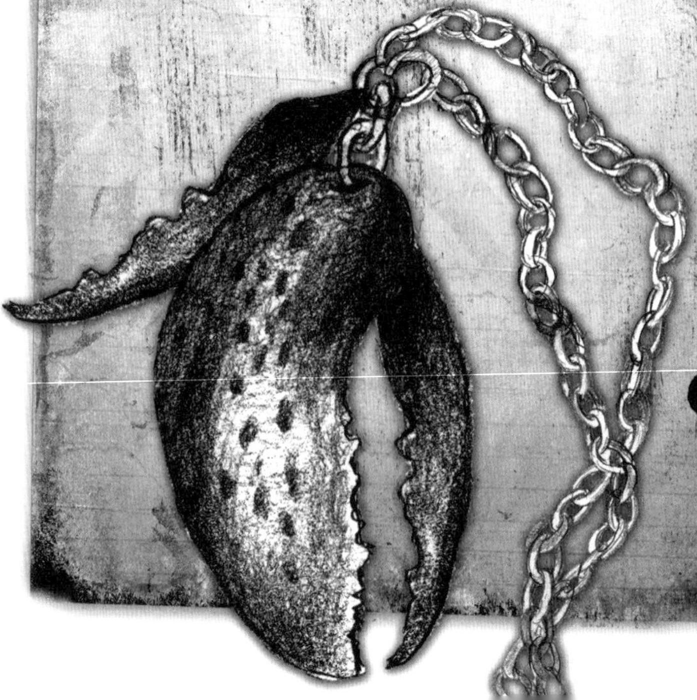

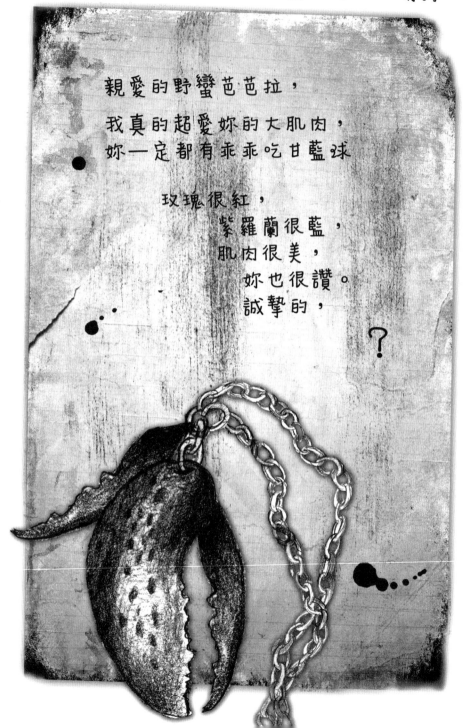

最後的維京英雄——小嗝嗝．何倫德斯．黑線鱈三世——的後記

這就是我成為西荒野國王、終結龍族叛亂的故事。

現在我是很老很老的老頭子了，回顧過去年輕的小嗝嗝，感覺挺奇怪的。故事結束時，小嗝嗝在陰森翳堡遺跡遙望未來，當時的他自信滿滿、滿懷希望，對自己接下來的任務充滿信心。

現在的我回顧當年，不禁和礁岩上將死的龍王狂怒想到同樣的問題：

我這一生究竟是失敗，還是成功？

我確實建造了新的西荒野王國，重建了陰森鬍堡，二十面旗子在二十座塔樓頂端飛揚，比當初還要壯觀。明日島又有了繁華的城市，港口擠滿人民與船隻，你看看現在的明日島，絕對無法想像我年輕時這裡還是荒涼的鬼城，海風天天吹過空無一人的街道、建築廢墟漸漸陷入沼澤。

更重要的是，我實現了當年從不存在的大陸——美洲——歸來時許下的承諾，建造了不再以暴力為上、不再排除弱小的蠻荒群島，在這個新世界，比較弱小的和平部族、流浪者部族、無名部族與平靜度日部族，全都能在「那東西會議」投票與發言。

無人會落單……

我童年的世界十分美妙，充滿驚險刺激的冒險，卻也是可怕的世界，孩子天天害怕自己被狼吃掉、被野龍獵殺、死於飢餓或死於戰爭。

現在的世界，已經和以往不同。

我們是驕傲的野蠻人，但在這一路上我們也漸漸成長，放下刀劍、拿起紙筆，幾乎變得……有點……文明。

所以，在這方面，我這一生成功了，我身為國王、身為英雄，完成了一件好事。

但隨著我年紀變大，我發現自己不可能永遠活下去，我開始懷疑自己對世界造成的改變不夠大，等到以後我死了，龍族還能平安地活在世界上嗎？我知道人性發生的變化還不夠。

所以，在這方面，我失敗了。

不過就如奧丁牙龍與龍王狂怒所言，這也許是「高尚」的失敗，也許歷史就是一連串高尚的失敗。

我從沒直接對月娜提起這件事，但我沒必要提，因為她明白，也許她打從一開始就明白。在我這一生中，龍族很慢、很慢——幾不可察地——躲了起來。

他們沒有馬上離去，事情沒發生得這麼突然，他們是逐漸、逐漸地消失。

剛開始，有些品種的野龍撤退到北方海洋與深海，還是有許多龍留在蠻荒群島。我們的馱龍與狩獵龍不願意離開，於是他們憑自己的意志做選擇，繼續待在我們身邊。

感謝索爾讓我和這些神奇的龍族走過一生。

我這一生都騎著風行龍飛行在高空，沒牙也一直一直坐在我肩膀上和我鬥嘴，還有趁我不注意的時候偷我盤裡的食物。

沒牙是海龍，他可以活上好幾千年。我還活著時，他幾乎沒有長大，而我當然長大後結了婚、成為強大的國王、有了小孩，過程中沒牙一直沒改變。

但以防萬一，我們除了教孩子騎龍和訓練龍族之外，還教他們騎馬與訓練獵鷹。

我還很年輕的時候，世界上到處都是龍，他們全都醒著，全都凶悍又危險，生存在野外與開放海域。其中一條龍——末日牙龍——救了我好幾次，還有不少龍差點奪走我的性命……

然而，也許我建造的文明新世界令龍族感到不安，畢竟他們一直是生存在狂野時代的狂野生物。也許他們認為狂怒說對了，我再怎麼努力，也不可能在一個世代間成功改變世界。

我前面也說了，龍族漸漸銷聲匿跡。

他們撤退到北方，和同伴住在一起，還有龍遷徙到我之前說過的深海海溝，進入昏睡狀態。許多龍學會了隱龍的變色技能，躲藏在草叢、岩石與海中，乍看下根本看不出他們在那裡，如果你不知道那裡有龍，更不可能找到他們。

以前，我有時會趴在蕨叢中，很仔細、很用力地盯著草叢看，如果我待得夠久，就會很慢、很慢地看見擾蟲奈米龍與睏尖龍鼠模糊的輪廓。他們在草叢中迅速跑過時，我能在短暫的瞬間瞥見他們的身影——然後他們又消失了。

因此，我知道他們還在。

到了我人生的最後二十年，龍族開始積極躲藏。

最後幾年，就連沒牙與風行龍也漸漸遠離我，不時會離開我。他們想在北方冰寒刺骨的海中和同類待在一起，和我分開的時間變得越來越長、越來越長，但他們一定會回來。沒牙不可能永遠離我而去。

到了這時，我開始實現我對龍王狂怒的承諾。

我吩咐魚腳司和其他吟遊詩人編撰故事，讓人們以為龍族不過是虛構的生物。人們當然還不相信那些故事，因為他們都親眼看過龍族，但隨著龍族銷聲匿跡，見過他們的人類漸漸衰老、死亡……

……只有故事會流傳下去。

故事總是會流傳下去的。魚腳司四處散布的故事告訴所有人：龍族不存在，也從沒存在過。

只要人們相信故事，龍族就能平安活著。

所以，到了最後，我仍舊拯救龍族。

也許不同於當初所想，但最終仍實現對龍王狂怒的承諾，拯救了龍族。

我瘋狂的計畫發揮作用了。

它效果拔群，有時甚至連我——年老後仍懷有童心的我——都不記得了……龍族到底存不存在？

將現實化為幻想原本是我的主意，但他們消失得太徹底了，我自己還是會感到困惑。如此壯麗的生物真的曾經在我童年的空中飛行、在海中優游嗎？

我覺得有點虛弱了，虛弱的同時也感到興奮。我可以感覺到結局即將來臨——那究竟是結局，還是嶄新的開端呢？

沒牙下次飛回來找我，就會是最後一次。

我在等他歸來，等著見他最後一面，提醒自己他真的存在。窗戶是空空蕩蕩的黑色方塊，不過我手裡的龍族寶石是溫暖的金色承諾，它沉甸甸地躺在我手心。沒牙一定會從敞開的窗戶飛回來，他一定會甩一甩翅膀，要我給他食物，要我幫他找他要的點心（他愛吃哪幾種零食，我當然全都知道），接著回到他的老位子——窩在我胸口，在我心臟上方呼出一個個完美的紫色煙圈。

龍族寶石就在這裡，琥珀裡的深淺兩隻小龍仍凍結在那一刻，像開頭與結尾一樣，銜著彼此的尾巴。

我就在這裡，靜靜看著寶石，靜靜等待。

（等我死後，我會在傳統的維京人喪禮中葬身大海——還記得我小時候，沒牙沒有真正死去，我們還試圖幫他海葬的事嗎？我請大家把劍、寶石和我一同葬在海裡，因為大海是埋藏東西的好地方，寶物能消失在海裡，也能在正確的時機重見天日。）

小時候，我曾經夢到恐怖陰森鬍站在無盡冒險號的甲板上，將努力劍往空中用力一拋。

長劍轉了好幾圈，不停往上飛，穿過漆黑的夜空，橫渡漫長的一百年，直到浩瀚星空中，我的左手自動伸出去，接住那把劍。

現在我年紀很大很大，又再度作夢。

夢中，拋出努力劍的人是「我」。

它在夢中倒映了星光的海上旋轉，親愛的讀者，它就在「你」的頭上。

它看上去是第二好的劍，也是別人用過的二手劍，但它帶有一千場敗仗的記憶，本身就是一堂內容豐富的歷史課。

請你伸出手，握住那把劍。

請對它的名字——努力——起誓，發誓你會傾盡全力讓世界變得比你剛出生時更好。

因為，你看！你身邊到處都是和隱龍一樣隱藏身形的龍族，他們也許飛在你頭上，在你看不到的地方默默照看你，就和悄悄幫助我的奈米龍一樣。在石楠叢中趴下來，和從前的我一樣靜靜趴著，如果你待得夠久，是不是也能看見奈米龍在草地上飛舞的輪廓？

沒牙也會活在世界某個角落，躲在某個崖邊的海蝕洞裡沉眠，和現在一樣嬌小、一樣叛逆，等著未來勇敢、善良的人類孩子找到他。

也許在深不見底的海中，還有凶猛的龍族靜靜沉睡在未來人類也無法探測的海溝裡——他們也可能有醒轉的一天。

那些凶猛的龍族真的可能甦醒，睜開明亮的貓眼睛，甩開可怕的翅膀。到時候，龍族寶石不知會在浩瀚汪洋的什麼地方。

所以，你必須確保龍族甦醒時，世界變得比現在更好。我努力讓世界進步了一點點，但它還有很大的進步空間。

否則你將面對尖牙利爪與熾熱龍火，面對恐怖的惡龍。

到時，我們會需要一個英雄，那個英雄不如……

……由「你」來當。

我的開端，就是我的結尾。

我小時候，世界上有很多龍。

書就和龍一樣……如果我們不相信它們、閱讀它們，它們就不會存在。

到時，我們該怎麼學習過去的語言，認識過去那些幽魂的故事？

拯救龍族。

說一句龍語。

看一本書。

作者銘謝與道別

我曾聽一個睿智的人說，寫作英雄需要三種特質：無辜、傲慢與耐心，所以也許魚腳司找到了最適合他的龍。但沒有任何英雄能獨自寫作，而這些是我自己的蠻荒群島住民，是這些人一直愛我、支持我——有些人陪我走過十五年，有些人陪我走過更長久的時光。

早期的樺榭圖書部族：

瑪琳・強森、凱特・伯恩斯、雷絲・菲普斯、愛莉森・斯蒂爾、維妮莎・高斯林、克勞蒂亞・賽蒙斯、哈利・巴克、瑪格莉特・康洛伊、瑪麗・拜恩、大衛・麥金塔與艾琳・斯泰恩。

今日的戰士們——

其中不乏經驗豐富的老將：

福莉莎・林奎斯特、瑞貝卡・羅根、安德魯・夏普、尼爾瑪・山德胡、蘇珊・巴利、海倫・瑪利吉、莎莉・費爾頓、丹尼爾・富利克、希拉蕊・莫瑞・希爾、愛蜜莉・史密斯、傑森・麥肯錫、查米安・阿爾萊特、卡蜜拉・利斯克、喬・哈達克、梅根・汀利與安德魯・史密斯。

特別感謝珍妮・史蒂文森與奈歐蜜・格林伍德。

最重要的幕後功臣，是長年陪伴我的編輯——安・麥尼爾大族長，大劍士與龍族守護者。

夢工廠部族：

最高族長傑弗瑞・卡森伯格、克利斯・庫瑟、比爾・達馬切克、克里斯・桑德斯（動畫電影第一集的導演之一）、皮埃爾—奧利維耶・樊尚、尼科・馬利、賽門・奧圖、威廉・戴維斯、約翰・包威爾、傑・巴魯契、艾美莉卡・弗瑞娜、傑瑞德・巴特勒，還有動畫與演出的所有團員。

特別感謝製作英雄邦妮・阿諾德與天才吟遊詩人迪恩・戴布洛伊。

傭兵與保鑣：

我忠誠的守護者——出版經紀人卡洛琳・華爾許與妮姬・倫德，以及律師大衛・寇爾登。

特別感謝吟遊詩人與演藝天才：

大衛・田納特，他自己一個人就是一整片群島。

啦啦隊：

阿曼達・克雷格、妮可蕾特・瓊斯、茱莉亞・艾克萊夏爾、尼克・塔克、彼得・佛羅倫斯、馬丁・奇爾頓、艾米莉・德拉伯、蜜雪兒・包里與線上兒童衛報的團隊、羅爾娜・布拉德布里、詹姆斯・羅夫格洛夫，以及BBC早餐、Newround與藍色彼得的團隊。

知識、智慧與「好玩」三個熱血部族：

世界各地的書商、圖書館員與教師。

親朋好友部族：

我父母——大族長麥克・布雷克翰與瑪希亞・布雷克翰，聽到他們的名字就盡情發抖吧，咳，呸——沒有他們，這場冒險就永遠沒有開始的一天，還有茱蒂特・寇瑪、蘿倫・查爾德，以及去世的英雄們——亞倫・海爾、吉爾・海

爾與南希・布雷克翰

住在不存在之境的海爾族人：卡斯帕、梅莉莎、托瑪斯娜與伊尼果

法奇尼家族英勇無懼的五人：艾米莉、班恩、法蘭西斯科、德爾芙娜與貝伊。

最後，

科威爾龍之印記勇士們：

真正的維京英雄——梅西、克萊米與札尼。

還有最重要的賽門，最好的橋段（當然）都是他寫的……

因為：

愛永遠不會消失，

內在的事物比外在來得重要，

最好的東西不見得看起來最好，
還有，索爾啊，一旦找到真
愛，我將永不後悔。

我是英雄，直到永遠

國家圖書館出版品預行編目資料

馴龍高手XII：龍族末日之戰／克瑞希達・科威爾（Cressida Cowell）作；朱崇旻譯.
-- 1版. -- [臺北市]：尖端出版, 2019. 12
冊；　公分
譯自：How to fight a dragon's fury
ISBN 978-957-10-8759-7（平裝）

873.59　　108017190

奇炫館

馴龍高手XII：龍族末日之戰
（原名：How to fight a dragon's fury）

著　者／克瑞希達・科威爾
封面內頁插畫／克瑞希達・科威爾（Cressida Cowell）
發行人／黃鎮隆
總經理／陳君平
經　理／洪琇菁
總編輯／呂尚燁
執行編輯／許晶翎、劉銘廷

譯　者／朱崇旻
美術編輯／陳聖義
企劃宣傳／邱小祐、劉宜蓉
國際版權／黃令歡、梁名儀
文字校對／施亞蒨
內文排版／謝青秀

出　版／城邦文化事業股份有限公司　尖端出版
台北市中山區民生東路二段一四一號十樓
電話：（〇二）二五〇〇－七六〇〇
傳真：（〇二）二五〇〇－二六八三
E-mail：7novels@mail2.spp.com.tw

發　行／英屬蓋曼群島商家庭傳媒股份有限公司城邦分公司　尖端出版
台北市中山區民生東路二段一四一號十樓
電話：（〇二）二五〇〇－七六〇〇（代表號）
傳真：（〇二）二五〇〇－一九七九

中彰投以北經銷／楨彥有限公司（含宜花東）
電話：（〇二）八九一九－三三六九
傳真：（〇二）八九一四－五五二四

雲嘉經銷／威信圖書有限公司　嘉義公司
電話：（〇五）二三三－三八五二
傳真：（〇五）二三三－三八六三
客服專線：〇八〇〇－〇二八－〇二八

南部經銷／威信圖書有限公司　高雄公司
電話：（〇七）三七三－〇〇七九
傳真：（〇七）三七三－〇〇八七

香港經銷／城邦（香港）出版集團有限公司
香港灣仔駱克道一九三號東超商業中心1樓
電話：（八五二）二五〇八－六二三一
傳真：（八五二）二五七八－九三三七
E-mail：hkcite@biznetvigator.com

新馬經銷／城邦（馬新）出版集團Cite（M）Sdn. Bhd.
E-mail：cite@cite.com.my

法律顧問／王子文律師　元禾法律事務所
台北市羅斯福路三段三十七號十五樓

二〇一九年十二月初版一刷
二〇二一年五月初版二刷

■中文版■

郵購注意事項：
1. 填妥劃撥單資料：帳號：50003021戶名：英屬蓋曼群島商家庭傳媒(股)公司城邦分公司。2. 通信欄內註明訂購書名與冊數。3. 劃撥金額低於500元，請加附掛號郵資50元。如劃撥日起 10～14日，仍未收到書時，請洽劃撥組。劃撥專線TEL：(03) 312-4212 ・ FAX：(03) 322-4621。E-mail：marketing@spp.com.tw